The Triumphant Return of
Sherlock Holmes

福爾摩斯凱旋歸來

シャーロック・ホームズの凱旋

森見登美彥

譯——李冠潔

目次

前言

這些年來，我取得夏洛克．福爾摩斯先生的許可，將他參與的案件紀錄發表在《河岸》雜誌上。這些冒險譚點燃了洛[1]中洛外偵探小說愛好者們的熱情，神探夏洛克．福爾摩斯揚名天下。

確實，夏洛克．福爾摩斯的破案過程非常天才。

然而靠他自己是無法贏得這樣的名聲的。

將容易流於枯燥的案件紀錄寫成「有血有肉的浪漫奇譚」的人是誰？刻意扮演「無能助手」藉此引起讀者共鳴的人是誰？配合編輯要求，犧牲睡眠時間伏案苦苦筆耕的人又是誰？

毋須多言，正是我約翰．H．華生。

「沒有華生，就沒有福爾摩斯。」

來吧各位，跟我說一遍。

「沒有華生，就沒有福爾摩斯。」

希望各位能將這個不滅的真理銘記在心，對約翰．H．華生這個獨一無二的存在懷抱應有的敬意，這就是我微不足道的心願。

1　洛：京都的別稱。

○

刊載福爾摩斯譚的《河岸》雜誌賣得嚇嚇叫。

福爾摩斯的名氣隨雜誌銷量水漲船高，來到巔峰，來自洛中洛外源源不絕的委託人，讓寺町通221B門前名副其實地呈現門庭若市的狀態。人龍從門口一路綿延到寺町二条的街角，甚至還出現了向他們兜售點心飲料的攤販。

這般比擬祇園祭的熱鬧景象，讓我們全都飄飄然。

夏洛克・福爾摩斯沉迷在一個接一個的委託人帶來的案件中，而我跟瑪麗・摩斯坦小姐結了婚，準備在下鴨神社一帶開設我心心念念的診所。一切實在是太過順遂，讓我一個不小心忘了一件事——那就是這一切榮光，全都是建立在「天才福爾摩斯」這個不可靠地基上的空中樓閣。

就在某一天，福爾摩斯充滿詫異的喃喃自語，宣告了這場祭典的終結。

「真是太奇怪了。上天賦予的才華消失到哪裡去了？」

要指出福爾摩斯的低潮是從哪個時間點開始的，實在是非常困難。

他在不知不覺間一腳踏入了泥淖，一旦察覺那是無底深淵時，已經完全無法掙脫。而「紅髮會」一案的慘敗，更是將夏洛克・福爾摩斯徹底擊潰得體無完膚。

在那之後，夏洛克・福爾摩斯把自己關在寺町通221B閉門不出。

福爾摩斯陷入了深深的低潮，一直以來因他而雞犬升天的我們受到多大的波及自然不言可喻。福爾摩斯譚不得不無限期停止連載，《河岸》雜誌銷量大跌，而我仗著有稿費收入可以補貼、貸款開設的診所，經營狀況也陷入困境。

繽紛的未來轉瞬間消失無蹤。

○

無論是多麼專業的人士，都曾經歷失敗、挫折與懷才不遇的時期。這種時候，他們會退居世人看不見的舞台後方，自怨自艾、自暴自棄、抱膝飲泣。神探福爾摩斯自然也不例外。

這本手記，就是來自這個化為不可能逃脫的迷宮的「後台」的紀錄報告書。

在這個曾幾何時迷失其中的後台，我們被迫進行此前從未經歷過的「非偵探小說式冒險」，而世人對這段冒險不得而知。身陷低潮的夏洛克・福爾摩斯在社會上形同死亡，對於我，約翰・H・華生，也是一樣的。

夏洛克・福爾摩斯的沉默，也就是約翰・H・華生的沉默。

第一章　詹姆斯・莫里亞提的徬徨

那是十月下旬，一個秋高氣爽的傍晚。

我在下鴨本通的自家兼診所，跟妻子瑪麗一起喝著紅茶的時候，女僕送了郵件進來。在帳單和醫師會的會報中，夾著一個可愛的信封。

是福爾摩斯譚讀者的來信。

敬啟者

晚秋時分，謹祝華生醫師一切安好。

家母說「醫師這麼忙，沒有時間看讀者寫的信啦」，但我還是沒辦法放棄。只要多寫幾封，總有機會讓醫師看見的。

我是十四歲的女生，家父是經營進口雜貨店的商人，家母和家兄也在店裡幫忙。有一天，家兄買了一本叫做《河岸》的雜誌回來，那是我跟福爾摩斯先生的冒險奇譚命中注定的相遇。因為實在是太好看，我甚至興奮到發了燒，還請了醫師到家裡來（現在燒已經退了，敬請不用擔心！）之後我們全家人都成為福爾摩斯先生的粉絲了。就連很少看小說的家父也一邊看，一邊讚嘆「這可以學到太多東西了，對經商也有幫助」。

也因為這樣，福爾摩斯譚停止連載的時候，我們一家人眼前可以說是黯然無光。福爾摩斯先生的冒險奇譚是我們的心靈支柱。當然我也很清楚，福爾摩斯先生和華生醫師一定也有很多事要忙……

華生醫師，請您再繼續連載福爾摩斯譚吧。

千萬拜託了。

謹此

一個福爾摩斯迷　敬上

此致　約翰・H・華生醫師

正當我托著腮陷入沉思時，瑪麗開口了，「讀者寫來的嗎？」

我「嗯」了一聲。連載停刊已經過了一年。即使如此，我還是連日不斷地收到讀者寄來的信。

「你在想那個人的事吧？」

「不，我沒有。」

「少騙人了，你在想『那個人』的時候都是這種表情。」

瑪麗總是叫夏洛克・福爾摩斯「那個人」。至少這半年以來，我沒聽她用過其他稱呼。

——「那個人」又拍電報來了。

——「那個人」還在耍廢嗎？

——你又要去找「那個人」了嗎？

這種時候的瑪麗，臉上總是帶著不置可否的表情。

把整個左京區和上京區加起來，也找不到比瑪麗更美的人，這是無人能否認的事實，但這般美貌在提到「那個人」的時候總會蒙上一層陰影。這樣的陰影又更突顯她的美麗，我看著桌子對面眉頭緊鎖的瑪麗差點失了神。但絕不能讓妻子發現我這樣的心思。

我刻意堆起一臉煩悶的表情。

「福爾摩斯真是讓人傷透腦筋。」

無論如何，首要之務就是同理妻子的心情。

瑪麗將「夏洛克．福爾摩斯」的存在視為會把我們未來規畫摧毀殆盡的危險因子。福爾摩斯是遙遠地平線上隱隱現身的不祥暗雲、是家庭紛爭的火苗，更是災厄的預兆。對眼前的威脅絲毫不掉以輕心，瑪麗這樣的態度確實再正當不過了。

「那個人變成那個樣子已經一年了吧。」瑪麗蹙著美麗的眉頭，「我最近愈來愈覺得，那個人根本就沒有要擺脫低潮的意思。他很享受這樣的狀態。」

「他應該是沒有在享受啦。」

「就是因為你這麼縱容，那個人才會一直擺爛。算我拜託你，對他的態度強硬一點好不好。」

「可是瑪麗，福爾摩斯也算我們的恩人啊。」

我將讀者的信收進信封，起身走到窗邊。

往窗外看去，一路綿延的下鴨本通上，辻馬車[1]伴隨著嘎啦嘎啦的聲響掀起陣陣塵埃。

1　辻馬車：收費載客的小型馬車，等同現代的計程車。現今日本仍有觀光用的辻馬車。

隔著道路，對面下鴨神社的森林籠罩在夕陽光輝中。以做生意來說，這一帶實在太過偏僻，對我這種只靠軍人退伍金生活的不成材軍醫來說，能像這樣獨立開業，真是幸運得讓人不敢相信。

距今四年前，我還跟福爾摩斯同住在寺町通221B的時候，瑪麗．摩斯坦為了委託案件前來拜訪我們。其中始末已經以「四簽名」案件之名發表過了。

那起案件成為我日後向瑪麗．摩斯坦小姐求婚的契機。因此，我們夫妻之間的緣分是福爾摩斯牽起來的，這是不爭的事實。但讓我們的新婚家庭面臨分崩離析的罪魁禍首也是福爾摩斯。

這一年來，被他陷入低潮的事實波及，診所的經營狀況、我的精神狀態、瑪麗的未來藍圖，全都岌岌可危。一開始瑪麗由衷尊敬的「福爾摩斯老師」，曾幾何時變成了「福爾摩斯先生」，地位一路滑落到「那個人」，我也只能說是無可厚非的結果。

瑪麗也站了起來，走到窗邊、來到我身邊。

「聽我說，約翰，你不是夏洛克．福爾摩斯的專屬記錄員。不能一直這樣被他的低潮影響。」

「這話是沒錯……」

「該踏出全新的一步，繼續向前走了。」

妻子說著，在我的臉頰印上一吻。「要鼓起勇氣才行。」

○

那天晚上，我跟醫師會的朋友約好在俱樂部見面。

「你要去見瑟斯頓先生吧？」

「對，我們約好在俱樂部打撞球。」我在門口對瑪麗說：「應該會很晚回來，妳就先睡吧。」

我離開診所，在下鴨本通搭上辻馬車。馬車往西行駛，通過葵橋時，鴨川沿岸的景色躍然眼前。人們三三兩兩在深藍夜色籠罩下的河岸邊散著步，左手邊可以看見染上了夕陽紅色餘暉的大文字山。

現在身陷低潮的福爾摩斯，就像是在名為維多利亞王朝京都的驚濤駭浪中遇難的魯賓遜·克魯索。今天的他一定也窩在寺町通221B的房間裡，癱倒在躺椅上哀嘆：「上天賦予的才華消失到哪裡去了呢？」將森羅萬象分類為「對胃有益」和「對胃有害」的兩種，軟爛地虛耗人生。

我請辻馬車繞到荒神橋附近常去的俱樂部，留下給瑟斯頓的訊息，再度跳上馬車，駛過河原町通，前往寺町通221B，夏洛克·福爾摩斯的自家兼事務所。這麼做對瑟斯頓很過意不去，但我實在很擔心福爾摩斯現在的狀況。

自兩星期前的那場激烈爭吵之後，我就沒再見過福爾摩斯了。

此時馬車從丸太町通轉入寺町通，石板路的兩側，雜貨店、菸鋪、老字號甜點店等商家林立。每次走過這條路，就讓人懷念起十年前剛開始跟福爾摩斯同住的時光。我在寺町通221B門前下了馬車，按響門鈴，房東哈德遜夫人打開門將我迎入室內。

屋內瀰漫著冷清陰鬱的氣息。

「福爾摩斯的狀況怎麼樣？」

「你能來這一趟真是太好了，華生醫師。」哈德遜夫人看起來鬆了一口氣，「福爾摩斯先生已經把自己關在房間裡好多天了。窗簾不拉開，也幾乎沒吃什麼東西，一直說『我已經是一無是處，只能去隱居了』。」

「又來了嗎？」

「這次他說不定是認真的啊！」

「真是愚蠢至極！反正他一定又只是說說而已啦！」

我嘆了口氣，踏上總數十七階的階梯時，身後傳來哈德遜夫人的叮嚀：「不能再吵架了喔！」

福爾摩斯陷入深刻低潮的這一年來，我沒有發表任何新作。

眾多狂熱的偵探小說愛好者怨聲載道，甚至傳出「害福爾摩斯陷入低潮的就是華生」的陰謀論。對神探福爾摩斯的失望，轉化為對搭檔華生的怒氣。我已經受夠當他的擋箭牌了。

○

福爾摩斯的房裡一片昏暗，一如往常的雜亂。讀完的報紙和犯罪紀錄丟得滿地都是，讓人不知從何落腳，桌椅如同散落在海上的群島，化學實驗桌飄散出醋酸的臭味，牆上滿是彈孔。壁爐架上，哈德遜夫人為了祈求福爾摩斯復活擺上的、畫上單眼的達摩[2]像，積了滿身的塵埃。

「喂，福爾摩斯，你還活著嗎？」

「嗯……」一聲呻吟似的聲音傳來，「華生嗎？」

我穿過昏暗的房間，走向壁爐前的躺椅。

夏洛克・福爾摩斯裹著灰色睡袍，仰躺在躺椅上，不修邊幅的鬍子亂長，空洞的雙眼盯著天花板。邊桌上擺著的金魚缸裡，圓嘟嘟的金魚「華生」旁若無人地悠游著。

這條臭著臉的淡水魚，是福爾摩斯在秋日祭典的攤位上買的。距今兩個星期前，福爾摩斯對我抱怨一堆，還大發脾氣：「你一點也沒替我著想！」甚至將這條金魚命名為「華生」，說從此之後牠就是自己的新搭檔了。這成了引發一場火爆爭吵的導火線，還害跑來勸架的哈德遜夫人被潑了一身花瓶的水。怎麼想都不像是三十好幾的紳士們該有的舉止。

我點燃煤氣燈，在一邊的扶手椅上坐下。

「你看來狀況不太好。」

「狀況完全沒有好轉的跡象。」

「但多少有些案件委託吧？」

「別提了！淨是些雞毛蒜皮的案件。」

「是你到處挑毛病把人趕走的吧？」

福爾摩斯像是在生悶氣似地陷入沉默。看來被我說中了。

「簡單說，你是害怕失敗吧。確實，像現在這樣一直擺爛，就不用擔心失敗，也可以守住你身為神探的尊嚴吧。但你能這樣矇混到什麼時候？你應該要認真破解案件，證明自己的價值啊！」

「你是說我在耍廢嗎？」

「你這不就是在耍廢嗎！」

「才不是，你看起來是這樣，是因為你眼睛挩窗了。」福爾摩斯翻身坐起，憤慨地瞪著我。

「你什麼都不懂，華生。夏洛克．福爾摩斯為什麼會陷入低潮——這正是有史以來最難解的案件。我現在正在努力破解『我自己』這個疑案，才沒有空管世俗上那些狗屁倒灶的問題。再說你根本完全就沒有在幫我，你這個人真是不夠朋友！」

2　達摩：日本習俗會在達摩不倒翁像畫上左眼許願、待願望實現後再畫上右眼。

「我不夠朋友？你居然好意思說這種話！」

「紅髮會」一案徹底失敗後的這大約一年間，我身為搭檔、身為朋友、身為醫師，為了將福爾摩斯從這樣的困境中拯救出來，可以說是費盡心機，從腳底穴道按摩板到中藥，能想到的辦法都試過了。每天向弁財天[3]祈禱、進入深山接受瀑布沖刷修行、帶他到有馬溫泉泡湯療養，但不管怎麼做，對福爾摩斯身陷的低潮一點用也沒有。連日來為了他的低潮疲於奔命的我最終因為過勞而病倒，氣得瑪麗衝去找福爾摩斯理論。我可是被他害得吃了不少苦。

「我也有自己的人生，哪有辦法一直照顧你！」

「哼！反正你老婆就是比較重要。」

「老婆很重要是當然的好嗎。」

「喔，是嗎。那我問你，讓你跟你心愛的老婆認識的人是誰？要是沒有『四簽名』一案，你哪會認識瑪麗．摩斯坦小姐？要不是我讓你們結下緣分，你現在一定還軟爛在這間房子的三樓，每天叨念著『好想娶個老婆喔』。你能結束單身貴族的生涯是誰的功勞？找到美麗的老婆之後我就沒用了嗎？你跟我一起冒險就是為了找老婆嗎？這算什麼友情！你們夫妻應該要感謝我才對，給我每天照三餐朝我的方位膜拜！」

「福爾摩斯，既然你話說到這種地步，那我也有話說。」

「好啊，想說什麼儘管說！」

「說穿了，你會變得這麼有名是誰的功勞？是我把案件紀錄發表在《河岸》上，你才會一舉成名，也才會有那麼多有趣的案件來委託你。如果不是有我寫作，你到現在還是無名偵探，窩在這間房子裡懷才不遇。不要以為這一切的成就都是靠你自己一個人辦到的！」

「那種東西！」福爾摩斯嗤之以鼻，「不過就是沒內涵的大眾娛樂小說罷了！根本就只是騙小孩的東西。我可不記得有拜託你寫！再說了，小說是你自己想寫的吧？你只是把我當成你成名的工具罷了。你愛這麼做隨便你，但不要拿這個來跟我邀功！不用借助你的力量，我靠自己也一定能嶄露頭角！」

「喔，是嗎？」我也冷哼了一聲，「那你現在怎麼會淪落到這個下場？」

此話一出，就連福爾摩斯也無言以對。

「你也該看清現實了，福爾摩斯，不要再自欺欺人了。」

「那你倒是告訴我啊，華生，你口中的現實是什麼？就只是被老婆吃得死死的吧。這樣真的這麼舒服嗎？無論是好是壞、是疾病是健康，你都被老婆踩在腳下。你真的甘心這樣嗎？瑪麗也真是個無情的女人，剛為她破案的時候她還好聲好氣的，我一陷入低潮她就翻臉不認人。」

「不准你侮辱瑪麗！」

「我真是嘆為觀止，你真的是老婆的奴隸耶。」

我從椅子上跳了起來，準備衝上前去揪住福爾摩斯，突然一股空虛襲來。

「我受夠了。」我又再度坐回椅子裡。

要是知道我像這樣偷偷跑來找福爾摩斯，瑪麗一定會氣壞的吧。「福爾摩斯問題」就像我們夫妻間的火藥庫，要是有半點差池，華生家勢必會點燃激烈的內戰。我冒著這樣的風險來找他，結果每次都落得這樣無謂的口舌之爭，到底有什麼意義呢。這一年來，我們一步也沒有往前進。

即使如此，我還是無法對福爾摩斯見死不救。這才是最大的問題。

3　弁財天：佛教十二天護法神及日本七福神之一，象徵辯才與智慧的女神。又作「弁才天」。

○

福爾摩斯從躺椅上起身，拾起擱在地上的小提琴。

那是他大學時在東寺跳蚤市場挖到的史特拉底瓦里小提琴。就算我是全世界最會講場面話的人，也實在說不出福爾摩斯的琴藝算好。跟瑪麗結婚、搬到下鴨之後，有時還是會錯覺那個像是酒吞童子[4]磨牙聲的琴聲跟著我一路越過鴨川追過來。

「算我求你，別拉小提琴。」

「沒人能阻止我追求藝術的心。」

福爾摩斯嘰嘰拐拐地開始演奏，我嘆了口氣，盯著壁爐。

過了一陣子，天花板傳來像是有人在跺腳的咚咚聲。

我詫異地抬頭望向天花板。這間房子的三樓，之前是我生活的房間，現在應該沒人住才對。

「喂，三樓有誰在嗎？」

福爾摩斯沒有回答，一臉怒不可遏的表情鋸著他的史特拉底瓦里琴。隨著演奏愈來愈熱烈，天花板傳來的腳步聲也愈來愈大。就在我聽見樓上像是有人用力甩上門板的聲音後，怒氣沖沖的腳步聲就沿著樓梯走了下來。

接著，一個手持枴杖的老人衝進了房裡。

「馬上給我停止那個讓人不快至極的演奏！」

「很抱歉，我聽不到你在說什麼，」福爾摩斯邊拉弓邊大叫：「因為我正在演奏！」

「我就是叫你別再演奏了！快住手，你這個蠢貨！」

眼前一身黑衣的老人瘦削佝僂，額頭飽滿卻蒼白，眼眶深深凹陷。他緊抿薄唇、緩緩晃著臉死盯著福爾摩斯的樣子，就像是盯上獵物的大蛇一般，讓人毛骨悚然。這人絕非泛泛之輩。

福爾摩斯嘖了一聲，停下了手。

「有什麼事嗎？我可以給你五分鐘的時間。」

「我要說的話你心裡都有數。」

「那麼我的答案可能你心裡也有數。」

「你存心跟我槓上了是吧？」

「當然。」

老人從口袋中掏出一個小小的黑皮筆記本。

「十月十五日，你找了我麻煩。兩天後的十月十七日深夜，你又來騷擾我。二十日那天因為你害我喪失寶貴的睡眠時間，二十一日完全無法專注工作。自從我搬進這裡，因為你接連不斷的干擾，害我的研究遲遲沒有進展。這是莫大的損失！」

「你入住的時候，哈德遜夫人應該跟你說明過了吧。」

「她是有跟我說小提琴的事，但我沒想到居然糟到這種地步。到底要怎麼樣才能拉出那種聲音？真是爛到無可救藥！」

「既然受不了就趕快搬走啊。」

「這怎麼可以，我已經預付了半年的房租。」

---

4 酒吞童子：傳說為眾鬼之首的鬼怪，熱愛喝酒。

老人把筆記本收進口袋，再度惡狠狠地盯著福爾摩斯。

「哈德遜夫人說你是個有名的偵探是吧。真是無聊透頂！不就只是追著罪犯的屁股跑而已嗎？」

「我倒覺得物理學家也差不多啊。」福爾摩斯回嘴：「不就只是追著大自然的屁股跑嗎？」

老人氣得渾身顫抖，高舉枴杖，福爾摩斯也一反手將史特拉底瓦里琴舉在身前呈防禦姿勢，宛如在巖流島[5]準備進行決鬥的劍客。

老人像毒蛇似地緊盯福爾摩斯，從喉間擠出低吟：「我是在探究宇宙的真理。

「我會搬到這裡來，就是為了與世隔絕，專心完成我偉大的理論。這個理論可望解開宇宙的核心之謎，引領人類更上一層樓。結果卻一直被那殺雞似的小提琴聲給干擾，你妨礙的不是我一個人的工作，而是妨礙了全體人類的進步發展！你這個無恥之徒！」

一口氣說完後，老人放下了枴杖。

「今天就先放過你，但要是再有下次我絕不饒你。」

說完他轉過身，像一道黑色勁風似地離開了。

○

「莫里亞提教授？」我驚訝地反問：「妳是說那個詹姆斯．莫里亞提教授嗎？」

福爾摩斯跟我圍著窗邊的圓桌共進晚餐。

哈德遜夫人為我們送晚餐上來時順便跟我話家常，這時我才從她口中得知三樓新房客的身分。居然是完全出乎我意料的人物。

詹姆斯．莫里亞提教授是應用物理學研究所的教授，還參與了「萬國博覽會」與「登月火箭計畫」等國家專案，更是幾年前的暢銷書、大眾心靈成長書《靈魂的二項式定理》的作者。

「他不是很有名望的紳士嗎？這樣的人為什麼會跑來這裡住？」

「他說他想要專注於自己的研究，還為此辭掉了大學研究所的工作呢！他可是跟福爾摩斯先生不相上下的怪人。白天幾乎足不出戶，夜深了就出門，直到天快亮了才回來。真不知道他都去了哪裡做了些什麼！只有一個叫卡特萊的年輕人來找過他一次，除此之外他沒有過其他訪客。」

「妳老是找到奇怪的房客呢。」

「這大概就是命吧，我已經認了。」哈德遜夫人邊說邊斜眼瞪了福爾摩斯一眼，「福爾摩斯先生，我已經跟你說過不要再拉小提琴了吧。」

「既然是室友就該忍耐。」福爾摩斯一面吃著雞肉料理和派一面說：「受不了的話搬走就是了。反正他房租都已經預付了，妳也沒有損失啊。」

「話是這麼說沒錯，但這樣他就太可憐了啊。」

「那種人有什麼好可憐的！」

福爾摩斯該不會是故意找莫理亞提教授的麻煩吧？

我會這麼想，是因為他的著作《靈魂的二項式定理》造成了福爾摩斯慘痛的回憶。

那是今年初夏的事。為了擺脫低潮，不斷苦苦奮鬥的福爾摩斯，突然說要實踐那本充斥神祕主義的心靈成長書的教條。當時天空暗雲密布，響著陣陣雷聲。為了將自身的頻率調頻與天地同步、取回失去

5　巖流島：位於山口縣關門海峽的無人島，以劍豪宮本武藏和佐佐木小次郎在此決鬥知名。

的才華，福爾摩斯衝上寺町通221B的屋頂，脫去衣物在雷雨中跳起舞來。然而那丟人現眼的舞步召喚來的，不是福爾摩斯失去的才華，而是在寺町通巡視的巡查。

他差點就因此被丟進拘留所，所幸在雷斯垂德網開一面之下，事情就這麼算了。但這件事剝奪了福爾摩斯僅存的尊嚴。之後的發展不用我說，福爾摩斯當然把《靈魂的二項式定理》扔進了壁爐裡。

「妳根本就不該找新房客的。」

「福爾摩斯先生，你會付那一份的房租嗎？」

「我當然是打算付的。」

「什麼時候？」

「總有一天，等我擺脫低潮的那一天……」

「你在說什麼夢話，我也有我的日子要過啊。」哈德遜夫人翻了個白眼，「所以我不是早就告訴你了嗎，你去找雷契波羅夫人幫忙吧。她一定會給你好建議的。」

「雷契波羅夫人是誰？」

「哎呀，華生醫師，你不知道嗎？」

「一個可疑至極的靈媒，」福爾摩斯不屑地說：「搭上這幾年招魂術風潮的便車，藉此大撈一票的詐欺師。她到處騙信徒的錢，現在在南禪寺一帶坐擁豪宅。我把話說清楚了，哈德遜夫人，我一點也不相信招魂術這種東西。水晶球啦、來自靈界的訊息啦、靈質啦，要我去仰賴那種東西，我還不如繼續身陷低潮餓死算了。」

門鈴正巧就在這時響起。哈德遜夫人板著一張臉站起身。

「我知道了，既然你這麼不想去找雷契波羅夫人求助，那就跟華生醫師好好討論，趕快脫離低潮！要是你付不出房租，就準備賣掉那把史特拉底瓦里小提琴吧。」

說完，哈德遜夫人氣呼呼地走下樓梯。

福爾摩斯塞了滿嘴的派，默默生著悶氣。

○

來人似乎是莫里亞提教授的訪客。

才聽見腳步聲往三樓去，哈德遜夫人就喜孜孜地打開門溜了進來。「是卡特萊先生，」她悄聲說：「他之前來拜訪過。」

「他是什麼樣的人？」我問道。

「是個很年輕的學者，聽說是莫里亞提教授的學生。」

哈德遜夫人將耳朵貼在門上，仔細傾聽樓上的動靜。我也起身走到門邊。福爾摩斯百無聊賴地打了個大呵欠，穿過房間走到壁爐前，在他心愛的扶手椅上盤起腿，邊往菸斗中填上菸草邊說道：「這樣不是侵犯隱私權嗎？」

「這是身為房東的義務。」哈德遜夫人回嘴。

我也像哈德遜夫人一樣把耳朵貼上門板。雖然聽不清三樓傳來的對話內容，莫里亞提教授似乎根本不讓來者進房門。兩人爭論了一番，傳來門板碰地關上的聲音，然後是來人走下階梯的聲響。

哈德遜夫人打開門，叫住了他。

「卡特萊先生，進來一下吧？」

對方是約莫二十來歲的青年，淺栗色的髮色、戴著金邊眼鏡，纖瘦的身軀裹著灰色的外套。或許是因為剛才的會面不甚愉快，他鐵青的臉上帶著一絲哀愁。

哈德遜夫人說著「你臉色不太好呢」、「一定很傷神吧」、「找個人聊聊一定會好一點的」，半推半就地將卡特萊邀進了房裡。他看起來真的非常煩惱。就在他一臉茫然地在躺椅上落座時，哈德遜夫人說道：「這兩位是夏洛克．福爾摩斯先生和華生醫師。」

一聽到這句話，他臉色一亮，仔細端詳福爾摩斯。「那位大名鼎鼎的神探福爾摩斯？」

「對，正是在下。我就是神探福爾摩斯。」

福爾摩斯用自嘲的語氣說完就不發一語，看來能跟青年聊聊的就只剩我了。

「你認識莫里亞提教授嗎？」

「對，我叫華特．卡特萊，任職於大學的物理研究所。莫里亞提教授是我學生時期的恩師。」

「莫里亞提教授這麼有名的物理學家。為什麼會跑來這種地方分租房間、閉門不出呢？他看起來身心狀態十分緊繃，平日的生活也很不正常。福爾摩斯身為室友也很擔心呢。可以請你告訴我們到底是怎麼回事嗎？」

「不、可是……」卡特萊支吾了起來，「事關教授的隱私，我不方便說……」

「這也是為了莫里亞提教授好啊。福爾摩斯跟我都很習慣處理這類問題了，我們絕不會說出去的。」

「就是啊，」哈德遜夫人幫腔：「說不定能幫上你們的忙啊。」

卡特萊沉吟了一會兒，終於嘆了口氣道：「我也搞不懂啊。

「莫里亞提教授是非常優秀的研究學者，也是優秀的老師。我在學生時期受他指導，去年春天正式成為應用物理學研究所的研究員，在他身邊累積經驗，對此我也引以為傲。但從去年秋天開始，莫里亞提教授就沒再來過研究所，之後就突然辭職了。」

「他辭職的理由是什麼？」

「完全不曉得，他只說是個人因素。」

好一段時間，卡特萊都不知道莫里亞提教授身在何方。

卡特萊終於又遇見教授，是上星期的事了。

那天晚上，卡特萊和研究所的同事一起去先斗町玩。夜深時分的歸途，他看見有個人影坐在三条大橋邊上，完全不管自己已經擋到路人通行，一心一意地往手中的黑皮筆記本裡寫著些什麼。那個人總算抬起頭時，卡特萊忍不住叫出聲來。

「老師！您在這種地方做什麼？」

沒想到莫里亞提教授收起筆記本起身就逃。

卡特萊十分在意教授的去向，於是跟同事道別、尾隨莫里亞提教授，也才因此得知教授現在住在寺町通221B。但莫里亞提教授把他擋在門外。

「我現在正在進行最偉大的研究。」莫里亞提教授從門縫裡這麼對他說：「可不能被愚蠢的俗人給打擾。你就別管我了。」

「有什麼我可以幫忙的嗎？」卡特萊問道，莫里亞提教授卻嗤之以鼻。

「你又能幫得上什麼忙？」

卡特萊震驚不已。換作從前的莫里亞提教授，一定會認真傾聽學生的意見。他實在是太擔心教授了，今日才再度造訪，沒想到又碰了一鼻子灰。

「到底為什麼會變成這樣，我真的完全搞不懂。」卡特萊悲痛地說：「老師就像是被什麼東西給附身了似的。」

○

「謝謝你，事情原委我們明白了。就交給我們調查吧。」

「拜託你們了！」

卡特萊說完，踩著踉蹌的腳步離開了。

我們吃完晚餐，哈德遜夫人收拾餐具準備離開房間時，對我投來一個意味深長的眼神。似乎是「什麼事都好，讓福爾摩斯做點事」的意思。她會硬是將沮喪的卡特萊拉進房裡，或許正是為了這個目的。不得不說她這個房東真是高深莫測。我對她微微頷首，她也滿意地點了點頭，轉身離開。

夏洛克．福爾摩斯雙腿抱膝，窩在他的扶手椅上。

「不要隨便亂接案子。」

「不要囉哩叭嗦的，一起查嘛，福爾摩斯！」我坐在躺椅上，向他探出身子，「這件事你有什麼想法？」

「我什麼想法也沒有。莫里亞提教授不是說了嗎？他要與世隔絕，專心進行研究——就只是這樣啊。他也沒給任何人造成麻煩，就隨便他嘛。你們到底有什麼意見？」

「但莫里亞提教授的舉止很不正常啊。」

「會嗎？」

「他沒頭沒腦地辭掉榮譽的教授職位，跑來這種地方窩著耶！連自己的愛徒都不肯讓他進房，到底是什麼研究要做到這個地步？而且哈德遜夫人也說了，他每天晚上都出門，到天快亮了才回來耶。那樣的老人家整個晚上在街上晃蕩，到底都在做什麼？」

「難道你想說他在暗巷裡把美女開膛剖肚嗎？」

一想到這也不是完全沒可能，我往天花板瞥了一眼。三樓一點動靜也沒有。我腦中浮現了房間空蕩蕩的樣子。莫里亞提教授趴在桌前，全心投入可疑的研究。熾烈燃燒的壁爐火光照亮了他的側臉，雙眼散發出著了魔似的光采，嘴角扯開一抹邪惡的微笑。

「今晚我們就來跟蹤教授，查清楚他到底都在做什麼吧。」

「荒誕至極。」福爾摩斯嘆了口氣，「這是你接下來的案子，要跟蹤你自己去跟。」

「好啊，我自己來。」我站起身，憤怒地低頭看著福爾摩斯，「你真是可悲到了極點，福爾摩斯！就算表面上看起來只是無聊小事，背地裡說不定隱藏著犯罪——這不是你一直以來的論點嗎？如果是從前的你，早就帶頭查案了。現在的你缺少的，是主動找出有趣案件的骨氣！快找件案子來辦！什麼雞毛蒜皮的事都好，趕快給我開始辦案！」

在我說教的這段時間，福爾摩斯一語不發，在扶手椅上縮成一團，像鬧脾氣的孩子一樣癟著嘴。

「我知道了，華生。」福爾摩斯聽我說完，嘆了口氣：「我就奉陪到底。陪你去總行了吧！」

○

莫里亞提教授出門的時間，是晚間九點左右。

我們保持一段距離，跟在他的身後。夜晚的寺町通在煤氣燈和櫥窗透出的燈光照耀下閃閃發亮。莫里亞提教授身穿黑色斗篷，戴著黑色圓頂帽、黑色手套，手持黑色手杖，整身黑漆漆的打扮，沿著石板路往南走。

「我們走，福爾摩斯。」我說。福爾摩斯心不甘情不願地跟上。

到了二条寺町的十字路口，莫里亞提教授向右轉。

一轉過路口，與明亮的寺町通截然不同，二条通是一片昏暗。灰泥牆面的老舊建築夾道而立，狹窄的街道只有像河面飛石般錯落的幾盞煤氣燈。莫里亞提教授的身影時而像在聚光燈下現身，時而融入黑暗中。眼前這般光景有種如夢似幻的氛圍，甚至開始覺得莫里亞提教授不是這個世界的人。我和福爾摩斯隱身在黑暗中，輕手輕腳地持續跟著莫里亞提教授。

教授出現奇怪的舉動，是在到了柳馬場通的時候。

在十字路口一隅的煤氣燈下，站著一名戴著毛帽的賣花女孩。會在這種地方買花的人應該少之又少吧。事實上，女孩懷中抱著的籃子裝滿了賣剩的花。莫里亞提教授停下腳步，緊盯著女孩。我悄聲喚了一聲「福爾摩斯！」加快腳步。教授的眼神凶狠，把賣花的女孩嚇得動彈不得。

莫里亞提教授從口袋掏出了鈔票。

——把賣剩的花全都給我。

他似乎是這麼說的。

女孩先是愣了一下，有些遲疑地遞出了籃子。莫里亞提教授笨拙地將籃中的花抱在懷裡，輕輕揮手道：「不用找了。」便繼續往前走。女孩怔怔地看著莫里亞提教授沿著柳馬場通往南走去的背影。

不止是女孩，傻在原地的還有我們。

「他為什麼要買花？」

之後莫里亞提教授一路往南走，最後來到了四条通。

大馬路的兩側是壯觀的兩排高樓，在高樓的山谷間，煤氣燈在霧中閃著模糊的亮光。這條洛中數一數二的大馬路，到了夜裡也十分熱鬧。有結束工作的商人、退役軍人、流浪者、巡邏的巡查、近衛兵團、沿路兜售商品的小販、一臉百無聊賴地站在路邊的廣告舉牌人……載著顯要貴族前往祇園的四輪馬車、緩緩駛過的載貨馬車，還有無數的辻馬車交錯而過。在濃霧籠罩的嘈雜大道上，莫里亞提教授抱著滿懷的花，一心一意地向前走著。

「難不成他是要去向美女求婚嗎？」福爾摩斯說。

○

約莫兩小時後，我和福爾摩斯人在木屋町的酒館裡。

我用手肘撐著桌子，看向外頭流過的高瀨川。

我想起剛從阿富汗回國，還沒認識福爾摩斯的時候。當時我領著少得可憐的退伍金，住在佛光寺附近的便宜租屋處。夜裡出門也因為沒錢，做不了什麼事，但又不想回到冷清的住處，就這樣在廉價酒家流連，眺望煤氣燈照耀下的高瀨川。

望向吧台，莫里亞提教授直盯著眼前擺著的一杯酒，像漆黑的石像般一動也不動。跟賣花女孩買來的成堆花朵就擺在一邊。他這個樣子實在太過異常，就連酒館老闆和喧鬧的醉漢都不敢向他搭話。熱鬧的酒館裡，唯有莫里亞提教授端坐的一隅，籠罩在異世界般的昏暗中。

福爾摩斯從剛剛就一直跟攤在桌上的地圖大眼瞪小眼。

「完全看不出什麼規律性。」

「你確定嗎？」

「他只是在隨便亂走，這是唯一的可能性了。」

他說著，將隨身攜帶的地圖推到我眼前。

我欺身看著地圖，上頭寫滿莫里亞提教授走過的路線。線條像是沿著東西向的四条通纏繞似的，不斷走過往來的巷弄。我看了一陣子，覺得福爾摩斯說的沒錯，他真的就只是在亂走一通。

沒有其他「跟蹤」的經驗比這晚還要詭異。

完全看不出一絲犯罪的跡象。話雖如此，又不像是在秋夜裡隨興散步。莫里亞提教授一心一意走著的背影，散發出一股像是在迷宮中拚命尋找出口似的異樣氣息。

教授時不時會突然停下腳步。有時是在已經打烊的商家門口，有時是在空蕩蕩的空地前，都是乍看之下沒有半點蹊蹺的地點。他會在原地默禱似地垂下頭，過了一下又邁開步伐。他走過之後，地上會留下一朵跟賣花女孩買的花。宛如對亡者的追悼。

「他到底在做什麼？」

「買花又不犯法。」福爾摩斯說：「夜間散步也不犯法。」

之後他就一語不發，百無聊賴地抽起他的香菸。

我環視了熱鬧的「本鮑中將亭」一圈。酒館老闆是一名叫做溫迪蓋的中年男子，聽說年輕時是跑商船的。店裡裝潢也很有前船員的風格，牆上掛著船錨和羅盤。莫里亞提教授還是將手肘靠在吧台上，像是在忍受什麼痛苦似地蜷曲著身子。但也有可能只是在打盹。

木屋町通上的大門打開，一名身材矮小的男子走了進來。

一開始我並未對那名男子多加留意，他一頭亂髮、服裝凌亂，感覺就像是喝醉的行政人員。這種人在這一帶到處都是。男子踩著無力的腳步經過我們身邊，在莫里亞提教授身邊落座，跟老闆溫迪蓋交談幾句，點了一杯麥酒。他面向我們這邊時，我突然覺得好像在哪見過那張雪貂似的面孔。我有些訝異地跟福爾摩斯咬耳朵。

「你認得那個男的嗎？我總覺得他有點面熟。」

福爾摩斯轉過頭，哼了一聲。

「什麼嘛，是雷斯垂德警部啊。」

「那是雷斯垂德？騙人，完全看不出來啊。」

「應該是喬裝辦案吧，別管他了。」

就在我們耳語的同時，雷斯垂德警部似乎也發現我們了。他一臉迷茫地從吧台邊起身，搖搖晃晃地朝我們走來。突然間，雷斯垂德警部長滿鬍碴的臉一皺。

「福爾摩斯先生！」他大叫出聲，雙腿一軟，往是食物殘渣和塵土的地板上跪地叩首：「真的非常抱歉！」

酒館裡瞬間安靜無聲。

「我不過就是只配在地上爬的臭蟲！」雷斯垂德警部口齒不清地說：「我只配吃土活下去！」

本鮑中將亭地板上的土感覺應該滿有營養的，但我實在沒想到會從人稱「京都警視廳魔鬼刑警」的雷斯垂德警部口中聽到這麼卑微自賤的話。就連福爾摩斯也傻眼了。「發生什麼事了，雷斯垂德？」

「我陷入低潮了。」雷斯垂德警部的額頭在地板上摩娑著，「我現在非常能體會福爾摩斯先生的痛苦。」

一年前的紅髮會一案，讓夏洛克·福爾摩斯淪為世間笑柄的時候，雷斯垂德警部非但沒為他說話，還用「外行偵探妨礙辦案」的說詞對福爾摩斯落井下石，擺明是為了自保。在那之後，福爾摩斯和雷斯垂德就完全撕破臉了。

「之前對您的諸多失禮，我由衷向您道歉。」雷斯垂德警部帶著哭腔說。

○

「什麼案件都破不了，我都要覺得好笑了。」

雷斯垂德警部雙手抱膝，坐在髒兮兮的地板上。

據他所說，自紅髮會一案與福爾摩斯決裂後，他調查的案件都不斷觸礁。從前十分靈光的刑警直覺，現在已經消失無蹤。「好奇怪啊、是陷入瓶頸了嗎」就在他如此困惑時候，犯罪調查部的對手們——艾索尼·瓊斯、白斯崔、史丹利·霍浦金斯——一個個都陸續破案。

這讓他更加喪失信心，工作也更不順手。

其他刑警沒有人來安慰他。或許是因為雷斯垂德警部此前的活躍，讓大家心裡都不是滋味吧。直到一年前，警視總監對他的印象都還非常好，如今把他叫去總監辦公室痛罵已經是每個月的例行公事，被踢出犯罪調查部是遲早的事了。

到了上星期，曾大肆報導福爾摩斯困境的《每日紀事報》，刊出了題為〈雷斯垂德警部的迷航〉的報導，自暴自棄的雷斯垂德警部這陣子每天都在木屋町一帶到處泡酒館。

「是嗎，你也真是辛苦了呢。」夏洛克．福爾摩斯深有同感地說。

在我看來，雷斯垂德低潮的原因不言自明。

在此之前他能破獲無數難解疑案、成為京都警視廳的王牌刑警，全都是因為福爾摩斯適時的提點。也就是說，他跟我一樣都是豪華郵輪「福爾摩斯號」上的船員，現在也跟福爾摩斯一起沉沒了。

讓我驚訝的是雷斯垂德對此一點自覺也沒有，更驚人的是福爾摩斯居然如此坦率地表達對雷斯垂德的同情。經過這一年深陷低潮的困境，他們之間似乎萌生了同病相憐的革命情感。

福爾摩斯輕拍雷斯垂德的背。「雷斯垂德，別再窩在地上了。」

「您願意原諒我這個臭蟲嗎？福爾摩斯先生？」

「真要說起來，我也一樣是臭蟲啊。算了吧，我們就盡釋前嫌吧。」

福爾摩斯抓著雷斯垂德的手臂，將他拉了起來，拂去他額前富含營養的塵土，擦去他臉上的淚水和鼻涕，然後拉他到我們的桌邊坐下。

「感覺就像迷失在一片漆黑的迷宮裡。」雷斯垂德喝著麥酒說：「我一點自信也沒有。不過就在一年前我還一帆風順……現在調查部的同事都在笑我，社會大眾指責我，老婆和女兒也對我大失所望。既然如此還不如把我調到大原之里[6]去跟偷羊賊你追我跑。我想到沒有人煙的遠方隱居，再不然乾脆變成開在荒野的堇花算了。」

6　大原之里：位於京都東北方，近滋賀縣的郊區。

「我非常了解你的心情，雷斯垂德。」福爾摩斯的語氣像是在鼓舞雷斯垂德：「我們現在確實身在谷底。我們完全沒有達成任何有意義的工作，被社會大眾冷眼看待。但就是因為我們現在被人嘲笑是喪家犬，才更該互相幫忙不是嗎？覺得痛苦的時候就來寺町通221B找我吧。我們一起攜手面對這個困境。低潮是什麼呢？這是我這一年來傾全力想破解的難解謎案。雖然目前還沒看見一絲希望之光，我也絕不會放棄。我一定會解決這個難題。」

雷斯垂德萬般感動地握住福爾摩斯的手。

「拜託你了，你是我唯一的依靠了，福爾摩斯先生！」

他們用力握住彼此的手，就在這時，隔壁桌的男人站了起來，朝這邊說了聲：「不好意思。」那是名戴著狩獵帽，嘴邊蓄著鬍鬚的男子。

「你們是夏洛克·福爾摩斯先生和雷斯垂德警部吧？」

看到那名男子的臉，福爾摩斯臉色一變。「你這傢伙！」

福爾摩斯站起身，往男子胸口推了一把。對方一臉錯愕道：「你想做什麼？」

看見福爾摩斯隨時都會出手揍人的樣子，我和雷斯垂德連忙攔住他。

「他是《每日紀事報》的記者！」福爾摩斯怒吼。

「我只是想問問你們的近況啊。」

「還不是為了寫你那無聊的報導，快給我滾！」

「對，我當然會寫，不然不就被白打了。」記者在逃也似地離開酒館前，丟下了這麼一句話：「喪家犬正式結盟，這篇報導一定會很有意思的。」

《每日紀事報》的記者落荒而逃後，福爾摩斯的怒氣遲遲未消。雷斯垂德一臉擔憂，一半或許是對福爾摩斯的同情，另一半則是在想記者不知道要寫些什麼吧。福爾摩斯將麥酒一飲而盡，嘟囔道：「我現在面對的可是人生最困難的大案子，才不能讓這幫蠢貨干擾我。」

就在這時，我看向吧台，忍不住叫出聲來。

「福爾摩斯！」

莫里亞提教授不知何時消失無蹤。

○

我匆匆向雷斯垂德道別，奪門衝向木町通。

道路對面鱗次櫛比的廉價酒館透出的燈光照亮了石板路，往來的醉漢們一個個通紅著臉，踩著蹣跚的步伐消失在通往先斗町的巷弄中。我踢飛了一頂咕咚咕咚滾到腳邊的大禮帽。大禮帽一路滾落高瀨川，在煤氣燈的照耀下閃著絲光，逐流而去。四下不見莫里亞提教授的身影。

「華生，我們收工吧。」福爾摩斯追上來，說道：「跟著那個在路上徘徊的失智老人能幹麼呢。」

我們往西条大橋的西橋頭走去。壯麗的國會議事堂沿著鴨川向南延伸，鐘樓就聳立在議事堂南端。鴨川的霧漸漸濃重，西条大橋看起來就像是浮在雲中。橋的另一頭，祇園街頭也淹沒在霧海中，只隱約看見紅色燈籠若隱若現的火光。鴨川對岸還坐落著一間大劇場「南座」，此時也早已熄燈，宛如中世界古城的偌大屋頂只見黑色剪影。大笨鐘的鐘聲響起。時間正好是午夜零時。莊嚴的鐘聲響徹夜晚的街道。

我將手擱在西条大橋的欄杆上，往上游處凝神細看。

「在那裡！」我探出身子拚命指著。

莫里亞提教授正拖著沉重的步伐沿著鴨川向北走去。

我走下四条大橋，跑下鴨川河畔，再度追上莫里亞提教授。福爾摩斯邊埋怨著邊跟上來。走過一段河川兩岸街燈明亮的路段，來到三条大橋一帶時，鬧區的燈光離我們愈來愈遠。

圍繞在四周的沉重霧氣，似乎又愈來愈濃了。

這個霧不只是鴨川的霧氣，還混合了文明的有害氣息。剛從阿富汗回來、住在便宜下榻處時，這個霧總給我一種不祥的感覺。對於當時因傷從戰地撤退、無依無靠，只能在廉價住處腐敗的我而言，這抹像是要將我吞沒、令人喘不過氣的濃霧，正象徵了我慘澹的未來。

「我只想早點回家睡覺。」福爾摩斯在霧氣包圍下邊走邊抱怨著。「我剛剛也跟雷斯垂德說了，我正在試圖破解『低潮』這個人生最大的難題，沒有時間可以浪費在這種無聊小事上。」

「不要再抱怨，跟上來就對了。」

「你到底是怎麼了？華生？」

「我只是希望你能重拾幹勁。」

「我實在不這麼想，你今晚真的很奇怪。」

就在走到荒神橋的時候，霧的另一頭突然明亮起來。走近一些，就發現那是流浪漢們燃起的火堆。莫里亞提教授經過火堆旁時，流浪漢們都害怕地向後退。想來教授的臉色應該很難看吧。

經過火堆後再回頭看，火光的暖意像是沁入心底一般，宛如人世間最後的堡壘。這也難怪，因為再往前的河岸邊已經顯得荒涼，穿透濃霧的月光十分微弱，除了鴨川沿岸草地上被人踩出的小路之外什麼也看不見。就像是通往世界盡頭的單行道。

一朵莫里亞提教授掉下的花出現在路邊。

「這裡也有。」我撿起腳邊的花。

然後往前方濃霧深處凝望。

莫里亞提教授踉蹌的步伐，揚起了黑色斗篷的衣襬。

——我為什麼會這麼在意莫里亞提教授呢？

包裹在黑色斗篷下的陰鬱背影，散發出一股在這世上再無容身之處的孤寂。那樣的背影有著某些讓人戰慄的什麼。

在漫長的夜裡徬徨漫步，筋疲力盡，在冰冷霧珠浸透下逐漸消失。

那就像若是沒在十年前遇見福爾摩斯的我，也像是放棄擺脫低潮的福爾摩斯的末路。現在回想起來，這或許就是那一晚，我不肯放棄跟蹤莫里亞提教授真正的理由吧。

「我們走，福爾摩斯！」我低聲道，再次邁開步伐。

福爾摩斯依然喃喃抱怨著，一面跟了上來。

○

——夏洛克·福爾摩斯陷入了嚴重低潮。

讓洛中洛外明白這一點的，正是「紅髮會」一案。

去年晚秋，頂著一頭鮮豔紅髮的商人傑貝茲·威爾森敲響寺町通221B的大門，帶來一個怪異的問題。威爾森在四条柳馬通開了一間小當鋪，因為某些契機成為了「紅髮會」這個組織的一員。紅髮會是基於某個大富翁的遺言：「為繁榮紅髮人及其子孫」而設立的組織，成員只要進行一份輕鬆的工作——抄寫平凡社出版的《世界大百科事典》——就能獲得高額報酬。自從幸運加入紅髮會之後，威爾森就靠這份奇妙的兼差與豐厚的薪資，過上輕鬆寫意的生活。

然而就在某天早上，他一如往常前往紅髮會辦公室時，發現門上貼著一張「紅髮會已宣告解散」的告示。簡直像是被狸貓給耍了。威爾森希望能委託福爾摩斯查出事情究竟是怎麼回事。

我們立刻前往調查，發現威爾森面向柳馬場通的當鋪後方，跟面向四条通的大銀行金庫僅有一牆之隔。而且這間大銀行正好運了一批拿破崙金幣進來，就安放在地下金庫。

如果「紅髮會」是為了讓足不出戶的威爾森每天在一定的時間、強制外出幾個小時所準備的呢？老闆不在的期間，當鋪裡一定正在進行著某些見不得光的陰謀。一發現當鋪緊鄰大銀行的金庫，這一切都是為了「挖掘地下通道以盜取拿破崙金幣」的目的便水落石出。而紅髮會解散，正代表地下通道已經完成，他們已經沒必要支開威爾森了——福爾摩斯是這麼推理的。

「一定不會錯，他們今晚就會行動，偷走金幣。」

我對福爾摩斯的推理沒有絲毫懷疑。一切都非常合理。

於是我們通報了京都警視廳的雷斯垂德警部，聯絡大銀行的總經理放行，進到大銀行的地下金庫室。我們打算在那裡徹夜看守，將從地下通道鑽出來的犯人逮個正著。我們就這麼等著。在寒氣逼人的地下室靜靜等著。等了又等，犯人卻沒有現身。

後來才發現，「紅髮會已宣告解散」的告示，只不過是某人的惡作劇。那個人在紅髮會開出空缺名額時去應徵，卻因威爾森補上空缺而落選，因此懷恨在心。也就是說，「紅髮會」這個怪異組織確實存在，不存在的是金幣盜取計畫以及地下通道。

下個星期，威爾森再度造訪寺町通221B，留下一句「非常抱歉，是我多心了」和一筆少得可憐的辛苦費。威爾森現在依然持續前往紅髮會辦公室，抄寫著《世界大百科事典》吧。

威爾森倒好，慘的是福爾摩斯。

名為紅髮會的怪異組織、與大銀行比鄰的小當鋪、正好在此時運到地下金庫的拿破崙金幣。只要認定了有「盜取金幣」這樁罪行存在，這些碎片就會漂亮地串連起來，彼此接合得完美無缺，就連福爾摩斯也被騙過了。說服大銀行總經理、調動大批警員待命，雷聲隆隆卻連滴雨點也沒落下。

正因原先是那麼信勢旦旦，讓福爾摩斯的尊嚴更是粉碎得體無完膚。

隔週，《每日紀事報》就對這次失敗大書特書，刊出了以〈夏洛克・福爾摩斯大失敗〉為題的報導。這篇報導對福爾摩斯做為偵探的能力提出質疑，更以雷斯垂德警部的毒舌批評作結。雷斯垂德的發言暗指「福爾摩斯的胡亂推理干擾警方辦案」。

福爾摩斯殺到位於烏丸御池的《每日紀事報》總公司，嚴正抗議「不准亂寫有的沒的」，卻只是火上添油。《每日紀事報》以〈夏洛克・福爾摩斯急了〉為題，將此事始末寫成一篇大肆嘲笑他的報導。福爾摩斯讀到報導時氣得臉色發白，把他的威百利轉輪手槍揣進懷裡就要出門，哈德遜夫人拚死命才好不容易攔住他。

報導的回響甚大，福爾摩斯的壞名聲就此傳遍洛中洛外。

○

福爾摩斯與我回到寺町通，已經是翌日清晨了。

早晨的寺町通像是被漂成了淺淺的白色。堆著蔬菜前往錦市場的板車喀啦喀啦響，悠悠地越過我們。

我和福爾摩斯都已疲憊不堪。

「這是最後一朵了。」

在221B的大門前，我拾起花朵。

莫里亞提教授已先我們一步回到寺町通221B。

我們茫然地仰望著三樓窗戶好一陣子，才打開大門進到屋中，幾乎如字面上的「爬」上樓梯，好不容易回到二樓福爾摩斯的房間。

在福爾摩斯點燃壁爐的期間，我拉開窗簾讓陽光灑入。得趁瑪麗起床前回到診所才行，但我已經一步也走不動了，寒氣滲入體內，簡直是慘到不行。

我們跟蹤了莫里亞提教授一整晚。

昨晚，沿著鴨川一路往上游走去，來到出町柳，莫里亞提教授走過加茂大橋，沿今出川通往東行。深夜的大學街區無車無人，就像是石造的迷宮似的。但莫里亞提教授看來又不像是有事要到大學辦。穿過大學街區，走到銀閣寺道，再沿著白川通一路往北走，然後再轉上北大路通向西行。渡過賀茂川後，真的就像是在沒頭緒地亂闖。在今宮神社和大德寺附近四處漫步、路過金閣寺、在北野天滿宮繞了一圈，在紡織工廠重鎮的西陣徘徊，然後沿千本通往南，走到二条城時東方天色已經泛白。之後又沿著丸太町通往東，回到寺町通。

「都是你把我害慘了。」福爾摩斯呻吟著在扶手椅坐下，「莫里亞提教授什麼壞事也沒做。今晚唯一釐清的事實，就是教授的腿力驚人。」

我也只能倒在躺椅上哀哀叫。

——你到底在做什麼呢，華生。

不過就是一年前，跟福爾摩斯的冒險還驚奇連連。只要跟他一起走出寺町通２２１Ｂ，通往迷人冒險的大門就接連敞開。但現在呢？我們只不過是跟在一個孤單老人的屁股後面一整晚。

奶油色的百葉窗在朝陽下閃閃發光。宣告嶄新的一天已然開始的陽光，讓我更加傷感。這時樓下傳來門鈴聲，福爾摩斯瞥了一眼壁爐架上的時鐘，垮下臉。「是哪個沒常識的人會這麼早來拜訪？」他低聲道。

門鈴響個不停。終於醒來的哈德遜夫人奔過走廊。大門打開後，她和清晨的來訪者不知在門口細語些什麼。「是電報嗎？」福爾摩斯說。但並不是。沒多久，就聽見某人走上樓梯的動靜。那腳步聲中蘊含著非比尋常的怒氣。

我整個人彈起身來。

——是瑪麗！

所有疲憊瞬間煙消雲散。

○

吾妻瑪麗總是叫福爾摩斯「那個人」。

這個稱呼顯示了她在心中與福爾摩斯拉開的距離。如果單純只是「跟這個人合不來」，那還有溝通的餘地。然而對現在的瑪麗來說，福爾摩斯此人，已經不是值得以禮相待的存在了。

在此之前，從「福爾摩斯老師」到「福爾摩斯先生」、再到「那個人」，每當她改變一次稱呼，在妻子的世界中的福爾摩斯就變身了一次。現在，福爾摩斯已經不是「丈夫的工作夥伴」、也不是「丈夫的友人」。丈夫會受到讀者的譴責、診所的經營狀況每況愈下、跟相愛的丈夫之間屢屢爭執……只要追究其背後的原因，一定都導向夏洛克．福爾摩斯這個可恨的存在。

對瑪麗而言，福爾摩斯甚至已非擁有血肉之軀的人類，而是這個世界所有麻煩的萬惡根源、邪惡的化身。

我從椅子上跳起來，抓住福爾摩斯的手臂。

「不好了，福爾摩斯。瑪麗來了！」

「你是怎麼了？幹麼這麼害怕？」

「我已經答應她不會再跟你見面了，我來找你的事也沒告訴她。」

「你傻了嗎？」福爾摩斯傻眼道：「為什麼要說這種無聊的謊話？你以為瑪麗瞎了嗎？」

「我也沒別的辦法啊。怎麼辦？」

「現在也只能看著辦了。」福爾摩斯說：「堂堂正正地面對吧。」

「要面對就你自己一個人面對，不要把我扯進去。」

「喂，等一下，真要說起來我才是被波及的人吧！」

就在我們你一言我一語的同時，叩叩！門被敲響了。一陣短暫的沉默後，福爾摩斯說了「請進」，瑪麗靜靜開門走進房中。她身穿灰色外套，臉色蒼白疲憊。

「好久不見了，福爾摩斯先生。」

說完，她向我拋來冷冷的目光。

「你在這裡做什麼？」
「不、我是……」
「你不是跟瑟斯頓約好打撞球嗎？」
「我當然有去跟瑟斯頓打撞球啊，後來我們去了居酒屋，正好在店裡遇到福爾摩斯。真的好巧。」
瑪麗揚起了美麗的眉毛。「然後呢？」
「畢竟也好久不見了，正好有這個機會，我就想跟他好好聊聊今後的事。當然我也懂妳的心情。我完全懂，但如果可以的話，我還是希望能兼顧妳的意見，找出一個兩全其美的辦法……」
正當我開始語塞，福爾摩斯開口救援。
「就在這時候，我接到一份緊急的委託。」
「委託？」瑪麗一臉訝異，「什麼樣的委託？」
「我當然知道妳不高興華生跟我來往，但這是攸關國家大事的重大案件。我非得借助華生的力量才行。很抱歉讓妳擔心了，對不起。」
「就是這樣，瑪麗，我也是不得已的。」
「原來如此，是這麼回事啊。」瑪麗微微頷首，然後說出了意料之外的話：
「偷偷跟蹤一個老人家，跟國家大事有什麼關係？」
福爾摩斯跟我心下一驚。妳怎麼會知道……我喃喃地脫口而出。
「昨天我總覺得你看起來不太對勁，所以後來就去了一趟俱樂部，結果只看到瑟斯頓先生在那裡，他告訴我，你留言說要取消今晚的約。這麼一來，你一定是到寺町通了。所以我就到這邊來，正好看到你們兩個走出門。於是我偷偷跟在你們身後。我認為這是身為妻子的正當權利，因為你對我說謊。」

「妳跟蹤我們？」我張口結舌，「一整晚？」

「別看我這樣，在寄宿學校時我可是能幹的校刊委員呢。學學偵探把戲這種事我還做得來。我整個晚上都一直跟在你們身後。好了，回答我的問題。這算哪門子攸關國家大事的重大案件？」

瑪麗來回瞪著我和福爾摩斯。我已經啞口無言。我一心一意只顧著跟蹤莫里亞提教授，作夢也沒想到我們自己也被跟蹤了。

「妳贏了。」福爾摩斯果斷舉了白旗，「我們昨晚在跟蹤我的新室友莫里亞提。他不是什麼罪犯，只不過是退休的大學教授。」

「也就是說，那只是場無聊的遊戲囉？」

「可以這麼說吧。」

「福爾摩斯先生，算我拜託你。」

瑪麗的聲音充滿威嚴。這是她在佛瑞斯特太太身邊擔任家教時練就的嗓音，也意味著身為妻子正式準備迎戰。

「請你跟約翰斷絕往來。」

「還真是單刀直入呢，瑪麗。」

「不說得這麼單刀直入你是聽不懂的。」

「不，可是……」我正要插嘴，瑪麗倏地抬起手。

「這裡交給我，你不要吵。」

瑪麗說完，轉身直面著夏洛克．福爾摩斯。

「福爾摩斯先生，我當然了解我丈夫的心情。你是約翰的工作夥伴，也是前室友，更是我們夫妻倆的媒人，是我們不能怠慢的恩人。但你們兩個現在只是在互相扯對方的後腿而已。你們明明應該要克服各自的人生困境，卻只是把時間虛耗在互舔傷口上。昨晚的事就是個好例子。把跟蹤無辜老人當成兒戲，玩無聊的偵探家家酒。福爾摩斯先生，你其實也很清楚吧。我丈夫不肯認清現實。他只是懷念跟你一起冒險的時光。只要你們繼續混在一起，他就無法斷了這份留戀。福爾摩斯先生，如果你真的珍惜我丈夫這個朋友，就請結束這樣不健康的關係。這最終對你也會有好處的。」

「妳說的或許沒錯吧。」

「那就……」

「但是，這是華生跟我之間的問題。當然了，妳身為妻子，可以好好跟華生談。但妳無權干涉我的人生。華生對妳而言是非常重要的人，對我也一樣。這一年來，我在面對的是身陷低潮這個此生最難解的疑案，我無論如何都必須克服這個難關。而要做到這一點，華生的協助是不可或缺的。」

他這番真摯的說詞，真真切切地打動了我的心。

「不可以聽他的，老公！」瑪麗忍無可忍地揚聲道：「他每次都用這招吃定你！」

面向寺町通的窗外又更明亮起來。從窗口流洩而入的陽光，照亮了雜亂的室內。

這裡是我從前生活過的房間，也是我跟福爾摩斯無數冒險的起點。能讓維多利亞王朝京都這個冷冰冰的城市，化為充滿振奮人心冒險的世界的，就只有福爾摩斯一個人。我打從心底想在福爾摩斯身上追求的，就是這股誘發冒險的神祕力量。不管經歷多少次的失望，我依然無法捨棄「福爾摩斯終將凱旋歸來」這個夢想。

福爾摩斯走到窗邊，拉起百葉窗。

「瑪麗，可以再給我們一點時間嗎？」

「我已經不想再看約翰這麼痛苦了。」

「我也很痛苦啊。」

「你要痛苦是你的事。那是你自己的選擇。」瑪麗低著頭，不甘心地說：「但這個人有他自己的人生。約翰．H．華生不是夏洛克．福爾摩斯的專屬記錄員。」

福爾摩斯什麼也沒說，只是將前額靠在玻璃窗上，陷入沉默。

「福爾摩斯先生，你有在聽嗎？」

「先等一下，瑪麗，不是說這個的時候。」福爾摩斯倏地舉起右手，「好像出事了。」

這麼說來，似乎聽得見外頭的人聲愈來愈嘈雜。太陽已經高掛，也差不多該是人們出門活動的時間沒錯，但也未免太吵了吧。福爾摩斯拉開窗，路人們喊著「危險」、「不要衝動」的聲音清晰地傳進耳中。

福爾摩斯從窗邊探出身子，翻身往上望。

下個瞬間，他飛也似地離開窗邊，奔向房門。

「動作快，華生，在屋頂！」

「怎麼了？」

「是莫里亞提教授，他打算跳樓！」

福爾摩斯一陣風似地奪門而出，一路衝上樓。

○

從前與夏洛克・福爾摩斯同住在寺町通221B的時期，我在執筆案件紀錄時，每當寫不出來，就會到屋頂來散心。空蕩蕩的屋頂，除了像香菇般突兀地立著的紅磚煙囪，就只有晒衣場和一座小小的弁財天神社。往東望去，可以看到鴨川對岸的田園地帶與東山，西邊則是一片煤煙瀰漫的大城市。

追著福爾摩斯來到屋頂上時，天空已經烏雲密布。

「莫里亞提教授！」福爾摩斯邊跑邊大叫著。

莫里亞提教授站在寺町通那面的女兒牆上，垂頭喪氣地背向我們。被風吹得翻飛的黑色斗篷，讓他看起來像是一隻巨大的烏鴉。

福爾摩斯奔過弁財天神社，直直地往莫里亞提教授奔去。

看他這樣的氣勢，我知道他不打算採取「說服」這麼柔和的手段。這是正確的判斷。莫里亞提教授察覺正往自己跑來的福爾摩斯，便轉過身。他的臉上閃過一絲又哭又笑的神祕表情——就在那個瞬間，他緩緩往後倒。在寺町通上圍觀的人群響起一陣驚呼。

趕到牆邊的福爾摩斯直接從女兒牆邊探出身子，雙手抓住正向後倒下的莫里亞提教授斗篷。福爾摩斯的身子沒有任何支點。他知道我一定會追上來，才會採取這麼冒險的做法。

我立刻攔腰抱住福爾摩斯，使盡全力拉住他。福爾摩斯的身子像是緊繃的鋼索般猛地一震。莫里亞提教授的性命、福爾摩斯的性命，全都靠我每天往來診所與患者家中出診鍛鍊出的腿力了。

就在這時，我的背上傳來一陣暖意，一股溫熱的氣息吹在我的後頸上。緊追在後的瑪麗從背後死命地抱住了我。

「老公，撐住！」瑪麗大叫著：「加油！加油！」

福爾摩斯拉著莫里亞提教授、我拉著福爾摩斯、瑪麗拉著我——就像是在拔怎麼也拔不起來的大蘿萄一樣，雖然情勢依然艱辛，瑪麗的加入讓狀況得以逆轉。

福爾摩斯像在擲鏈球一樣，用離心力將莫里亞提教授拋上屋頂。教授像黑色皮球似地滾動，我們幾個也跌坐在地。

我們筋疲力盡，一下子動彈不得，全都倒在屋頂上茫然地看著天空。圍觀民眾的歡呼聲聽起來十分遙遠。過了一陣子，福爾摩斯起身。

「莫里亞提教授，」他問：「你有受傷嗎？」

「我是個沒用的人。」莫里亞提教授蜷曲著身子哭了，「上天賦予的才華消失到哪裡去了？」

福爾摩斯慢慢走向莫里亞提教授。

「可以告訴我們事情原委嗎？說不定我們幫得上忙。」

莫里亞提教授坐起身，對我們娓娓道來。

他自去年秋天起，就苦於嚴重的低潮。不管想出怎麼樣的數學理論，最後都什麼也無法證明。在這樣痛苦的折磨下，他夜不成眠。會辭去公職，也是為了找出能擺脫低潮的辦法。

然而不管他再怎麼努力，別說找到突破點了，只是在低潮中愈陷愈深。絕望的莫里亞提教授在昨晚決心跳進鴨川自我了結，但我跟福爾摩斯卻不知為何一直跟著他，讓他無法下定決心。就這樣走了一整晚，最後只得回到寺町通221B。就在他認為別無他法，只能從屋頂跳下去的時候，又被我們給拉了回來——這就是事情的全貌。

「折磨我的到底是什麼？」他垂著頭，哽咽地說：「就像是有了一個數學上的新發現。乍看是完美無缺的理論，這樣的時刻是那麼幸福，讓我充滿了彷彿掌握『真理』的喜悅。但到了隔天再檢視，就會在那個理論找到小小的漏洞。我想方設法要把洞補起來，但愈是努力要修補，那個洞就愈大。在漫長的苦戰之後，我才發覺自己拚命想要搶救的東西不過就是一團垃圾。我自以為掌握到的『真理』，曾幾何時就像是塵土一般消失無蹤。」

福爾摩斯同情地說：「我非常明白你的心情。因為我也遇到一樣的問題。」

莫里亞提教授猛地抬起頭。

「你也陷入低潮了嗎？」

「我現在正在努力破解此生最大的疑案。」福爾摩斯向莫里亞提教授伸出手。

「你意下如何呢？教授，要不要跟我聯手一起破案？」

○

之後，我和瑪麗動身回下鴨。

辻馬車在冷冰冰的暗雲下奔馳。

瑪麗在搖晃的馬車上拚命忍著呵欠。她似乎累到連開口都懶了。對我和福爾摩斯的憤怒，都因為莫里亞提教授引發的騷動暫且擱置下來。事實上，以結果而言，我跟福爾摩斯的「偵探家家酒」並非虛擲光陰。我們救了莫里亞提教授一命。

我想起莫里亞提教授掉在路邊的花。

原來是這樣嗎，我喃喃說道。

「那些花是向這個世界訣別的花。」

「不，不是這樣的。」瑪麗微微一動，說道：「那個人是在求救。他是希望有人能察覺。」

我往身邊一瞥，偷看瑪麗的表情。她像是鬧脾氣的女孩似地緊皺著眉頭，盯著窗外行經的街道。早晨寒冷的空氣，和徹夜在街頭徘徊的疲憊，讓她的臉頰雪白透亮，眼角的淚光像寶石般閃耀光芒。

「總之今天我就先饒了你。」

說完，瑪麗將頭靠在我的肩上，闔上雙眼。

第二章　艾琳・艾德勒的挑戰

十一月的第一個星期日，我和哈德遜夫人坐上顛簸的馬車。

我們在河原町三条搭上辻馬車，駛過三条大橋，在紅磚建築夾道的街頭緩緩前行。目的地是南禪寺一帶，知名靈媒雷契波羅夫人的宅邸「朋迪治里別邸」。

哈德遜夫人盛裝打扮，興奮得像要去野餐似的。

「她一定能給出很有幫助的建議的。」

「她真的這麼厲害嗎？」

「這還用說嗎！她可是史上最厲害的靈媒呢。」

哈德遜夫人的不動產投資會這麼順利，好像也是多虧那個靈媒。其實哈德遜夫人除了221B之外，在寺町通一帶還持有其他房產，可說是走在通往寺町不動產王的康莊大道上。

「前陣子也是多虧夫人的建議，我買下了221B對面的另一間房子。」哈德遜夫人得意洋洋地說：「才剛重新裝潢完，馬上就找到很棒的租客了。是一位叫艾琳・艾德勒的小姐，聽說之前是舞台劇演員呢。」

「那還真是幸運呢。」

「夫人的建議是不會出錯的。」

這個名為雷契波羅夫人的靈媒，我自己也事先調查過了。

據說她是出身王室專屬的占星術師世家，不過這充其量只是她自稱，真正的出身實則不明。憑藉「精通印度內陸的招魂術奧義」噱頭，大約自兩年前起便在洛中洛外頻繁主辦降靈會。信徒當中不乏達官顯要的紳士淑女，可說是促使近年招魂術風行的始作俑者之一。

我也算是科學家，對招魂術風潮抱持著懷疑的態度。但對於福爾摩斯的低潮問題，我敢說自己已經試遍了各種辦法。只要能幫得上忙，管它是招魂術還是什麼鬼都可以。我內心也懷著這樣的念頭。

「總之福爾摩斯那個樣子非得想想辦法才行，每天跟莫里亞提教授一起鬼混，情況是不可能好轉的。」

「你只是看他們感情好，吃醋了吧。」哈德遜夫人微笑道：「華生醫師真是個大醋桶呢。」

「我才沒有吃醋，我是打從心底覺得煩，哈德遜夫人。」

「既然你這麼說，那就當是這樣吧。福爾摩斯先生也真是的，都已經有華生醫師這個好朋友了，還跟莫里亞提先生走那麼近……不過也多虧如此，莫里亞提先生最近的狀況穩定多了。」

○

朋迪治里別邸位於南禪寺以北的東山山腳下。

從南禪寺碼頭沿著白川通往北走，右手邊是整排貴族別墅和富商豪宅。一幢幢都有著廣闊的腹地，樹梢的枝椏從長長的石牆另一端探出頭來。雷契波羅夫人的宅邸與之相比也毫不遜色。

馬車穿過石砌的大門，陽光篩過葉縫，點點灑落在車輪下的砂石道上。

時間來到十一月，福爾摩斯還是一樣整天窩在寺町通221B。

要說有什麼大變化，就是之前跟他那麼水火不容的三樓房客，詹姆斯・莫里亞提教授，現在也整天泡在福爾摩斯的房間裡。一察覺教授也處在身陷低潮的痛苦中，兩人就一拍即合。

「真的做什麼都不順呢。」

「我懂，我懂你的感覺！」

他們就這樣你一言我一語，無所事事地混過一整天。

這對我來說實在是不快至極。我這麼努力想要幫助福爾摩斯回歸偵探業，他們卻只是在那邊互舔傷口，完全沒有把我的話當一回事。不只如此，福爾摩斯居然還說什麼「我看你是在嫉妒吧？」堅稱我會這樣干預他的生活態度，是因為不希望「福爾摩斯的搭檔」這個榮耀的地位被莫里亞提教授搶走。未免太自抬身價了吧！

「我說這些都是為你好，」我說：「你打算這樣擺爛多久？」

「我們正在努力破解『我們自己』這個難解疑案啊。」

福爾摩斯抽著菸斗說，坐在躺椅上的莫里亞提教授也頻頻點頭。

「說得太對了，」他附和：「我們已經竭盡全力了。沒有比這更難解的謎題了。」

說得好像很有道理，其實就只是在逃避現實罷了。

最後連京都警視廳的雷斯垂德警部都開始跑來，寺町通221B成了喪家犬吹狗螺的集會地。「多虧福爾摩斯先生，讓我又有了活下去的勇氣。」雷斯垂德如是說：「雖然還是一樣，一個案子都破不了呢。」

我一直往寺町通221B跑的事，瑪麗當然也早就發現了。

但瑪麗什麼也沒說，我也盡可能不去提福爾摩斯這個地雷。

上個月妻子對福爾摩斯爆發的怒火，在「救了莫里亞提教授一命」這個意料之外的發展下看似平息了。但這不過就像是活火山暫時休眠一樣，不知何時又會因為什麼契機爆發。到那個時候，我與震怒的瑪麗之間的戰爭，或許會是夫妻共度的歷史上前所未有的世界大戰吧。

○

馬車在偌大宅邸的門前停下。管家出來迎接我們，領我們到玄關大廳右手邊的接待室，留下一句「請在此稍候」便告退了。

這間接待室，大到足以將我那自宅兼診所的家整個放進來。

進門後左手邊的牆上有座壯觀的大理石壁爐，壁爐架上擺了一排印度的雕像，木板牆上裝飾著豪華的緙織掛毯。右手邊一整片大窗戶外是以東山為背景的遼闊庭院，明亮的陽光灑進接待室中。

就在我感動地眺望著庭院時，哈德遜夫人在我耳邊細語：

「很氣派的房子吧？聽說這是聖席蒙男爵的別邸。」

「聖席蒙男爵？」我驚訝地反問：「新娘失蹤案的那位？」

「解決那起案件的就是雷契波羅夫人。在那之後聖席蒙男爵就成了招魂術的虔誠信奉者，據說還持續支援夫人的活動。」

「這件事最好不要告訴福爾摩斯。」

「聖席蒙男爵把他罵得可慘了嘛。」

聖席蒙男爵的新娘失蹤案發生在去年秋天，正好就是福爾摩斯開始出現低潮徵兆的時候。最後福爾摩斯沒能解決男爵的家庭問題，被罵得非常難聽，「無能」、「中看不中用」、「廢物」等醜話都出來了。因此，要求助於聖席蒙男爵金援的靈媒，福爾摩斯的尊嚴是絕對不容許這種事的。

管家終於再次現身，領我們到二樓後方。

「哈德遜夫人和華生醫師來了。」

管家在我們身後關上門後，我就幾乎什麼也看不見。窗戶被厚重的天鵝絨窗簾蓋住，房間裡就像是夜晚一樣昏暗。光源就只有左手邊一座小小壁爐的火光，和房間深處桌上擺著的燭台。搖曳的火光，照亮了地板上鋪著的虎皮和房中的印度雕像。「雷契波羅夫人？」我開口，從右手邊的暗處傳來像是泉水咕嚕咕嚕湧出似的聲響。

「歡迎你大駕光臨，華生醫師。」黑暗中響起甜膩的嗓音，「我常聽哈德遜夫人提起你。」

眼睛適應黑暗後，我才辨識出那裡有一張大躺椅，一位身形豐滿的女性像是被靠墊山埋住似地鎮座其中。她身著像是黃昏天色般的群青色洋裝，優雅地抽著水菸。雷契波羅夫人對我們招手喚道：「過來吧。」我們小心翼翼地在黑暗中踩穩腳步慢慢前進，在她對面的兩張椅子上落座。

不知道雷契波羅夫人芳齡幾許，但看起來應該也快五十歲了吧。一雙目光銳利的大眼睛，鑲在稜角分明的臉上，一臉大濃妝讓她的臉龐看起來就像是浮在半空中的巨大白色面具。

「終於能見到您了，我等這天等好久了。」

「這是什麼意思？妳為什麼說等很久了？」

「聽說福爾摩斯先生陷入嚴重低潮……我聽哈德遜夫人提過這件事，一直很希望能幫上忙。若是能拯救那位知名的神探，沒有比這更光榮的事了。其實我也是華生醫師的大作《福爾摩斯譚》的忠實讀者呢。」

「這還真是意外，招魂術和偵探小說應該是水火不容吧。」

「您認為我們這些信奉招魂術的神祕主義者都是不講究邏輯的人吧？」雷契波羅夫人帶著意味深長的笑容，從靠墊堆中坐起身，「這是對招魂術常見的誤解。我們只不過是將近代的邏輯思維拓展到靈界罷了。愈來愈多科學家都想用科學的方式證明靈性世界的存在，而像我們這樣的職業靈媒，也不會吝於對這方面的研究提供協助。這不是非常講究邏輯的態度嗎？」

原來如此，我點頭。「妳說的沒錯。」

「那您應該也能明白我喜愛偵探小說的理由吧。」雷契波羅夫人開心地說：「我正可以說是探究靈性世界之謎的偵探，所以我對福爾摩斯先生有一種像是同袍之情的感覺。就算現在還很困難，但總有一天福爾摩斯先生也會不得不認同靈性世界的存在。只要我們聯手，就沒有我們解不開的謎團。這個世界將不再有任何神祕存在。」

先不論招魂術的是非真假，她這話確實有理，論述也十分冷靜。看來她不單純只是個可疑人物。

「雷契波羅夫人，關於福爾摩斯先生的事，」哈德遜夫人向前探出身子，「您是怎麼想的？」

雷契波羅夫人閉上眼，邊抽著水菸邊說：

「福爾摩斯先生要擺脫低潮，就必須要找出他一開始會陷入低潮的原因。但人類對自己的了解其實出乎意料地淺薄。特別是像福爾摩斯先生的低潮這樣的難題，一定要納入他自己也不了解的自我，也就是將靈性領域也考量在內，不然是絕對無法解決的。」

雷契波羅夫人緩緩從躺椅上站起身，走近擺放在房間正中央處的一張大桌子。桌上放了一個小小的台座，蓬鬆的群青色軟墊上擺著一顆水晶球。在雷契波羅夫人示意下，我們在她面前坐下。

「這個水晶球可以聚集靈性的能量。」雷契波羅夫人用沉穩的嗓音說道：「就跟凸透鏡聚集陽光的作用一樣。華生醫師是福爾摩斯先生的摯友，哈德遜夫人是福爾摩斯先生的房東，兩位也有沾染到他的靈性能量。不過沾染到的能量非常微量，所以就連我這樣的靈媒，也必須要使用這種工具才能將之顯化。」

雷契波羅夫人將雙手覆蓋在水晶球上方，做了個深呼吸，閉上雙眼。

「請兩位靜下心來，凝視著水晶球。」

哈德遜夫人緊緊握住雙手，用認真的眼神緊盯著水晶球。其實我內心深處還是覺得一切都太愚蠢，但都來到這裡了還賭氣也沒意義。我也像哈德遜夫人一樣凝視著水晶球。水晶球在燭光照耀下閃閃發亮，折射出雷契波羅夫人身上的群青色衣料。

不久後，我隱隱感到背脊一涼。房間內變得有點冷。

桌上的燭台火光開始搖曳，房間的門窗都緊閉著，這陣風是從哪裡吹來的？我偷偷抬起臉，雷契波羅夫人依然將雙手覆在水晶球上方一動也不動。某種異樣的、令人毛骨悚然的氣氛瀰漫開來。

哈德遜夫人突然驚訝地開口。

「我好像看到什麼了。」

水晶球的深處顯現出一道微微的光亮。

正當我看傻了眼，那道光中浮現了一個人影。

那人影低著頭，看不清面孔，但可以看出是一名纖瘦、散發出寂寞氛圍的女孩。我忍不住伸手揉了揉眼睛，但女孩的身影確實就在那裡。

「看到了嗎？」我小聲地問。哈德遜夫人用力點了好幾下頭說：「看到了，我看到了！」

「那名少女正從靈界發出呼喚。」雷契波羅夫人正色道：「這女孩應該就是福爾摩斯先生低潮的原因。」

說完，水晶球中的光滅去，女孩的身影也跟著消失。

據雷契波羅夫人所說，這是深深刻劃在福爾摩斯心中的傷痕，用這樣的景象顯化出來。「應該是跟很久以前的案子有關。」夫人這麼說：「我能說的就只有這些，果然還是帶福爾摩斯先生親自來一趟才是上策吧。否則就是得知道當時發生了什麼事……」

哈德遜夫人先行離開房間，我跟在她身後正要離開，雷契波羅夫人突然將手輕輕覆上我的肩。

「有什麼問題歡迎您隨時來找我。」她說。如同雪白月亮的臉浮在房間的昏暗中，散發一股妖媚的氣息。她用充滿熱情的口吻悄聲說：「華生醫師，我想助福爾摩斯先生一臂之力。」

爾後，我和哈德遜夫人離開朋迪治里別邸，前往南禪寺。

東山的影子像巨人般籠罩著南禪寺。在山間寒氣瀰漫的境內，有身著軍用外套的年輕將校、紳士淑女的團體、看似攜家帶眷的商人等等眾多香客參拜，非常熱鬧。大門前辻馬車的停車場，馬車夫們聚在那兒抽著菸談笑風生。

走在境內的松林間，我才終於有一種回到現實的感覺。

「雷契波羅夫人真是個不簡單的人物。」

「我就說吧。」

「真是驚人的體驗。」

我又想起了映在水晶球中的女孩身影。

不管她是什麼人，至少可以肯定是我不認識的人。若是嚴重到會在福爾摩斯內心留下傷痕的案件，我跟哈德遜夫人不可能會忘記。這麼一來，那起案件一定是發生在我跟福爾摩斯認識之前。

距今十年前，我在醫學院時期的友人史丹佛牽線下，跟福爾摩斯展開同住生活。這麼想來，在我們認識以前，初出茅廬的福爾摩斯經手了哪些案件，我還真是一無所知。

「一定要想辦法帶福爾摩斯去找雷契波羅夫人。」

「你有辦法說服他嗎？」

「要是真沒辦法，我就把他綁過去。」

我們穿過境內，招來在門口等客人的馬車夫。

搭上辻馬車，從大門前一路下坡而去，霧氣和煤煙籠罩下的街景在眼前展開。暮色中矇矓的太陽懸在愛宕山的另一頭。

○

寺町通221B這天也召開了「喪家犬聯盟」的集會。

我一走進福爾摩斯的房間，就看到他坐在扶手椅上吞雲吐霧地抽菸斗，跟坐在長椅的莫里亞提教授和雷斯垂德警部聊天。一如往常，軟爛地交換彼此的低潮感想，滿嘴廢話。

「最重要的是要冷靜以對，雷斯垂德老弟，」莫里亞提教授如是說：「急事緩辦啊。」

「但以我的職務來說，也不能一直這麼悠哉啊。」

「被貶到大原之里說不定也不壞啊，」福爾摩斯不負責任地嘴砲：「這樣就可以好好面對自我了。現在的你需要的正是這樣的時間，如果你真被調到那裡，我們也會跟你一起去的。一邊躺在大草原上看著雲，一邊對抗身陷低潮的困境。你也要一起來嗎，華生？」

「不要開玩笑了。」

這時我正站在窗邊準備點菸。

「我有瑪麗在，還有診所要經營，為什麼非得跟你們去大原不可？再說遇到低潮的人是你們，又不是我。」

「你看，他居然這麼說呢，莫里亞提教授。」福爾摩斯告狀似地低語，教授一臉嚴肅地搖頭：「他本人不想承認嘛。」

福爾摩斯清了清喉嚨，開口：「華生，你確實有美麗的妻子，也開了你一直想開的診所，外界看來是一帆風順。但實情並不那麼美好。你又沒幾個患者，要償還創業資金的負擔也很大，診所經營得很辛苦，為了彌補虧損只能靠副業了。但你近一年來也都沒在寫偵探小說了，不是嗎？」

「那不就是你的低潮害的嗎！」

「你老是把這個問題怪到我頭上，」福爾摩斯帶著勝利般的態度說道：「但說穿了就是沒有我，你也寫不出來吧？也就是說，我的問題就是你的問題，我的低潮就是你的低潮啊。不過你這個人啊，表現得一副自己純粹是受害者的樣子，把所有責任都推給我。不要擺出一副只有你置身事外的表情，面對現實吧，華生！」

自從跟莫里亞提教授他們組成「喪家犬聯盟」，福爾摩斯說的話愈來愈多歪理了。原本應該用在破案上的智慧，全都拿來編造逃避現實的藉口。再這樣下去，他永遠擺脫不了低潮。

我嘆了口氣，視線投向玻璃窗外。

就在這時候，對面房子的窗口閃過一個美麗的身影。

雖然只瞥見那麼一瞬間，我總覺得那看起來很像瑪麗。

不過這種事很常發生，在路上看到有那麼一些吸引人的女性，我總是能從對方身上看見瑪麗的某些特質。這也不限於女性身上，柴犬、雪人、伏見人偶、夏柑、吉備糰子……只要是有那麼一點吸引我，無論是生物或非生物，森羅萬象中都能看見瑪麗的身影。

這種神祕的現象，我稱之為「無所不在的愛妻」，由於實在是太常見了，當時我並不放在心上。

我甩了甩頭，重振心情，對福爾摩斯發出反擊。

「你才是沒在面對現實的人。」

「我們正在試著解決低潮這個問題啊。」

「這就是在逃避現實啊！」

「接受自己身處低潮並不是在逃避現實，而是鼓起勇氣放慢腳步，面對人生最根本的問題。反觀你總是把『趕快工作』、『趕快破案』、『證明自己的存在價值』掛在嘴邊。在我看來，逃避現實的人是你才對。你是藉由對我不停指責，以便迴避自己的問題。」

「好啊，既然你這麼說我就奉陪。」我拚命壓抑對福爾摩斯的怒火，繼續往下說：「關於你的低潮問題，我有個想法。在我搬進寺町通221B跟你同住之前，你也經歷過初出茅廬的時期吧。當時你還是名不見經傳的偵探，一定也經歷過失敗，從經驗中學習這一行的技巧。只要一件一件重新檢視當時的案件，說不定就能找到脫離低潮的線索吧？」

「原來如此，」莫里亞提教授點頭，「華生這麼說確實有理。」

「福爾摩斯初出茅廬的時期嗎……已經是十幾年前的事了呢。」雷斯垂德警部懷念地瞇起雙眼。雷斯垂德跟福爾摩斯的交情比我還久。「那時候的福爾摩斯先生真是囂張傲慢，我實在恨他恨得要命，好幾次都想把他推下鴨川。」
「當年福爾摩斯就這麼天才了嗎？」
「這是當然的。」
「有沒有什麼讓他陷入苦戰的案子？」
「誰知道呢，有這種案子嗎？」
神奇的是，當我一提起這個話題，剛剛一直滔滔不絕的福爾摩斯突然就閉口不語。
「怎麼樣啊，福爾摩斯？有什麼讓你印象深刻的案件嗎？」聽我這麼問，他投來像是要將我刺穿的尖銳眼神。「突然說這個幹麼？」他反問：「不對勁喔，華生。」
「有什麼不對勁？」
「這麼說來，今天早上哈德遜夫人盛裝打扮出門了嘛。」福爾摩斯瞇起眼：「你們該不會去找那個靈媒了吧？」
就在我支吾其詞的時候，福爾摩斯繼續追問：「就是這樣吧？」明明一個案子也破不了，為什麼就對這些無謂小事直覺特別神準呢。
「反正也沒別的辦法了，說不定可以找到什麼突破口啊。」我聳了聳肩這麼說，福爾摩斯立刻從椅子上跳了起來，像是滿腔怒火瞬間爆發，抄起撥火棒用盡全力甩向壁爐。
「你這個無可救藥的大蠢蛋！」他大喊：「誰不好找，偏偏去找那個招搖撞騙的靈媒？你到底在想什麼！丟不丟臉啊！」
劍拔弩張的場面，讓莫里亞提教授等人也嚇傻了。
「也不用氣成這樣吧！我還不是為了你……」

「再怎麼落魄，我好歹也是名揚天下的神探！」福爾摩斯額前浮現青筋怒吼：「我才不會求助於招魂術！而且雷契波羅夫人的資助者是聖席蒙男爵吧，那個裝模作樣的臭貴族！你知道你幹了什麼好事嗎？你丟盡了我的顏面！真是多謝你了，這個什麼忙都幫不上的搭檔！」

福爾摩斯嘖了一聲，將自己塞回扶手椅上，別過他的臭臉。莫里亞提教授和雷斯垂德警部尷尬地低著頭。

就在這時候，哈德遜夫人端著茶具走進來。

「喝杯紅茶消消氣吧，」哈德遜夫人說：「從外面就聽到你們在吵。」

○

我怎麼想都覺得福爾摩斯不過就是在賭氣。這一年來，他根本沒做任何稱得上「神探」名號的工作，如今還堅持維護什麼尊嚴呢？到了這個地步，不管是招魂術還是什麼鬼東東，能派得上用場就該試試看啊。或許瑪麗終究是對的，福爾摩斯說不定根本就沒有想要擺脫低潮。

我也不想再跟他說話，走到窗邊背向福爾摩斯。

從哈德遜夫人手中接過紅茶，我俯瞰午後的寺町通。

這時，我看見一位紳士走過石板路，頭戴天鵝絨圓頂硬帽、身著天鵝絨西裝，蓄著精心整理的整潔鬍子。這位看來十分富裕的紳士臉上帶著不安的神情，邊走邊確認地址。長年的經驗告訴我，這樣的人通常就是來找福爾摩斯的委託人。

但神祕的事發生了，這位天鵝絨紳士在２２１Ｂ門前停下腳步，像是在確認「就是這裡」般微微頷首，卻遲遲沒有要按門鈴的跡象。不只如此，他將眼神投向了對街的建築。思索了一陣子之後，紳士快步走過馬路，按了對門的門鈴。女傭在門口現身，慎重地領紳士進門。

「喂，這不對勁喔。」我的喃喃自語沒有人聽見。

福爾摩斯和哈德遜夫人從剛剛就針對招魂術爭論不休。哈德遜夫人基於她成功的投資經驗，站穩了招魂術擁護陣營的立場。福爾摩斯用「靈性世界跟不動產的價格波動有什麼關係？」這個再有道理不過的說詞反駁。

「那屋頂上的弁財天呢？」哈德遜夫人也不甘示弱地回嘴：「福爾摩斯先生每天早上都會去參拜、丟香油錢不是嗎？我祈求你能早日脫離低潮、畫上一邊眼睛的達摩像，你也一直放在壁爐架上。既然你說『招魂術沒有科學根據』，難道弁財天和達摩就有嗎？」

「那是心情上的問題，又沒差。」

「那你也抱著相信招魂術的心情不就好了嗎？」

「哈德遜夫人，」我在這時插嘴：「對面搬來了一位艾琳·艾德勒小姐吧？妳說她以前是演員，她現在在做什麼？」

「哎呀，我沒說嗎？」哈德遜夫人不以為意地說：「艾德勒小姐是偵探。」

她這句話帶給我們極大的震撼。福爾摩斯緊抓著椅子的扶手說不出話來。在一陣沉默之後，莫里亞提教授開口了。

「哈德遜夫人，」他用沉重的嗓音說：「我以為妳是站在福爾摩斯先生這邊的……」

「這是當然啊，我永遠都會站在福爾摩斯老師這邊。」

「既然如此，妳怎麼會把對面的房子租給他的競爭對手？」

「你們沒資格管我要把房子租給什麼人吧。再說了，最近就算有委託上門，福爾摩斯先生也全都推掉了不是嗎？對面再開一間偵探事務所的話，這些人就不用擔心撲空，白跑一趟了。」

「何止是撿撲空的客人，她已經開始搶生意了。」我指向窗外，「剛剛就有一個人被搶走了。」

「那就把客人搶回來不就好了？不要輸給人家啊！」

哈德遜夫人或許是用她的方式，想激起福爾摩斯早已消弭的競爭心態吧。在我眼中，她就像是將自己的孩子踢落谷底的勇猛母獅。就在這時，雷斯垂德也敲了敲窗。

「那應該也是委託人吧？」

一名穿著舊外套的微胖男子在221B大門口佇足，一邊猶豫著是否要按下門鈴，一邊瞄向馬路對面。

「福爾摩斯，你都不會不甘心嗎！」我說：「你的委託人都要被艾琳・艾德勒搶走了喔！」

「這可不行，我去把他抓進來。」

雷斯垂德就像鬆開繫繩的獵犬似地衝了出去。

○

我追著雷斯垂德跑到寺町通上，那名微胖男子人已經在對街，正要按下艾琳・艾德勒家的門鈴。我和雷斯垂德連忙穿越馬路，出聲喚道：「您該不會想找偵探吧？」

對方訝異地回過頭，我拚命堆起業務笑容。

「算你幸運，我們是偵探夏洛克・福爾摩斯事務所的人。福爾摩斯剛解決一件國際大案，正好有空，我們可以用優惠的價格接您的委託。」

「不，不用了。」微胖男子正色搖頭，「福爾摩斯已經不行了吧，這一年來我沒聽過他的好評。」

眼看男子伸手就要按門鈴，雷斯垂德一把抓住他：「少囉嗦，跟我來！」

「你要做什麼！」對方雙眼圓睜。

「不行啦，雷斯垂德！這個人又不是罪犯。」

「你都不覺得不甘心嗎？這個人居然瞧不起福爾摩斯先生。瞧不起福爾摩斯先生，就等於是瞧不起我！」

「你們到底在說什麼，趕快放開我！」

微胖男子和雷斯垂德拉扯不休。「救命！救救我！」男子拚命抵抗，一面高聲大叫。午後的寺町通發生這樣的騷動，不由得吸引路人紛紛停下腳步。撐著陽傘的婦人眉頭緊蹙，辻馬車的車夫探出身子，穿著制服的貴族僕役也興味盎然地看著。戴著狩獵帽的男子走近，問道：「發生什麼事了嗎？」

雷斯垂德警部轉過頭，煩躁地嘖了一聲。

「沒事啦，彼得斯。趕快滾開！」

仔細一看，這人正是上個月在木屋町酒館跟福爾摩斯起爭執的《每日紀事報》記者。他舔著嘴唇，掏出了筆記本。事情瞬間變得非常棘手。「就先撤了吧。」我對雷斯垂德咬耳朵，但火氣上來了的雷斯垂德怎麼也不肯放開男子的手臂。

眼前的大門敞開，一名高瘦的女子走了出來。

「這是在吵什麼？」

此人正是艾琳．艾德勒。

她比我想像中還要年輕許多，應該跟瑪麗差不多年紀吧。直挺的背脊、明亮通透的嗓音，都看得出往日舞台上的風光。線條清晰的濃眉讓她看來意志堅定，高挺的鼻樑、細長而目光銳利的雙眼，就算穿著色調樸實的洋裝，依然藏不住全身散發出的魄力，一眼就能看出絕非等閒之輩。

「您就是艾琳．艾德勒小姐吧？」微胖男子求救似地大喊：「我有事來找您商量，結果這些人一直攔著我！」

「哎呀，」艾琳．艾德勒睜大雙眼，就像抓到學生行為不端的老師似地，嚴厲地盯著我和雷斯垂德，「兩位是華生醫師和雷斯垂德警部吧。我早就聽聞兩位的大名。請放開那位先生吧，難道你們是要強行搶走我的客人嗎？」

圍觀民眾掀起一陣竊竊私語，雷斯垂德這才放開了微胖男子。

這時，身後傳來一聲：「搶客人的是妳吧！」

我轉過頭，看見福爾摩斯推開圍觀人潮走了過來。他一身凌亂的居家服，手中揮舞著琥珀濾嘴的石楠菸斗。莫里亞提教授就像一道影子跟在他的身後。

「妳就是艾琳．艾德勒小姐吧。」

「你就是夏洛克．福爾摩斯先生吧。」

福爾摩斯和艾琳．艾德勒像是在估價似地打量對方。

「說我搶客人就太過分了，」艾琳．艾德勒說：「是因為你不盡身為偵探的本分，我才只好接手而已。」

「言下之意是妳可以取代我嗎？」

「對，當然囉。」

「哎呀呀，還真是有自信呢。」

「福爾摩斯先生，你為什麼不再辦案了呢？京都警視廳還是一樣無能，這一年來無解的懸案愈來愈多了。有這麼多人都在受苦，你卻完全無心破案。你如果已經失去偵探的骨氣，那就代表夏洛克．福爾摩斯的時代結束，接下來是我的時代了。」

她這番言論讓圍觀民眾響起一陣歡呼和掌聲。相較於就像沐浴在聚光燈下耀眼無比的艾琳．艾德勒，穿著居家服、滿臉鬍碴的福爾摩斯看起來更加悲慘。正當我內心一陣苦澀，《每日紀事報》記者舉起了手，「我可以說句話嗎？

「兩位要不要來一場偵探對決呢？本報可以闢一個特別專欄，報導兩位破獲的案件數量。到今年除夕為止，能破獲最多案件的人就能得到『神探』的稱號。」

「這挺有意思的嘛。」艾琳．艾德勒微笑著，「福爾摩斯先生，你意下如何？願意接受挑戰嗎？」

圍觀民眾的視線集中在福爾摩斯身上。他皺眉陷入深思。

我匆忙抓住福爾摩斯的手臂，對他耳語：「別被她挑釁了！」

這一年來，福爾摩斯解決的案件是一起也沒有。怎麼想都沒有贏面。這等於只是在幫艾琳．艾德勒打廣告，對福爾摩斯一點好處都沒有。

「現在這樣我能退縮嗎？」福爾摩斯忿忿然甩開我的手。

「好吧，艾德勒小姐。我接受妳的挑戰。」

○

這場騷動的經過，隔天就登上了《每日紀事報》。

——艾琳．艾德勒女士下戰帖

——夏洛克．福爾摩斯先生走投無路

——『神探』稱號誰能到手？

記者彼得斯在那篇報導下了這樣的結語：

夏洛克．福爾摩斯先生確實有過輝煌的成績，然而正如本報所報導過的，他這一年來的迷航也確實讓世人失望透頂。他是否能夠從艾琳．艾德勒女士手中取得勝利、奪回『神探』的稱號呢？筆者也想期待福爾摩斯先生東山再起。

艾琳．艾德勒是如彗星般現身的新人。

她原本是舞台劇演員，在南座的大劇場演出，去年秋天閃電退出演藝圈，經過一年的沉寂，在寺町通展開了私立偵探的職涯。然而關於突然轉換跑道的理由與私生活，她一概不談。對於糾纏不清的記者，她也只不屑地說：「為什麼我非得告訴你們這些不可？」

艾琳．艾德勒剛嶄露頭角時，京都警視廳也只覺得「外行偵探能做什麼？」完全不將她當一回事。

然而當艾索尼．瓊斯警部、白斯崔警部、史丹利．霍浦金斯警部等活躍的刑警陸續敗在她的手下，京都警視廳陷入了恐慌狀態。再加上艾琳．艾德勒跟之前的福爾摩斯不同，完全沒有「做面子給京都警視聽」的考量，將所有功勞一手包攬，看好戲的民眾對此讚不絕口。逃過她的毒手的，就只有在犯罪調查部堆滿灰塵的角落坐冷板凳的雷斯垂德警部而已。

艾琳．艾德勒能乘風而起，也是因為她具備了足以振翅的實力。她的天賦之才、加上不屈不撓的毅力，唯有命運女神向她微笑時才會展現出的神祕力量。從前夏洛克．福爾摩斯得以達成前所未有的成功，也是因為這樣的力量。但現在這種力量早已從福爾摩斯身上消失殆盡。

○

接下來的兩個星期左右，我沒有再去找過福爾摩斯。

因為我去找雷契波羅夫人的事徹底踩到福爾摩斯的地雷，他禁止我再出現在他面前。

「我要跟你絕交！」福爾摩斯說：「偵探工作是嚴謹的科學，我不需要會找靈媒幫忙的助手。就算沒有你，我還有金魚華生。至少金魚會恪守本分。」

《每日紀事報》的偵探對決報導在洛中洛外大獲好評。

——夏洛克．福爾摩斯對上艾琳．艾德勒，獲勝的是誰？

就連來我的診所看診的患者們也熱烈討論這個話題，甚至有人在候診室下起注來。尤其同為退伍軍人的強森更是熱衷於此，三天兩頭就跑上門來說這裡痛、那裡痛，其實是想從我這邊打探福爾摩斯的情報。

「我這陣子都沒跟福爾摩斯碰面。」我冷淡地這麼回答。

「不用瞞我嘛，」強森笑嘻嘻地說：「你是他的搭檔吧？你覺得福爾摩斯的勝算多大？」

幸虧我是個品格高尚的醫師，才沒有在他的藥裡加亞砷酸。

這個月以來，吾妻瑪麗像是忘了福爾摩斯一般，每天都精力充沛地到處跑。她原先就很熱衷於慈善委員會的活動，這陣子好像又去創作教室之類的地方上課，常常跑圖書館，也常寫東西寫到半夜。

我們夫妻能好好聊天的時間就只剩下吃飯的時候，但這些時候我通常都煩悶地在想事情。這全都是每天送來的《每日紀事報》害的，我也知道不該看，但就是忍不住要看。

特別專欄用大大的數字，刊登著福爾摩斯和艾德勒的破案數量。

艾琳・艾德勒的破案件數以威猛的氣勢增加，而福爾摩斯的破案件數依然掛蛋。每天早上打開《每日紀事報》，看到那個鎮坐不動的零，就讓我忍不住嘆氣。「真不該說的！」

這簡直是一點都不好笑的惡劣玩笑。這豈不等於每天都在向洛中洛外的民眾宣傳福爾摩斯有多無能嗎？

我在餐桌上盯著報紙時，瑪麗開口了。

「你在想那個人的事吧。」她的聲音蘊含著某種接近憐憫的情緒，「也難怪你會心煩，那個人感覺就沒有勝算。」

「就是說啊，瑪麗。」我大嘆一口氣，「他真不該接受艾琳・艾德勒的挑戰。當時就算要把福爾摩斯揍昏我也該阻止他的。但我最生氣的是，都已經輸得這麼慘了，那傢伙還是不肯向我求助。他根本就不懂我的心情。」

「但那個人從以前就是這樣了不是嗎？」

「比以前更糟了。都是莫里亞提教授害的。」

「莫里亞提教授就是我們上個月救的那位老先生嗎？」

「那個兩光物理學家，老是跟福爾摩斯黏在一起，完全不把我當一回事，根本就以福爾摩斯的搭檔自居了。像他那種人哪有辦法當福爾摩斯的搭檔，最了解福爾摩斯的人就是我了。我可是夏洛克・福爾摩斯的世界權威啊！」

「這是當然的。但是，就算你去了能幫上忙嗎？」

被她這麼一說，我瞬間說不出話來。瑪麗用認真的眼神凝視著我。

「聽我說，約翰。這段日子來你因為那個人的低潮吃了不少苦吧？那個人根本就沒有在為你想。他只是在利用你而已。今年夏天你為了他還過勞病倒了，難道你還要再重蹈覆轍嗎？乾脆就讓莫里亞提教授去應付福爾摩斯先生算了吧。」

「可是，我是福爾摩斯的搭檔啊！」

「那個人的時代已經過去了。艾琳・艾德勒是天才。」

瑪麗伸出手，用溫暖的掌心握住我的手。我懷著哀戚的心情，盯著被我丟在桌上的報紙。夏洛克・福爾摩斯破獲的案件數量，零件。

福爾摩斯，你為什麼不盡全力應戰呢？

「我覺得這樣也好。」瑪麗握著我的手說道：「這下我終於能讓你重回我身邊了。」

○

事後我才知道，在那個十一月的上旬到中旬，夏洛克・福爾摩斯接下的委託超過三十件。才短短半個月，這樣的案量太異常了。其中大多都是從前會被他打回票的案件，可以想見福爾摩斯完全放棄了自己的喜好，有案子上門就接。會這樣一百八十度改變方針，原因不用說，正是因為出現了艾琳．艾德勒這個「敵手」。

但問題是，福爾摩斯完全沒有採取破案的行動。

因為我不能再去寺町通221B了，於是我跟哈德遜夫人約在寺町二条一角的咖啡廳，向她詢問福爾摩斯的近況。據哈德遜夫人所說，福爾摩斯來者不拒、有案就接，但似乎完全沒有展開調查。

「那他都在幹麼？」

「跟莫里亞提教授窩在房間裡。」哈德遜夫人說：「他們好像在研究低潮。」

後世，若是有人想寫下吾友夏洛克．福爾摩斯的評傳，或許會對福爾摩斯這個時期驚人的空窗感到驚訝不已吧。福爾摩斯只是一個勁地接案，完全沒有做出破案的具體努力，只是跟莫里亞提教授不斷討論自己的低潮。這人簡直是瘋了。難怪《每日紀事報》上的數字完全沒有動靜。

「他到底有什麼打算呢？」

哈德遜夫人跟我只能一同嘆息，喝著苦澀的咖啡。

總覺得我跟福爾摩斯共同建立起的一切全都開始崩塌。當然，福爾摩斯身為偵探的名聲，已經因為這一年的低潮而一落千丈。但這場報上對決，讓「神探夏洛克．福爾摩斯時代的終結」這個原本不過是「預感」的事實，正式曝光在世人眼前。

福爾摩斯如今身陷最大的危機。我不能再默默置身事外了。一定得想辦法說服他，好好面對眼前的危機。

我終於忍無可忍，跑到了寺町通221B。

但這一天，我連福爾摩斯的臉都沒看到。

正當我要上樓梯時，前方倏地出現了黑色人影。莫里亞提教授站在樓梯間，擋住我的去路。他背後二樓窗外明亮的光線，讓他的身影看起來就像一道不祥的剪影。

「請回吧，」他低沉的聲音從天而降，「我不能讓你去見福爾摩斯。」

「你沒資格對我說這種話。」

「是嗎？」

「我是福爾摩斯的搭檔。」

「搭檔？你不過就是個記錄員罷了。」莫里亞提教授高高在上地傲視著我，冷笑著說：「你之前寫下的那些福爾摩斯譚的價值，全都依附在福爾摩斯的天賦才華上。之所以會由你扮演記錄員，不過就只是偶然。簡單說，能取代你的人多的是。最清楚這件事的人就是你自己。你會這樣一直糾纏福爾摩斯，是因為如果他不繼續當活躍的偵探，你就只不過是平庸的小鎮醫師罷了吧？也就是說，你的動機完全是出於私欲，說不上是純粹的友情。我跟你不同，我跟福爾摩斯之間的羈絆是建立在對真理的愛之上。」

「說得頭頭是道，你其實就只是想要一個喪家犬同伴吧。」

「你說什麼？」

「能找到一起擺爛的同伴真是太好了呢。」我瞪著莫里亞提教授，「你會害福爾摩斯變成廢人！」

「有像你這麼了解他的朋友，福爾摩斯應該很幸福吧。」莫里亞提教授嘲諷地說：「我對福爾摩斯的煩惱感同身受。要獨自面對『自己』這個謎團，那是多麼痛苦的過程，像你這種平庸的人是不會懂的。不懂倒也無妨，認份地在一旁守候就好，你偏偏要出一張嘴嚷嚷『不要偷懶』、『認真工作』。要我說的話，像你這種庸俗之人不著邊際的激勵斥責，根本沒什麼屁用！」

「現在不是窩在房間打混的時候了吧，要趕快破案啊！」我怒吼：「你沒看報嗎？他現在完全被壓著打啊！」

「你就是這樣被眼前的勝負蒙蔽，才會被那種招搖撞騙的靈媒糊弄。你完全不明白問題的本質。我們現在應該要破解的問題，就只有唯一一個、也是最大的謎團，那就是我們自身的低潮。只要能破解這個謎團，這些俗世間的案件，福爾摩斯要解決幾件是幾件。艾德勒那種小妞，根本不足為懼。」

莫里亞提教授的黑色身影宛如瘟神。上個月跟福爾摩斯提議跟蹤莫理亞堤教授的人就是我，現在想來還真是諷刺。我就跟各位坦白吧，我內心深處潛藏著「早知道就讓他去跳河算了」的念頭。

「福爾摩斯！」我朝著二樓大吼：「你打算就這樣繼續躲著嗎？」

二樓一片沉寂。福爾摩斯沒有回音。

○

辻馬車越過鴨川，駛過田園地帶。

卡特萊生活的學區就在吉田山腳下。

——非得想辦法趕走莫里亞提教授不可。

隨著這個念頭閃過我腦海中的，就是他的學生卡特萊。

在百萬遍交差口[1]下了馬車，沿著今出川通往東走，出現眼前的是宛如中世紀城堡般壯麗的建築。厚實的牆面、昏暗的窗，在微陰的天色下高聳入雲的尖塔。這也是福爾摩斯在學生時代生活過、濫用他

1 百萬遍交差口：位於京都市左京區，今出川通與東大路通的交差口。

那推理的壞習慣，讓校內同儕對他敬而遠之的街區。從學生宿舍的大門望進去，可以看到青翠的草皮，以及像是乾涸水道般杳無人煙的迴廊。

卡特萊的研究室位於今出川通的北側，是近年新造的茶色磚瓦屋。看到我的來訪，青年瞪大了眼。

「華生醫師！」

「抱歉突然打擾，」我說：「其實我是想來跟你討論莫里亞提教授的事。」

卡特萊面帶困惑，還是請我進了研究室。

那間研究室就像是巨大的地洞，占據了一整面牆的書架塞滿了厚厚的書，大片黑板上寫滿神祕的公式和圖形。房間中央堆著計算用紙和參考書的大桌子上，擺著行星模型和小小的登月火箭。

彷彿走進了魔術師的工作室，我四下張望著的同時，卡特萊往暖爐裡添了炭火，走到面向中庭的窗邊桌為我倒了紅茶。

「我真的很感謝福爾摩斯先生和華生醫師。」他說：「聽說你們救了莫里亞提教授一命。」

「啊，那個啊，」我支吾其詞地說：「純粹是運氣好啦。」

「上星期我到寺町通221B拜訪，老師已經完全變了個人，整個人生龍活虎的，把我嚇了一跳。他跟福爾摩斯先生好像很合得來呢，感覺就像是找回了活下去的力氣，我真的好高興。老實說，我想都沒想過莫里亞提教授居然會因低潮所苦。因為老師是絕對不會對我們說喪氣話的。」

「你這麼說讓我有點難開口……」

「怎麼了嗎？」

「我在想是不是能請你說服教授回大學。」

確實，福爾摩斯和莫里亞提教授同樣都受低潮所苦，但在我看來，他們只是藉由將自身的低潮過度誇張化，做為逃避現實的藉口。像現在福爾摩斯明明接受了艾琳・艾德勒下的戰帖，卻還是完全不認真辦案。這樣的態度反而只會讓他們的低潮更加惡化吧。我如此主張。

「華生醫師，您說的或許沒錯吧。」卡特萊一面思索著一面說：「但也可以換個角度想。福爾摩斯先生和莫里亞提教授的低潮，本質上是一樣，他們說不定不是在逃避現實，而是真的努力想解開這個謎團啊。」

「這是什麼意思？」

卡特萊擦拭著他的金邊眼鏡，一面說：「優秀的數學家，可以直覺地看出存在於自然界根基的數學性結構，剩下的就是如何去證實而已。數學家具備了指向數學性結構的、像是羅盤一樣的東西。不過要是這個羅盤因為某些原因不準了呢？就算想到很棒的點子，還是會因為現實的狀況而遭到否認。福爾摩斯先生應該也是這樣的狀態吧？」

卡特萊所言確實說中了福爾摩斯的狀況。光說「紅髮會」令人不堪的始末就好，無論福爾摩斯的方式解謎多麼天才，一切全都因為「現實」遭到無情推翻。

「但是，為什麼會發生這種狀況呢？」

「這我也不清楚。」卡特萊重新戴上眼鏡。鏡片閃過一道光。

「之前莫里亞提教授都是獨自承受痛苦，所以我很高興老師能遇到福爾摩斯先生。只要他們同心協力，說不定就能找出方法讓將失準的羅盤復原。就算最後沒辦法成功，至少他們也有了能互相安慰的友伴。現在要讓老師離開福爾摩斯先生，我實在辦不到。」

說著，卡特萊慚愧地低下頭。「很抱歉，我幫不上忙。」

「不，我明白你的意思，非常有參考價值。」

跟卡特萊握手、準備離開研究室時，我看到門口旁邊的書架上擺了一整排「靈異現象研究協會」發行的機構誌。我順手拿起一本，翻了一下，撰稿者都是數一數二的科學家。

「這只是以科學方式調查靈異現象的團體，不是什麼招魂術的團體。」卡特萊慌忙解釋，「我今年秋天也加入了。雖然莫里亞提教授徹底否定招魂術……」

「你也相信招魂術嗎？」

「現在還不好說，所以我才想調查看看。」

我隨意翻著機構誌，突然看到一張眼熟的照片。只是模糊的黑白照片，還是看得出那名人物的威嚴。那是隸屬靈異現象研究協會的科學家，和雷契波羅夫人對談的報導。「這不是雷契波羅夫人嗎……」我低語，卡特萊的表情有些詫異：「您知道夫人嗎？」

「我之前見過她一次，她這個人挺有意思的。」

「其實我拜託夫人跟我一起進行共同研究。」說完，卡特萊急忙補上一句：「請不要告訴莫里亞提教授，他會罵我的。」

○

那天晚上，我跟醫師會的友人們在荒神橋的俱樂部打撞球。

夏洛克．福爾摩斯與艾琳．艾德勒的偵探對決，在俱樂部也引發熱議，還成為下注的對象。我原先認為不可能會有人賭福爾摩斯贏，但一個朋友告訴我「倒也不盡然」。以現狀而言確實是艾琳．艾德勒占了壓倒性的上風，但再怎麼說，夏洛克．福爾摩斯一起案件都破不了未免太不自然了。這一定是福爾摩斯的策略，他打算在後半一口氣追上——這是眾人的臆測。

「不管怎麼樣，還有一個多月的時間。你怎麼想，瑟斯頓？」

瑟斯頓是我醫大的同儕，在河原町御池坐擁大醫院，是友人間最事業有成的人。我要在下鴨開診所時也徵詢過他的意見。

他倚在撞球桌上，瞄了我一眼。

「如果我要下注的話，絕對賭艾琳．艾德勒贏。」

「喔，是嗎？」

「你看看華生的臉色，從頭到尾都那麼陰沉。他這個搭檔等於是親自來宣傳福爾摩斯輸定了。」

瑟斯頓笑著推桿，而我只能報以苦笑。

其他醫師同伴離開後，我跟瑟斯頓進了談話室。面向鴨川、挑高天花板的房內，煤氣燈散發著柔和的光芒，有幾組男人們正談笑著。

我們啜飲著威士忌，一邊往大窗外望去。鴨川上的霧氣濃重，對岸的燈光就像朦朧的光點。停泊在棧橋旁的小船看來有些陰森，讓我聯想到三途川[2]的渡船頭。

朝窗外的霧色看了好一陣，我開口問瑟斯頓。

「你知道雷契波羅夫人嗎？」

「雷契波羅夫人？」瑟斯頓詫異地看著我，「我沒想到會從你口中聽到這個名字，你迷上招魂術了嗎？」

2　三途川：日本傳說中分隔陰陽兩世的河流。

「不是這樣的，只是有點好奇。」

「喔……」瑟斯頓微微頷首，沉吟了一陣才開口：

「我在友人的介紹下，受邀去過幾次她的降靈會。她為我的祖先傳話。這話我不好公然承認，但當時的建議幫了大忙。雷契波羅夫人確實有某種特殊的能力。」

「這麼說，你也相信招魂術囉？」

「我可沒這麼說，我只是說有幫上忙。所以如果你有事想去找雷契波羅夫人商量，我是不會阻止你，不過最好還是別太沉迷。你聽說史丹佛的事了嗎？」

「這麼說來我跟他好久沒見了。他怎麼了嗎？」

史丹佛是我在醫校時的友人，我剛從阿富汗回國，正在找住處時，就是他介紹我跟福爾摩斯認識的。也就是說，他也算得上是我的救命恩人，不過後來實在太忙，我也就跟他斷了聯絡。

「史丹佛現在是雷契波羅夫人的狂熱信徒。」瑟斯頓說：「他提倡招魂術和現代醫學的融合，開始自稱是『招魂醫師』，正經的醫師都已經不跟他往來了。但還是有人接受他的招魂醫療，治好了病。這就是最難辨的地方。不管是不是詐騙，只要人們深信，就會改變現實，會讓疾病痊癒，也會讓股價波動。聽說聖席蒙男爵就是靠雷契波羅夫人大賺了一筆。總之，你多加小心。」

跟瑟斯頓告別，回到下鴨的住處時，客廳透著明亮的光。

我偷瞄了一眼，餐桌上鋪滿了筆記和紙張，瑪麗正認真寫著東西。整個人幾乎要趴在桌上，筆勢飛快，還哼著歌。她看起來是那麼開心，連我也跟著湧現了活力。我開口說了聲「我回來了」，瑪麗輕聲尖叫出聲，跳了起來。她剛剛真的寫得很入迷吧。

「妳在忙啊，有那麼多事要做嗎？」我指著桌子問。

「喔，對啊。」瑪麗點頭，「慈善委員會的文件累積了好多沒處理，你先去睡吧。」

「不要累壞了喔。晚安。」

我就這樣上了二樓、進到臥房，鑽進了被窩。

原本想在瑪麗上樓之前看個書，但就是無法專心。

在此之前，我一直認為鬼魂、妖怪這些東西都是迷信，是應該隨著科學的進步被消滅的東西。不過像這樣全盤否定真的好嗎？

對於這個世界的運作，我們的了解只有冰山一角。像卡特萊那樣的科學家，也認真想研究招魂術，瑟斯頓也並未否認雷契波羅夫人的建議有其幫助。我想起了水晶球中浮現的少女的身影。哈德遜夫人也看到了一樣的景像，證實了那不是我的幻想。

——那名少女正從靈界發出呼喚。

雷契波羅夫人是這麼說的。

這麼看來，應該可以認定水晶球中的少女已經死了。

應該是在夏洛克．福爾摩斯認識我之前，經手了跟那名少女有關的案件吧。我問他過去的案件時，福爾摩斯會那麼激動，難道並不是出於對招魂術的厭惡，而是因為那起案件是他絕不想再提起的「悔恨的失敗」嗎？如果雷契波羅夫人的話可以相信，那就代表認識我之前的某個案件，造成了福爾摩斯此刻的低潮……

想著想著，我不知不覺間睡著了。瑪麗並沒有上樓。

○

我再次造訪寺町通221B，是又過了一星期後的事。

信使帶來哈德遜夫人的傳言那天，瑪麗說「跟寄宿學校的朋友約好見面」一早就出門了。這下正好。我準備要做的事，不希望瑪麗問東問西的。我匆匆看完剩下的診，在門口掛上「臨時休診」的牌子，招來辻馬車前往寺町通。

那是天色微陰的寒冷天氣，賀茂川畔的樹木葉子已經開始轉紅。

按響寺町通221B的門鈴，哈德遜夫人像是早就等在那兒似地立刻迎我進門。總覺得她看起來有些雀躍。

「他們都出門了吧？」我確認地問，哈德遜夫人大力點頭。

「應該不到傍晚不會回來吧，他們到大文字山去野餐了。說是要請求天狗的教誨。」

「天狗？」

「就是啊，真不知道他們在想什麼。」

我嘆了一大口氣。當代首屈一指的神探和物理學家傾盡智慧，好不容易想到擺脫低潮的辦法，竟然是「向天狗拜師」……我已經生不了氣，只覺得憐憫了。得儘快採取對策才行。

「妳也通知雷斯垂德了吧？」

「有，他已經先到了，正在二樓等著。」

我三步併作兩步上了樓，哈德遜夫人也跟在我身後。

雷斯垂德正在福爾摩斯房中的壁爐旁取暖。他轉頭看向我時，神情明亮得跟之前判若兩人。渾濁的眼神已經恢復生氣，臉色也紅潤許多。

「嗨，雷斯垂德，你看起來挺好的嘛。」

「就是啊，托你的福，我最近狀況恢復了。」

對雷斯垂德警部而言，艾琳．艾德勒的出現可說是如有神助。跟他一較高下的刑警們的功勞全都被她搶光，已經沒人再拿雷斯垂德的低潮當話柄。犯罪調查部大受打擊，但以往一直看不起艾琳．艾德勒、取笑她是「外行偵探」，事到如今也拉不下臉去求她，同事們的處境進退維谷。

「我把報導他們失態的新聞全都剪下來，做成剪報冊壓在枕頭底下，每天晚上睡得可好了，身體狀況也是前所未有的好。都是多虧艾德勒小姐。不，千萬別誤會了，我永遠都是站在福爾摩斯先生這邊的。所以我才會特地趕來啊。」雷斯垂德正色探出身子：「現在的狀況似乎很不妙呢。」

雷斯垂德也知道福爾摩斯接下一堆委託後置之不理。不只如此，聲稱被福爾摩斯騙了的委託人們更組成了「受害者自救會」，昨天跑到京都市警視廳報案了。福爾摩斯一直沒有破案，問他辦案進度也沒有下文，現在到底是什麼情形──委託人們吵個不停。

「我們昨天好不容易才把他們給請回去。」

「委託人會生氣也是當然的，誰叫他案子接下來就丟著不管……事已至此，福爾摩斯和莫里亞提教授居然還跑去大文字山野餐。我怎麼想都覺得他已經失去正常的判斷力，所以只能靠我們想辦法了。」

接著，我將日前造訪雷契波羅夫人一事向雷斯垂德全盤托出。

如果雷契波羅夫人的建言可信，福爾摩斯如今的低潮是往日曾經偵辦的案件造成的，那起案件一定跟水晶球中映出的女孩有關。但就算直接問福爾摩斯，他也絕不可能從實招來。畢竟他對招魂術深惡痛絕，而且這起案件對他而言是「不想碰觸的過去」。

「福爾摩斯和莫里亞提教授應該沒那麼快回來，我們現在就分頭調查福爾摩斯的案件紀錄，找出有可能的案件。只要查明案情內容，說不定就能請雷契波羅夫人提供更有用的建議。」

雷斯垂德警部雙手抱胸，陷入深思。

「我是不會說招魂術都是騙人的啦，但雷契波羅夫人這傢伙真的很可疑。警視廳其實也盯上她了，但她的信徒中有很多有影響力的貴族，不能輕率出手。你也知道聖席蒙男爵是她的靠山吧？」

「不然你還有其他辦法嗎？」哈德遜夫人問道。

「不，是也沒有啦……」

「我當然知道擅自翻找他的案件紀錄有違道德，但要是再繼續置之不理，夏洛克・福爾摩斯就要輸給艾琳・艾德勒了。要是福爾摩斯繼續身陷低潮，你也很困擾吧？難道你真的想到大原之里去跟偷羊賊玩你追我跑嗎？」

經過一番苦思，雷思垂德總算是下定決心，點下了頭。

「我知道了，就來找吧。反正也沒有什麼損失了。」

我從位於起居間隔壁、福爾摩斯的寢室中翻出一個大馬口鐵櫃。裡面散亂地放著成疊文件和一些零碎物品。這些都是福爾摩斯過去經手案件的資料。他曾經吊胃口似地對我說「也有很多認識你之前就辦過的案子喔」，但一次也沒給我看過。

我們要找的案件有以下幾個條件：

一、十年以上的案件

二、跟年少的女孩有關（很可能已經死亡）

三、福爾摩斯並未破案

雷斯垂德隨意往地毯上一坐，翻著文件問：「那個水晶球裡的女孩年齡大概多大？」

「我也說不準，但應該有十多歲吧。」我說。

「看起來是好人家的千金，」哈德遜夫人接口：「她有一頭漂亮的金髮呢。」

接下來的兩個多小時，我們就只是默默埋首於堆積如山的文件中。這真的是個苦差事。福爾摩斯完全沒有好好整理分類，要讀懂他手寫的字跡更是折騰人，讀懂了又會忍不住看得入迷。我們好不容易將馬口鐵櫃中的文件都看過一遍，就是找不到符合條件的資料。

「說不定是福爾摩斯搶先一步抽掉資料了。」

我們翻遍了房間裡外，就是沒找到相關的文件。

「那也沒辦法了，」雷斯垂德邊說邊拍下手上的塵埃，「他說不定拿去放在銀行的保險箱裡，又或許是丟進壁爐燒掉了。也可能雷契波羅夫人口中的那起『案件』根本就不存在。」

「哈德遜夫人，福爾摩斯最近有特別去哪裡嗎？」

「他一直都關在房間裡呀。」

「真的嗎？」

「對，如果有出門，頂多也就是上樓去參拜弁天大神而已。」

語音未落，我跟哈德遜夫人猛地一驚，對上了視線。

接著我們爭先恐後地衝出房間，順著樓梯往屋頂跑去。

天空是一整片灰濛濛，看起來隨時都要下雨了。在晚秋涼風吹拂下，我們穿過荒涼的屋頂，奔向弁財天神社。

這座小小神社是在哈德遜夫人買下這棟房子錢就有的。除了供奉著弁財天之外，其他來由我們一無所知。原本油漆都剝落了，像是長年以來都被人遺忘、無人照料，哈德遜夫人做了修繕之後，如今柱子泛著鮮豔的朱紅，成了一座小巧可愛的神社。陷入低潮後，福爾摩斯幾乎天天來參拜，他大方丟下的香油錢，全都成了哈德遜夫人的外快。

我拍手致意後，拉開神社的門扉，伸手進去。

「怎麼樣？」雷斯垂德的聲音聽來有些緊張。

我的指尖傳來碰到些什麼的觸感。「有東西。」

掏出來一看，是一本陳舊的皮面筆記本。

我們沉默地交換了視線。灰濛濛的天空落下了雨滴。我們回到屋裡，打開皮革筆記本，裡面記載的是發生在墨斯格夫家中的案件紀錄。按照福爾摩斯的記述，這件事發生在十二年前。

○

話說「墨氏家族」，是有著悠久歷史的古老洛西望族。

最初他們是在十六世紀，從上賀茂的墨斯格夫家分支出來的旁系，移居洛西，蓋了名為赫爾史東大莊院的領主館。宗家在十七世紀的大亂中滅絕，因此現在說到「墨氏家族」指的就是洛西的墨斯格夫。前代當家羅伯·墨斯格夫是優秀的實業家和政治家，不只固守原有的莊園經營，更將觸手拓展至鋼鐵業和化學工業，大獲成功。十五年前於京都舉辦的萬國博覽會，也是前代當家發揮其手腕才得以實現。當時蔚為話題的「水晶宮」現在依然是岡崎公園的特色景點。萬博主打的標語「人類的進步與調和」，也正是墨斯格夫家的家訓。

羅伯·墨斯格夫和賀德赫斯特侯爵的二千金伊莉莎白結婚，由於她體弱多病、個性嬌縱，羅伯又不是個顧家好男人，夫妻關係說不上好。那起案件發生時，墨斯格夫夫人已經留下兒子和女兒過世了。那年瑞金諾・墨斯格夫二十歲，妹妹蕾秋・墨斯格夫十四歲。

墨斯格夫小姐的身體也不好，不常踏出家門，但她非常好學，充滿好奇心，沒有人比她更熟悉赫爾史東大莊院的每一冊藏書，跟母親一樣彈得一手好琴，對天文觀測和科學實驗也十分有興趣。幼時只要一到滿月，就會跟哥哥瑞金諾一起到屋頂觀測月亮。雖然沒機會到學校就學，每半年一度邀請鹿谷寄宿學校的學生來舉辦茶會是她的一大樂趣。

墨斯格夫小姐十四歲生日時，羅伯・墨斯格夫老爺在赫爾史東大莊院舉行晚宴，邀請洛中洛外的貴族子弟出席。邀約事由因人而異，實際上是為了替墨斯格夫小姐尋找好夫婿。畢竟是洛西首屈一指的名門千金，身家財產不在話下，年輕紳士自然如同夏蟲撲火般蜂擁而至。

然而，即使羅伯・墨斯格夫老爺積極安排，婚事卻遲遲定不下來。有傭人表示墨斯格夫小姐其實並不想結婚，又不好違抗父親的意思，左右為難。

事情就發生在那年初冬。

那天正好是寄宿學校的學生們造訪赫爾史東大莊院的日子。

鹿谷寄宿學校由墨氏家族成員代代擔任理事，數名學生受邀出席墨斯格夫小姐主辦的茶會。茶會結束後，她們可以在圖書館或談話室自由活動。墨斯格夫小姐就像往常一樣招待女學生們，沒有什麼異狀。然而時間來到傍晚，馬車來接學生們返校，學生們在玄關大廳前集合時，卻遲遲不見墨斯格夫小姐前來送客的身影。等了又等，還是等不到她，管家布朗頓只好先將送學生們搭上馬車回校，接著命令傭人們將赫爾史東大莊院上上下下找了個遍。

然而，墨斯格夫小姐徹底從赫爾史東大莊院中消失了。

羅伯・墨斯格夫談完生意回府，這才得知女兒失蹤的消息。長子瑞金諾此時正在國外旅行。沒有及時通報京都警視廳，是因為羅伯不希望家醜外揚吧。刑警們受命趕到赫爾史東大莊院時，已經是翌日下午，墨斯格夫小姐失蹤後整整一天的時候了。

在負責刑警的指揮下，眾人在赫爾史東大莊院周邊進行大規模的搜索及探查，也找來參加茶會的學生們接受問案。做為墨斯格夫小姐的新郎候選人受邀參加晚宴的貴族公子們也被找來問話。負責刑警用盡所有辦法，甚至連領地內的水池都抽乾了，就是找不到任何線索。

夏洛克．福爾摩斯前往洛西，是在墨斯格夫小姐失蹤約兩週後的事了。瑞金諾．墨斯格夫與福爾摩斯是大學時期的友人，在學期間他就對福爾摩斯的特殊才華讚譽有加。自海外歸國的瑞金諾得知警方什麼線索也沒找到，對此大發雷霆，決定委託福爾摩斯來破案。

福爾摩斯住在赫爾史東大莊院好一段時間，徹底進行調查。他的筆記本上詳細記錄著每一天調查的內容進度、以及他想驗證的幾種假說，然而全都缺少決定性的關鍵，筆記上的記述也愈來愈少。

在赫爾史東大莊院逗留期間，對福爾摩斯是極其不快的經驗。案件本身就已經如此難以捉摸，羅伯．墨斯格夫又極度不配合。羅伯當面痛罵福爾摩斯是「外行偵探」，與兒子瑞金諾更是時時為福爾摩斯的待遇衝突不斷。筆記上紀錄著這麼一句：「羅伯．墨斯格夫的怒氣實屬異常」。

筆記本上最後記述的，是在赫爾史東大莊院中發生的一起小事件。

當時，福爾摩斯因為遲遲無法破案的龐大壓力，深受失眠所苦。那晚，他也一面左思右想、一面沿著黑暗的走廊四處走著。當他來到幾乎沒有人煙的舊邸，突然撞見一名女孩。還來不及反應過來，女孩就逃走了。是墨斯格夫小姐——如此深信的福爾摩斯便吹響了哨子，整幢宅邸瞬間騷動起來。

在傭人們的幫助下，他們總算抓到了女孩，結果發現是參加茶會的其中一名寄宿校的學生。女孩也自詡為「偵探」，是在校內屢屢闖禍的問題學生。她自認「一定能破解墨斯格夫小姐失蹤案」，偷溜出寄宿學校，潛入了赫爾史東大莊院。

羅伯．墨斯格夫怒不可遏，不只要求寄宿學校將女孩退學，更痛批福爾摩斯無能。筆記本上，福爾摩斯用潦草的筆跡憤憤地寫著「無聊透頂！」看來他真的氣壞了。

不過事實上，福爾摩斯並沒有解決這起案件。

筆記本上的記述，以這麼一句話做結。

——上天賦予的才華消失到哪裡去了？

○

我和雷斯垂德與哈德遜夫人，一同造訪朋迪治里別邸。

上次接待我們的管家將我們領進接待室。「真是氣派的房子！」雷斯垂德感嘆道。向著庭院的大面窗外，煙雨繚繞下的東山彷彿就近在眼前。

由於朋迪治里別邸位於東山山腳下，看不見較近北方的大文字山。不過那裡應該也同樣在棉絮般的霧雨包圍下吧。此刻的福爾摩斯是否正跟莫里亞提教授一起被冷冷的雨水浸溼了身子、撥開落葉四處尋找「天狗」呢？真是太丟人現眼了。與其去尋找山中的妖怪，招魂術還可靠多了吧。

實際上，我現在開始相信雷契波羅夫人的力量了。

十二年前自赫爾史東大莊院消失時，蕾秋．墨斯格夫小姐年方十四歲，是身材嬌小的金髮女孩，失蹤時身穿簡樸的白色洋裝。之前在雷契波羅夫人的水晶球中映出的女孩，正是相同的樣貌。我實在不覺得這是巧合。她是自我了結性命？或是被什麼人殺害？又或是遭逢意外？不管怎麼說，墨斯格夫小姐若是人在靈界，也難怪這十二年來四處找不到她的蹤跡。

而福爾摩斯的低潮若真是「靈性因素」造成的，那麼我們無法解決這個問題也是可想而知。因為這原本就不是「偵探」和「醫師」能處理的範疇。只有像雷契波羅夫人這樣的「靈媒」，才有辦法拯救福爾摩斯脫離低潮。

「未免也等太久了吧。」哈德遜夫人說。

似乎是前一組訪客的面談花的時間比預期還久，管家遲遲沒來請我們過去。

雷斯垂德在躺椅上坐下，熱衷地看著福爾摩斯的筆記本。

「墨斯格夫家的案子我還記得，我當時也被派去搜尋墨斯格夫小姐呢。不過我倒是不曉得福爾摩斯也跟這起案子有關。」

雷斯垂德從筆記本上移開視線，將目光投向窗外。

「那次真的事有蹊蹺，畢竟是洛西望族家發生的案子，以京都警視廳的立場是非得破案不可。而且羅伯．墨斯格夫也是很有影響力的政治家，警視總監應該也收到來自內務大臣的龐大施壓。實際上派遣到赫爾史東大莊院的也是資深的知名刑警，當時進行了很大規模的搜查。但也不知道為什麼風向突然變了，調查總部沒多久就縮編，我還記得當時有多喪氣。明明還沒找到任何線索，上頭就命令我們從洛西打道回府了。」

「這確實不對勁。到底是為什麼呢？」

「我當年還只是個菜鳥刑警，一點頭緒也沒有。」雷斯垂德壓低了嗓音，「不過應該是高層出了什麼事。等回過神來，調查總部已經是解散狀態，墨斯格夫小姐失蹤案就此成為懸案。福爾摩斯先生無法解決這起案子，或許也跟這些事有關吧。」

「你是說有人施壓嗎？」

「而且是很大尾的人物。」雷斯垂德意有所指地說。

此後十二年，墨斯格夫小姐杳無行蹤。

墨斯格夫小姐的失蹤讓墨氏家族墜入暗影中。或者應該說，正是那名文靜婉約的少女，讓墨氏家族勉力維持搖搖欲墜的平衡。或許是為了彌補失去女兒的空洞，羅伯．墨斯格夫接二連三地做出冒險的事業投資，再也沒有獲得之前那樣的成功，最後羅伯．墨斯格夫始終沒有從失去愛女的打擊中振作起來。

去年夏天，羅伯在失意中與世長辭，由兒子瑞金諾繼成了家業。

「那位蕾秋小姐也真是可憐呢。」哈德遜夫人說道：「如果她還活著，應該跟瑪麗小姐差不多大吧？」

「話說回來我還真搞不懂，」雷斯垂德歪了歪頭，「為什麼福爾摩斯先生要特地把這個筆記本藏起來？」

「大概是覺得被人看到了會很丟臉吧。」

「就我看這個筆記的內容，倒不覺得這是多慘痛的失敗啊。」雷斯垂德皺著眉頭翻著筆記本，「福爾摩斯先生盡了他身為偵探的本分，該做的事都做了、看起來也沒犯下什麼致命的錯誤，跟這個比起來，去年的『紅髮會案件』還比較丟臉吧。為什麼事到如今又突然在意起十二年前的案子？居然還因此陷入低潮……我實在搞不懂。」

「這就交給雷契波羅夫人吧。」哈德遜太太鼓舞似地說：「她一定會給我們一個解釋的。」

這時我們聽見走廊上傳來的談話聲。看來是前一組客人與雷契波羅夫人結束談話回到接待室來了。沒多久，兩名女性走進接待室。這時只聽見哈德遜夫人驚呼了一聲：「哎呀？」看見來者的面容，我也吃了一驚。

來人是艾琳．艾德勒和我的妻子瑪麗。

「你在這裡做什麼，約翰？」

「我才想問妳呢，妳不是說要跟寄宿學校的朋友見面嗎？」

「對，沒有錯。艾琳是我念寄宿學校時的同學。」

聽她這麼一說，我目瞪口呆。福爾摩斯如何被艾琳．艾德勒窮追猛打，在家中明明是我們時時聊起的話題，但瑪麗從未提及她和艾琳的關係。很明顯是刻意隱瞞。

「妳為什麼沒告訴我？」我這麼一問，瑪麗倒是一臉理直氣壯地回答：「因為你沒問過我啊。」

「真沒想到會在這裡遇見妳們。」哈德遜夫人說：「我們是為了福爾摩斯先生的事而來的。」

我輕輕撞了一下哈德遜夫人的手臂。艾琳．艾德勒是福爾摩斯的對手，沒必要讓她知道福爾摩斯此刻的窘境。

哈德遜夫人「哎呀」了一聲閉上了嘴。艾琳．艾德勒和瑪麗交換了一個眼神，瑪麗微微點了點頭。

這時，管家走進了接待室。

「雷契波羅夫人可以見你們了。」

○

雖是第二次造訪了，我還是無法習慣房中的昏暗。

雷契波羅夫人端坐在放了水晶球的桌子後方，背後垂著厚重的黑色天鵝絨幕，燭台的火光照亮她那面具似的臉龐。前方三張木椅呈扇型擺放。雷斯垂德向她自我介紹，雷契波羅夫人微笑著說：「警部的活躍表現我當然有所耳聞。」大部分的人知道面對的是警界人士都會緊張，但雷契波羅夫人完全不為所動。

「福爾摩斯先生沒有一起來呢。」

「福爾摩斯這男人很固執的，要把他帶到這裡來不是件容易的事。不過我們帶了或許能當成線索的東西來。這是十二年前發生的案件的紀錄。」

我將皮面筆記本放在桌上，簡單扼要地說明了案情經緯。雷契波羅夫人雙眼發光，向前傾身，一臉興味盎然的樣子。

「您是說，水晶球中映出的女孩就是墨斯格夫小姐吧。」

「是的。雷契波羅夫人，妳之前說福爾摩斯陷入低潮的原因就是那名女孩。福爾摩斯的舉止確實有難解之處，他完全不肯提及過去的案件，還特意將這本筆記本藏了起來。我實在不認為這是巧合。」

「您說的沒錯，華生醫師，這不是巧合。」雷契波羅夫人說著，將皮面筆記本拉到眼前。

她在桌上打開筆記本，一頁一頁仔細翻閱，像是不肯錯失任何一點線索。花了好長一段時間讀完筆記，她向後靠向椅背，眼神茫然地向上望。

「我從這本筆記本上感應到非常強烈的靈性能量。」雷契波羅夫人說道：「我猜想，來自靈界的訊息正是以這本筆記本為媒介吧。墨斯格夫小姐的靈魂不斷地想訴說些什麼，也難怪福爾摩斯先生會陷入低潮。因為來自靈界的能量持續運作，試圖將福爾摩斯先生拉回十二年前未能破解的懸案。」

「墨斯格夫小姐想要訴說些什麼呢？」

雷契波羅夫人沉思著，目光投向筆記本。

「我不懂的是，為什麼十二年前，福爾摩斯先生會在尚未破案時就中途退出呢？最後的記述是寄宿學校的學生潛入宅邸，之後福爾摩斯先生的紀錄就戛然而止。到底發生了什麼事？」

這也是我們百思不得其解之處。

就雷斯垂德的記憶，京都警視廳的搜查是受到來自政界的施壓而中止。然而福爾摩斯是受雇於瑞金諾．墨斯格夫個人，不可能受到京都警視廳搜查方針的束縛。就算真的受到什麼壓力，按照福爾摩斯那麼倔強、自尊心又比天高的性格，實在不可能輕易退讓。

「我可以插句話嗎？」哈德遜夫人怯怯地舉起手。

「這是我剛剛在接待室重看筆記本的時候發現的，案情紀錄是突然中斷的沒錯，但筆記沒有結束。繼續往後翻的話，在很後面的頁面上還寫著很像詩句的東西。」

聽哈德遜夫人這麼說，雷契波羅夫人繼續將筆記本往後翻。翻過好幾頁空白的頁面，她突然停下了手。

「確實寫了些什麼呢。」

雷契波羅夫人朗讀起來。

其為何人之物
是為離去之人
得其者為何人

是為來人所得
我等所尋之物為何
是為我等擁有之所有
為何必須將其找出
是為獲得更大的覺醒

我們面面相覷。那就像是某種儀式的問答，卻看不懂是什麼意思。為什麼福爾摩斯要在筆記本上寫下這些字句？

「這是什麼意思呢？」我問。

雷契波羅夫人沒有回答。她撐起群青色洋裝包裹下的豐滿身軀，緊盯著攤開在桌面上的筆記本，蹙起眉頭、瞇起雙眼，像是拚命思索著些什麼。

最終她深深吸了一口氣，鼓起胸膛，睜大雙眼。

她的神情讓我想起福爾摩斯要點破案情真相瞬間的表情。不過她的神情要更為強烈，雙眼閃爍著光輝，隱忍不住的笑意扭曲了她的嘴角。看起來像是被什麼不祥之物給附身了似的表情，讓我覺得似乎窺見什麼不該看的東西。

突然，雷斯垂德拍了拍我的手臂。「華生醫師，你看那個！」

順著他的指尖看過去，桌上的水晶球正發出光芒。

我探出身子看進水晶球，裡頭模糊地浮現一個低著頭的女孩身影。是墨斯格夫小姐嗎？但總覺得跟上次看到的感覺不太一樣——就在閃過這個念頭的瞬間，女孩抬起頭來，用充滿挑釁的眼神望向這邊。

我驚訝得忘了呼吸。

「這不是瑪麗小姐嗎！」哈德遜夫人驚呼出聲，「為什麼瑪麗小姐會在水晶球裡？」

水晶球中的瑪麗大大地揮舞雙手，朝這頭說著些什麼，然後舉起一張紙。上頭寫著這麼一句話：

——你們被騙了。

○

「這是怎麼回事？」

我用強硬的語氣質問雷契波羅夫人。

這時，我們身後的門被推開，昏暗的房中射入一道光。踩著彷彿撥開黑暗的颯爽腳步走來的，正是艾琳．艾德勒。

雷契波羅夫人站起身，快步走向牆邊，伸手握住傭人鈴的繩子，應該是想叫人過來吧。艾琳．艾德勒淡淡地說了一句：「這麼做也是沒用的。」她那像是打響了一耳光的清脆嗓音，讓雷契波羅夫人放開拉繩，轉身面向闖入者。她就像戴著能面具般面無表情。

「艾德勒小姐，我跟妳的會談應該結束了吧。」雷契波羅夫人用低沉的嗓音說道：「請回吧。」

「這可不行。抱歉了。」艾琳．艾德勒若無其事地直直穿過了房間。

她從我和哈德遜夫人中間走過，站在桌子前，毫不遲疑地伸出雙手捧起了水晶球。實在是太過膽大妄為的舉動，讓雷契波羅夫人無從阻止。被她捧起的水晶球已然失去光芒，擺放水晶球的軟墊中央開了個圓孔，光芒是從圓孔中流洩出來的。

「在這個房間的正下方有個特別打造的工作室。」艾琳・艾德勒趾高氣揚地說明：只要在地下的工作室對著目標物打上強烈的光，透過鏡子和透鏡組合而成的傳訊裝置，就能將影像投影在水晶球裡安裝的鏡子中——聽她解釋起來，不過就是簡單的光學機關。我們之所以無法看穿這一點，充其量只是因為沒想到會有人這麼大費周章罷了。

「只要透過這個裝置，就能讓人看到想讓他們看見的影像。」艾琳・艾德勒說道，「就像我剛剛請瑪麗演示的那樣。」

我們剛剛確在水晶球中清楚看見瑪麗的身影。也就是說，上次我們看見的疑似墨斯格夫小姐的女孩，也是用同樣手法投影的影像。在艾琳・艾德勒的解說、以及瑪麗的實施演示下，此前籠罩著雷契波羅夫人的神祕氛圍，全都像是消散的霧氣般消失無蹤。

往身邊看去，哈德遜夫人垂頭喪氣的樣子令人同情。畢竟她認定了雷契波羅夫人是史上最厲害的靈媒，這也是無可厚非。另一邊，雷斯垂德用無比讚嘆的眼神看著艾琳・艾德勒，她完美扮演「神探」的舉止，確實就像黃金時期的福爾摩斯一般亮眼。

雷契波羅夫人背向黑色天鵝絨簾幕站著。

「妳不懂靈異現象，艾德勒小姐。」雷契波羅夫人用沉穩的嗓音說道：「靈異現象是處於主觀與客觀的夾縫間，會受到觀者心理狀態很大的影響。信者則見，不信者是絕對看不見的。猜疑之心是靈異現象的大敵。像我們這樣的靈媒，必須打消委託人的猜疑之心，讓他們由衷相信靈性世界的存在。為了達到這個目的，我們多少會借助一些機關。就只是這樣而已。妳也不必這麼得意洋洋。」

「也就是說，妳承認妳欺騙委託人吧。」

「我並沒有這麼說。」雷契波羅夫人搖頭，「華生醫師應該會懂吧，醫師為了安撫患者的不安，有時也是會說點無傷大雅的小謊。因為這樣能安定患者的心，有益於治療。世上的人全都是病人，而我們是靈魂的醫者。等到哪一天，眾人覺醒、看見真相，靈性世界的存在受到廣泛接納的時代到來，就不需要要這樣的小花招了。」

「那樣的時代是不會到來的。」艾琳．艾德勒向前探出身子，「妳自己其實也不相信靈性世界的存在吧。」

就在她們隔著桌子互相瞪視對峙的時候，瑪麗出現在門口。「還順利嗎？」她問，而艾琳．艾德勒沒有將她惡狠狠的目光從雷契波羅夫人身上移開，回答：「很完美。」

但雷契波羅夫人並未顯露一絲怯意。「那麼妳打算怎麼樣呢？」她緩緩在椅子上坐下，像是挑釁似地對艾琳．艾德勒說道：「如果要逮補我的話，雷斯垂德警部也正好在場呢。」

「這倒是不急。」艾琳．艾德勒冷冷地說道，直起身子，「今天我們原本只是來打聲招呼而已。不過我改變心意了。誰教妳意圖迷惑華生醫師和哈德遜夫人。我已經看穿妳的企圖了，妳是想抓住福爾摩斯先生的弱點利用他吧？」

「我只是想幫福爾摩斯先生的忙。」

「福爾摩斯先生不需要借助招魂術的力量。」艾琳．艾德勒強硬地說完，轉頭望向我。她的眼中浮現強烈的憤怒與失望。

「華生醫師，」她嚴肅地說：「這下你看清雷契波羅夫人的手法了吧？我真沒想到像華生醫師這樣的人也會被這種花招給騙了！你的工作是輔佐福爾摩斯先生，不該被那個人用這種騙小孩的猴戲耍得團團轉！」

艾琳．艾德勒的話像是一把利刃，貫穿了我的胸膛。

我頓時羞愧得無地自容，同時也感到深深的失望。

我是那麼期待雷契波羅夫人可以拯救福爾摩斯脫離低潮，結果也是空歡喜一場。我已經重覆經歷多少次這樣的失望了呢？我氣力頓失，只勉強擠出一句：「妳說的一點也沒錯，艾德勒小姐。」

轉過身，在門口一直看著我們的瑪麗映入眼中。背向半開的門扉外頭的光，瑪麗的身形就像是漆黑的暗影。我看不清她的表情，完全不曉得妻子此時在想些什麼。

「好了，鬧劇結束了。我們走吧。」艾琳．艾德勒不由分說地說道。

在尷尬的沉默中，我們陸續起身，離開昏暗的房間。

這時，一股疑慮竄上我的心頭。

雷契波羅夫人讓我們看見的「靈異現象」確實是騙人的花招。但距今十二年前，洛西的墨斯格夫家中發生了墨斯格夫小姐失蹤案、而福爾摩斯一直避免提及這起案件，都依然是不爭的事實。

「華生醫師。」彷彿看穿了我的心思，雷契波羅夫人從背後叫住了我。

我在門口停下腳步回過頭，昏暗的房間深處燭光搖曳，照亮了雷契波羅夫人的白色臉龐。藏身於恰到好處的黑暗中，她又重新包裹在那股神祕氣息之中。

「請務必轉告福爾摩斯先生，」她說：「他是無法逃離墨氏家族之謎的。」

〇

我們在雨中回到寺町通221B時，福爾摩斯和莫里亞提教授已經先一步從大文字山回來了。他們兩人裹著毛毯瑟縮在壁爐火光前，福爾摩斯臭著臉盯著膝上的金魚缸，莫里亞提教授則翻著白眼，像是去了半條命。看來他們非但沒找到天狗拜師，還在山裡迷了路，備受折騰。

我們一進到房中，福爾摩斯就從金魚缸抬起頭。「哈德遜夫人，妳跑到哪裡去了？」他不悅地說道：「今天真的是有夠慘，我們迷了路，還下雨，莫里亞提教授又摔下山，差點就要在大文字山遇難了。等我們累個半死回到家，家裡一片漆黑，也沒有人能幫我們燒熱水。妳該不會又跑去找那個騙子靈媒了吧？」

「對，沒有錯。」哈德遜夫人也沒好氣地說：「我就是去找那個騙子靈媒了。」

自從艾琳．艾德勒揭穿水晶球詭計後，哈德遜夫人就一直悶悶不樂，回程的馬車上也幾乎一語不發。被雷契波羅夫人徹底欺騙，或許讓她深受打擊吧。

她一路悶著無處發洩的怒氣與失望，被福爾摩斯的無心之語引爆。哈德遜夫人猛地一把扯下軟巾帽扔出去，憤然大吼：「你說的沒錯，招魂術全都是招搖撞騙！這下你滿意了吧，福爾摩斯先生，你一定覺得我們很蠢吧！但這已經是我們沒有辦法的辦法了。對，雷契波羅夫人確實是騙子，但你以為我們去找那個騙子靈媒是為了誰？還不都是為了你！」

哈德遜夫人連珠砲似地說完，踩著重重的腳步離開了房間。說起來有絕大部分都是遷怒，但我非常了解她的心情。

「現在是什麼情形？」夏洛克．福爾摩斯茫然地抱著金魚缸。

原本昏睡在躺椅上的莫里亞提教授不知何時也坐起身來。「應該是出了什麼事吧，不然哈德遜夫人可是雷契波羅夫人的虔誠信徒呢。」

「雷契波羅夫人的假面具被揭穿了。」說完，雷斯垂德向他們說明在朋迪治里別邸發生的事情始末。

提及艾琳．艾德勒的活躍，雷斯垂德的語氣充滿熱情。他的雙眼閃著少年般的光芒。看來他已經完全被艾琳．艾德勒身為「偵探」的才華迷倒了。而雷斯垂德愈是對她讚譽有加，福爾摩斯的臉色就益發苦澀。「看來她是有點本事。」

「何止一點本事，福爾摩斯先生！」雷斯垂德亢奮地向前探出身子，「艾德勒小姐是無庸置疑的天才！怎麼樣，福爾摩斯先生，你要不要也去找艾德勒小姐諮詢看看？」

「你說我是要找她諮詢什麼，雷斯垂德？」

「像是推理的技巧啦、當偵探的態度啦，艾德勒小姐一定能給出有用的建議的。說不定這會是你擺脫低潮的契機呢！」

福爾摩斯倏地失去了表情。他氣得臉色鐵青，房裡陷入沉重的靜默。

「我拒絕。」福爾摩斯冷冷地說。「為什麼我堂堂神探夏洛克．福爾摩斯，要去向那種外行偵探討教？如果這樣就能擺脫低潮，我根本就不會這麼痛苦。不過若是你個人想去向艾琳．艾德勒求助，我也不會阻止你。畢竟你也有身為公僕的立場嘛。」

「不，我不是那個意思……」雷斯垂德一時語塞，整個人像是洩了氣似地垮下肩來。

○

從雷契波羅夫人的宅邸離去前，艾琳．艾德勒抓住我的手臂，將我拉到門廳的一隅。外頭傳來安靜的雨聲。

艾琳．艾德勒緊盯著我，問：

「為什麼福爾摩斯先生不肯認真破案？

「他以為我為什麼要這樣挑戰他？就算這樣贏下這場勝利我也一點都不開心。」她說著，眼中盈滿熊熊怒火。

那股怒氣的背後，是對福爾摩斯的滿懷期待。比任何人都還要期待夏洛克．福爾摩斯重出江湖的人，就是這個在大庭廣眾下對福爾摩斯下戰帖的人了吧？

「請你讓那個人拿出真本事。」艾琳．艾德勒說：「這是你的工作吧？華生醫師！」

○

福爾摩斯依然把自己裹在毯子裡，悶悶不樂地靜靜盯著壁爐的火光。我從公事包中掏出那本皮面筆記本，湊到福爾摩斯的鼻尖。福爾摩斯蹙起眉頭看著筆記本，察覺那是他過去的案件紀錄時，默不作聲地從我手中搶了過去。

「十二年前，墨斯格夫家發生了什麼事？」

我才問完，福爾摩斯嘖了一聲，別開視線。

「這跟你一點關係都沒有吧。我參與這起案子是在我們認識之前，我當年還是個不成熟的年輕人，我試圖破案卻失敗了，就只是這樣。」

「為什麼要騙我，福爾摩斯？」我在福爾摩斯面前蹲下身，從正面直視他，「如果真的只是這樣，你根本就沒必要把筆記本藏起來。一定有什麼讓你掛心的事吧，為什麼不肯告訴我？」

但福爾摩斯依然緊閉雙唇，像個鬧彆扭的孩子似地蜷縮在毛毯中，恨恨地瞪著我。

福爾摩斯為什麼要隱瞞這起案件？疑點實在太多了。他是無法逃離墨氏家族之謎的——雷契波羅夫人是這麼說的。

突然間，福爾摩斯喃喃地說道：「你還不是有事瞞著我。」

「你在說什麼？」

「最新一期的《河岸》雜誌啊，那是怎麼回事？」

自從福爾摩斯譚不得不無限期停刊，我就再也沒翻開過《河岸》雜誌了。看了也只會燃起對其他作家的妒火罷了。我困惑地歪了歪頭，福爾摩斯冷哼了一聲：「你打算裝傻到底嗎？

「我看你要怎麼解釋這個新連載。」

福爾摩斯從毛毯下拿出雜誌，往我砸過來。

福爾摩斯口中的「新連載」大大地登在雜誌封面。充滿編輯部熱烈期待的「偵探小說界新星！」、「洛中洛外引爆話題！」等文案躍然紙上。

看到標題和作者名的瞬間，我就像是被雷打到一般。

《艾琳·艾德勒探案事件簿》瑪麗·摩斯坦著

那時，瑪麗站在細雨中的身影浮現在我的腦海。

離開雷契波羅夫人的宅邸時，瑪麗就像是影子一般站在艾琳·艾德勒身邊，隔著細雨的簾幕靜靜地注視著我。

不知為何，我一直不覺得站在那裡的人是瑪麗。因為我總覺得那不是我所認識的妻子，而是一種難以接近、充滿謎團的神祕存在。

「瑪麗跟艾琳．艾德勒是一夥的。」福爾摩斯的聲音冷冷地響起，「看來你是真的沒發現你老婆背叛你了。」

第三章　蕾秋・墨斯格夫的失蹤

讀完《艾琳・艾德勒探案事件簿》那一夜的震撼，我至今無法忘懷。

我偷偷把刊登了連載的雜誌帶回家，窩在診間讀到半夜。讀完〈夏蜜柑俱樂部〉、〈布朗少校的名譽〉、〈盜亦有道〉三篇，我茫然若失了好一陣子。艾琳・艾德勒透過明晰的推理層層抽絲剝繭，有必要時也發揮她舞台演出的經驗，從「青年」到「老婦」都變裝自如，跟惡霸對峙時更使出「請住在長濱[1]的鍛冶工匠打造的祕密武器」壓制全場……

簡單說，她將夏洛克・福爾摩斯的作風做為藥籠中物，進一步將之內化洗練。而她的搭檔瑪麗・摩斯坦，不只是記錄艾德勒小姐經手的案件寫成小說，更親身參與調查、為破案貢獻一己之力。

我對瑪麗著實羨慕不已。這就是我真心想寫的東西。

○

那是十二月上旬，一個休診日的早上。

1　長濱：位於滋賀縣北方，以工藝品知名。

我穿上外套走出診所，到下鴨神社去參拜。

不知不覺間，早晨的空氣已經充滿冬日氣息。我在靜謐無人的境內走著，深吸一口氣，太古森林的氣息竄進鼻間。

在本殿參拜完，我沿著由北向南貫穿糺之森的參道走著。

從前寫得不順的時候，我常會像這樣，在下鴨神社的參道或鴨川河畔散步。只要放空腦袋一個勁地走著，就一定會找到突破口。

然而這天早上，不管我走了多久，都只是愈走愈喪氣。

《艾琳．艾德勒探案事件簿》在洛中洛外掀起一股熱潮。

她的活躍表現屢屢登上各大報紙，挑起社會大眾的好奇心，福爾摩斯譚停止連載也讓熱愛偵探小說的讀者渴望讀到新作。「探案事件簿」在這時展開連載，就像是在乾稻草堆中丟進燃燒的火柴。瑪麗．摩斯坦的丈夫就是約翰．H．華生一事很快就曝光，夏洛克．福爾摩斯與艾琳．艾德勒的偵探對決，曾幾何時發展為夫妻間的對決。

瑪麗說，她與艾琳．艾德勒的相識，要追溯到學生時期。

妻子年幼喪母，由於父親當時是駐軍印度的聯隊將校，她在鹿谷的寄宿制女子學校一直生活到十八歲。在她十二歲時，父親自印度歸國便神祕失蹤，這件事的始末已經詳細記述在「四簽名」一案中。在孤立於東山山腳下的校園中，過著無親無故的寂寞生活，她將所有心力都放在校刊委員的活動上——這些事我之前也聽她說過了。而艾琳．艾德勒當時正就讀同一所學校。

「不過她待不到一年，很快就休學了。」

「之後妳們就沒再見過了嗎？」

「對，已經快十二年沒見了。」
「這麼久沒見，真虧她會答應讓妳執筆。」
「擔任校刊委員的時候我跟艾琳很要好。」瑪麗的口吻中滿是懷念，「我們可以說是合作無間。」
瑪麗和艾琳．艾德勒是在今年初春時重逢的。那天晚上，她和慈善委員會的朋友們一起到四条的南座劇場看戲，兩人正巧比鄰而坐。她們驚喜於這次的久別重逢，趁著中場休息到劇場中的酒吧敘舊，聊得過於忘我，都忘了要回到觀眾席。
瑪麗之前就耳聞艾琳成為舞台劇演員，但艾琳說她已經退出舞台工作了。
「我打算轉行當偵探。」
瑪麗起初笑說「妳是在開玩笑吧」，但艾琳是認真的。
接下來發生的事就如同我之前的記述，艾琳．艾德勒憑藉其驚異的辦案才華橫空出世，甚至威脅到夏洛克．福爾摩斯的「神探」寶座。而艾琳．艾德勒耀眼的轉型成功，也是瑪麗的轉換跑道。
「我已經跟你說過很多次，要你別再跟那個人來往了。」瑪麗說：「你卻不把我的話當一回事。比起醫師的工作、比起我們的家庭生活，你總是更以福爾摩斯為重。這代表跟我們的人生比起來，福爾摩斯先生更重要吧。既然如此，我也有我的考量。」
走在下鴨神社的參道上，仰望入冬後葉片凋落的枝椏，一股接近頓悟的念頭將我包圍。
這一年來，我一心努力想挽回福爾摩斯的黃金年代，不斷犧牲我和瑪麗的生活。我嘴上說著多愛瑪麗，每次遇到事情還是以福爾摩斯為優先。現在這樣的狀況就叫做報應吧。驕者必敗。夏洛克．福爾摩斯與華生的時代已然結束，接下來是艾琳．艾德勒和瑪麗的時代了。
那天，瑪麗隨艾琳．艾德勒出門辦案，會在外留宿。瑪麗確立了名符其實的「艾琳．艾德勒的搭檔」地位。

我垂頭喪氣地回到了診所。

「華生醫師，有您的電報。」女傭遞過一張紙片。

我的生活早已與好消息絕緣，想都知道不會是什麼好事。

我嘆了口氣，打開電報。上面是這樣的一行字。

夏洛克・福爾摩斯音訊全無　莫里亞提

○

我來到寺町通221B，哈德遜夫人沉著一張臉為我開門。

「聽說福爾摩斯不見了？」

「對，沒錯。」哈德遜夫人一面接過我的手杖和外套一面回答：「前天中午左右，他悠悠晃出門之後就沒回來了。」

「真讓人擔心，」我皺起眉頭，「他跑到哪裡去做什麼了？」

換作之前，福爾摩斯消失個幾天不是什麼稀奇事，他要不是像獵犬一樣追著案件跑、就是在圖書館閱覽室查閱犯罪史資料，再不然就是在大學醫院忘我地做法醫學研究，不管他人在哪裡都沒什麼好擔心的。但現在的福爾摩斯已經不是從前的福爾摩斯了。

「福爾摩斯先生是很讓人擔心，但我也很擔心莫里亞提教授。」

「怎麼說？」

「他一直在等福爾摩斯先生回來，」哈德遜太太眉頭緊蹙，「我覺得他根本就沒睡。」簡直就像忠犬小八。我心想，步上二樓前往福爾摩斯的房間。窗簾緊閉，房裡冷得就像黎明前的荒野。

莫里亞提教授把自己包裹在黑色斗篷裡，坐在壁爐前的扶手椅上。壁爐的火光幾近熄滅，他那陰鬱的身影就像是堆疊起的死灰。我往壁爐中添上柴火。莫里亞提茫然的眼神往我的方向轉動。

「福爾摩斯消失蹤影已經整整兩天了。」

「過一陣子他就會跑回來了啦。」

嘴上這麼說，我其實心裡也沒個底。

讀過的報紙散亂在福爾摩斯常常窩著的躺椅旁。每一張報紙上都印著艾琳．艾德勒的活躍表現，在報導中也隨處可見「雷斯垂德警部」的名字。

上個月在雷契波羅夫人宅邸時對艾琳．艾德勒的表現佩服不已的雷斯垂德，為京都警視廳此前的無禮向她致歉，並徵詢她的協助。在那之後，艾琳．艾德勒與雷斯垂德的名字就常常一起見報。福爾摩斯自然無法容忍這樣的「背叛」，宣告跟雷斯垂德就此絕交。

莫里亞提教授憂傷地凝望著壁爐的火燄。

「實在是太諷刺了。神探夏洛克．福爾摩斯和物理學家詹姆斯．莫里亞提，在破解謎團上無人能出其右的兩個人，投注了所有心力，偏偏就無法破解自身低潮這個謎。愈是想要連滾帶爬地逃出這座迷宮，就愈是往迷宮深處走去。」

我滿懷心痛地看著莫里亞提教授。

「但就是因為有你的陪伴，福爾摩斯才有了心靈支柱啊。」

「真的是這樣嗎？我確實每天都會到這個房間來找福爾摩斯，多虧了他，我才能得救。我一直認為我們是能分擔彼此苦惱的交心好友。但說不定這麼想的人只有我，福爾摩斯會不會其實覺得我很煩呢？」

莫里亞提教授用他那雙鷹爪般的手捂住了臉。

「說不定就是這樣他才會不見人影。」

眼前的人不再是高傲的物理學家，就只是一名可悲至極的年邁男子。我不知道該如何安慰他。我走向莫里亞提教授，手輕輕覆上他那因嗚咽而顫抖的肩上。

「我太依賴福爾摩斯了。」莫理亞堤教授說：「我希望他繼續身陷低潮，我害怕只有我被拋下來。抱著這種心態算什麼交心好友，我根本就是瘟神啊。」

從前夏洛克・福爾摩斯這麼說過。

——我們正在努力破解「我們自己」這個難解疑案。

這只不過是不肯正視現實的藉口。當時我是這麼想的。

但現在回想起來，不肯正視現實的人或許是我吧？福爾摩斯如今迷失其中的迷宮中，確實潛伏著一隻魔物。而真切明白那隻魔物有多可怕的，就只有莫里亞提教授一人。

○

敲門聲響起，哈德遜夫人走進房間。

莫里亞提教授掏出手帕拭淚，或許是沒怎麼吃飯吧，他的雙頰凹陷，原本就沒什麼血色的臉龐看起來宛若蠟像。

「我擔心福爾摩斯擔心得都睡不著。」

「你這樣想破頭也沒用啊，莫里亞提先生。」哈德遜夫人一面將紅茶倒入杯中一面說：「還是要晒晒太陽、暖暖肚子。來吧，喝杯紅茶、吃點司康吧。」

哈德遜夫人說的確實沒錯。拉開窗簾讓陽光照入房間，吃著塗了滿滿奶油的司康，心情也慢慢好起來了。莫里亞提教授的臉色也好多了。話雖如此，我們依然不知福爾摩斯的去向。

據哈德遜夫人所說，福爾摩斯離開221B是前天的中午左右，穿著外套、圍著圍巾。他的旅行袋還放在臥房，所有菸斗也都放在壁爐架上。

如果他要出遠門，實在不可能留下這些。支票和現金也放在書桌的抽屜裡，代表他身上應該只帶著零錢吧。沒有愛用的菸斗、沒有換洗衣物、沒有錢，福爾摩斯這兩天是怎麼過的呢？

這時浮現在我腦中的，是陷入低潮之後，福爾摩斯時不時掛在嘴邊的，對隱居生活的憧憬。

「像是大原之里怎麼樣呢？」他說：「城市的喧囂、鴨川溼答答的霧氣、艾琳・艾德勒的活躍，都不會傳到遙遠北方的山里間。一定能過上平心靜氣的生活。每天跟長滿青苔的童子地藏[2]聊天，然後養個蜜蜂。」

「為什麼要養蜂？」我問。

「蜂蜜對身體很好啊。蜂王乳也是。」

2　童子地藏：守護安產、保護孩童的地藏石像。多為童子形象。

「或許是這樣沒錯啦。但田園生活不適合你啊。」

「在竹林裡搭個小屋也不錯。很有遺世之人的感覺吧。住在竹林小屋裡，每天早上挖竹筍，然後以海帶芽筍湯為主食過活。不，光靠海帶芽筍湯會營養不足吧。果然還是得養蜂。靠海帶芽筍湯和蜂蜜活得下去嗎？我對營養學沒研究，說說你身為醫師的意見吧。」

「不要說什麼隱居，你的凱旋時刻一定會到來的。」

「喔，是嗎？那是什麼時候？拜託你告訴我吧。」

福爾摩斯用百無聊賴的口吻說完，轉身背向我。

——竹林小屋。

我靈光一閃。

「福爾摩斯說不定去了洛西。」

「洛西？」莫里亞提教授喃喃道：「為什麼是洛西？」

「墨斯格夫家領地內有一大片竹林。福爾摩斯如果真要遺世隱居，第一個想到的一定會是那裡。而且現任當家瑞金諾．墨斯格夫先生是福爾摩斯學生時代的友人，應該會願意讓他在那裡搭一、兩間小屋吧。」

「可是十二年前發生了那樣的案子，福爾摩斯那麼排斥再提起那件事，會特地跑到有痛苦回憶的地方去隱居嗎？」

話說到一半，莫里亞提教授臉色一亮：

「不，說不定就是因為有過痛苦的回憶才會去。十二年前那起案件一直記掛在福爾摩斯心上，他會不會想再次造訪墨斯格夫家，重新面對初出茅廬時期未能破解的懸案呢？」

銳利的光芒又回到莫里亞提教授的眼中。

「我們也到洛西去吧，華生。」

就在這時，大門傳來鈴響。

「哎呀，有客人。」哈德遜夫人匆忙起身下樓。

莫里亞提教授回到三樓的房間為出門做準備。這段期間我就在樓梯旁的走廊等他，但忍不住在意樓下的狀況。哈德遜太太在門口跟人你一言我一語地爭執著。當莫里亞提教授臂下挾著手杖下樓時，門口傳來瘋狂拍擊門板的聲響。我們急忙下樓來到門廳，就看到哈德遜夫人拚命用背抵著門。

「委託人們都跑來了。」

「『受害者自救會』的人？」

「我跟他們說福爾摩斯先生不在了……」

就在哈德遜夫人向我們說明狀況的同時，門外不斷傳來「把福爾摩斯交出來！」、「你逃不掉了！」的怒吼聲。我提議由我代替福爾摩斯出面處理，哈德遜夫人制止了我。

「你只會變成福爾摩斯的替死鬼被他們吊起來打。」她說：「這裡就交給我，你們快從後門溜走。」

「現在這樣的狀況，我們怎麼能丟下妳！」

「我可是夏洛克．福爾摩斯的房東呢。處理這種麻煩事是家常便飯了。」哈德遜太太的神情活力四射，「這邊你們就別管了，快到洛西去把福爾摩斯先生帶回來吧。請不用擔心我，要是真的萬不得已，我就拿福爾摩斯先生的手槍，開個兩、三槍嚇嚇他們。」

她這話問題可大了，但確實十分可靠。

我向哈德遜夫人致謝後，跟莫里亞提教授相視頷首，轉身往走廊的另一頭去。回過頭，哈德遜夫人對我們揮了揮手，「去吧！」

「哎呀，」莫里亞提教授嘆息，「真是了不起的女士。」

後門通往狹小的後院。說是後院，其實也就是擺滿了哈德遜夫人種植香草的盆栽、長著一株細瘦的楊樹，有著廁所及晒衣架的荒蕪空間。我們加快腳步穿過後院，推開後院的木門，踏上小巷。

天空呈現神祕的水藍色，刺痛雙頰的寒風宣告冬日的到來。

○

我們搭上辻馬車前往四条大宮，爾後搭上嵐電。

電車從建築林立的右京街道中穿梭而過。在亮晃晃的陽光照耀下，低矮的紅磚及灰泥建築、長長的寺院圍牆，在車窗外流轉而過。

「之前我對你說了很多過分的話。」莫里亞提教授愧疚地說：「很抱歉。」

「彼此彼此啦。」

「為了福爾摩斯好，我們一定要同心協力。」

嵐山的停車場前，擠滿了來自洛中洛外絡繹不絕的觀光客、以及意圖撈一票觀光財的當地商人。山間染上美麗的楓紅，遊河船在桂川上交錯往返。我們在渡月橋下攔了一輛馬車，沿著老街往南去。不愧是歷史悠久的老街，沿路上都是充滿歲月感的旅舍和商家。

晴空萬里，只飄著幾抹像是筆刷掃過的薄雲。

夾道的建築來到終點，左手邊是一整片遼闊的軍事訓練場。隔著訓練場，彼端冒著黑煙朝大阪奔馳而去的蒸氣機車，看起來只不過是玩具火車。右手邊是大片休耕中的田地及牧草地，不久之後由竹林取而代之。

「這一帶已經是墨斯格夫老爺的土地了。」車夫告訴我們。

莫里亞提教授說，他與上一代當家羅伯．墨斯格夫有過數面之緣。

「我以前在赫爾史東大莊院留宿過幾回。」

「上一代當家是什麼樣的人？」

「與其說是家世淵源的貴族，更像是經商成功的暴發戶吧。可以肯定的是他確實很能幹。沒有羅伯，就沒有現在的墨氏家族。萬國博覽會也是因為他的幹練手腕才能成功舉辦。不過他也極度傲慢，非常令人不快。最後我因為『登月火箭計畫』跟他翻臉了。」

「那個計畫我也記得，當時引發了熱烈討論呢。」

羅伯．墨斯格夫宣布進行「登月火箭計畫」，是距今約五年前的事。

讓人搭上炮彈送到月世界——如此荒誕無稽的想法讓所有人都驚愕不已，紛紛議論著難不成就連那精明幹練的墨斯格夫老爺子也老糊塗了嗎？但羅伯舉辦了盛大的活動，轉眼間就召集愈來愈多的贊同者。「在月宮相見」的這句口號，掀起一陣《竹取物語》和天文觀測的熱潮，甚至出現了正因月亮是人類的新樂園，所以是值得納入我們帝國版圖的重要戰略地的言論。最終正式組成的執行委員會，網羅了各政府單位、東印度公司、陸軍彈道學研究所、大學應用物理學研究所等名號響噹噹的單位。在墨斯格夫家廣大的竹林中開拓了一角，反覆進行發射火箭的實驗。然而計畫實現的道路十分坎坷。

「人類要實現這個夢想還太早了。」莫里亞提教授說。

「要脫離地球的引力前往月球，需要龐大的能量。一開始的計畫是用巨大的大砲把火箭打上去，但這樣的動力還遠遠不夠。必須事先將燃料封進登月火箭、階段性地引爆，藉此獲得加速度的推進力。但我們還沒有那種安全的燃料，也沒有足夠的技術建造足以承受引爆衝擊的船體。以現代科學的力量來說是完全不可能實現的。我不知道向羅伯．墨斯格夫建言了多少次，但他完全聽不進去，堅持一定會親手實現這個計畫。」

就這樣遲遲做不出成果，世間的矚目也消退了。任憑墨斯格夫家再怎麼富可敵國，也不可能無止境地供應鉅額的開銷。去年夏天羅伯．墨斯格夫過世後，兒子瑞金諾宣布將無限期凍結登月火箭計畫。

「他為什麼這麼堅持？」

「這沒人知道啊。」莫里亞提教授緊皺眉頭，「有人說是墨斯格夫大小姐失蹤帶給他的打擊太大。羅伯確實是從女兒消失後就變了個人，他原本不是會漫無計畫追夢的那種人，真要說的話甚至功利得有些沒人性，這也是他之所以這麼有成就的原因。不過晚年的羅伯．墨斯格夫完全不把利益得失看在眼裡，簡直像是被什麼東西給附身了似的。」

一路直行的馬車在這時離開街道，向右轉入竹林中。

馬車兩旁是一望無際的美麗竹林。墨氏家族與竹林的深刻淵源我也曾有耳聞，就連他們家的家紋都納入竹林的圖樣，在祖先代代相傳下來的收藏品中，更有現存最古老的《竹取物語》抄本。

「有這麼大片竹林，愛搭幾座小屋都可以了呢。」

「這裡冬天很冷，夏天又都是小黑蚊。我實在不覺得生活起來會有多舒服。」

碩大的鐵門出現在眼前時，馬車停了下來。左手邊一幢磚造的門房小屋裡，走出一名戴著帽子、一身園藝師打扮的老人。莫里亞提教授探出身子，報上名號，老人緩緩點頭、慢慢靠近大門，慢慢地將門打開。前方不見竹林，而是大片點綴著灌木的青翠草坪，道路也變成碎石子路。

赫爾史東大莊院就建造在竹林環繞下的廣闊橢圓形建地上，由保留了創建當初古老風情至今的舊邸、以及大約百年前增建的新邸構成。各位可以想像一個巨大的L型，L字的橫邊是舊邸，畢竟是十六世紀的建築，現在看來帶點陰森，卻是古味盎然。現在作為收藏祖傳珍品的收藏庫，以及儲存農產物的倉庫，平日幾乎沒有在使用。L字的直劃為新邸，散發相對明快的氛圍，煙囪中冒出的裊裊升煙可以感受到人們生活的氣息。瑞金諾·墨斯格夫及傭人們的起居全都集中在新邸。我們在新邸的大門前下了馬車。

出來迎接我們的，是上了年紀的管家。

「你好啊，布朗頓，好久不見了。」

「莫里亞提教授，歡迎您。」

管家布朗頓用沉穩的語氣說著，低下了頭，展現宛如被雨打溼的花崗岩一般穩健的古老家族管家風範。莫里亞提教授告知來意，布朗頓面無表情地頷首，說：「夏洛克·福爾摩斯閣下確實正留宿於此。」

「啊，果然嗎！太好了！」

我們忍不住握住彼此的手叫出聲來。我們的推測是對的。

據布朗頓所言，夏洛克·福爾摩斯取得瑞金諾·墨斯格夫的同意，在領地內的竹林裡搭建小屋。不管眾人如何勸說，他就是不肯住進赫爾史東大莊院裡，現在由擔任馬夫學徒的男孩為他送日用品到竹林小屋去。

「稍後再為兩位帶路吧。」布朗頓說道，他希望能先帶我們去見瑞金諾·墨斯格夫，將我們領進門廳內。

在布朗頓去通報我們的來訪時，我四下打量。

挑高天花板的門廳，擺了好幾座玻璃櫃，陳列著祖先在戰爭中使用的武具、旗下企業的產品樣品、萬國博覽會的紀念牌、精巧重現位於岡崎的水晶宮的模型等，個個都是訴說著墨氏家族歷史的物品。簡直是博物館。往大廳裡望去，可以看到巨大的樓梯，樓梯間的牆上更是掛了許多幅歷代當家的肖像畫。

「真是氣派的宅邸。」我忍不住感嘆。

「沿著這邊的走廊過去就通往舊邸。」莫里亞提教授挪了挪下巴，往門廳右手邊的走廊示意。「聽說還有些不輕易公開的珍藏寶物。畢竟是首屈一指的古老家族嘛。」

此時布朗頓終於回來，將我們領進門廳左手邊的書房。

書房進深很深，採光明亮，左手邊是一整片面對草坪的大窗子。右手邊的牆邊排放著書櫃和置物櫃，但最引人注目的是巨大的月面地形圖。圖上精細地繪製了透過望遠鏡觀察月球表面的景象，想來是羅伯．墨斯格夫晚年瘋狂沉迷的「登月火箭計畫」遺產吧。後方的牆邊有一座壁爐，瑞金諾．墨斯格夫優雅地站在壁爐前，與坐在面前躺椅上的兩名女士談話。

布朗頓恭敬地稟報：「莫里亞提教授和華生博士到了。」

躺椅上的兩名女士像是早就等著似地回過頭來。

我不禁屏息。那正是艾琳．艾德勒與吾妻瑪麗。

○

瑞金諾．墨斯格夫可以說是貴族風範的代名詞。

身著上等西裝的站姿優雅從容，無懈可擊。那蒼白肅穆的神情，讓人聯想到中世界的晦暗要塞。點綴著少年白髮絲整齊梳高、看人時下顎微微抬高的習慣，都讓墨斯格夫閣下渾身散發一股超然的氣質。跟我從莫里亞提教授口中聽到的上一代當家羅伯衝勁十足的印象完全相反。

走向墨斯格夫的同時，我望向坐在躺椅上的瑪麗。

在澄澈的冬陽照耀下，瑪麗一語不發，緊挨著坐在身邊的艾琳・艾德勒。

她們為什麼會在墨斯格夫宅邸？

由於莫里亞提教授在羅伯・墨斯格夫當家的時代就曾出入墨斯格夫家，瑞金諾・墨斯格夫還是學生時就見過。他們笑著向彼此問好。聽寒暄的內容，兩人上次見面是在去年羅伯的葬禮上。那場葬禮過後不久，莫里亞提教授就辭去大學教授的職務一事，墨斯格夫先生也曉得。

「我一直很擔心您後來怎麼樣了。」

「還過得去啦，都是多虧福爾摩斯他們。」

「人與人的緣分真的很神奇呢。我也很高興能見到你，華生醫師。醫師的案件紀錄我全都拜讀過了，學到了很多，而且也從中得知福爾摩斯的事蹟，請讓我向你致謝。」

「這是我的榮幸，墨斯格夫先生。」

「不過真虧你們知道福爾摩斯在這裡呢。原本是該知會一聲的，但福爾摩斯堅持不必。你們是怎麼找到這裡來的？」

「不、說不上什麼推理，」我搪塞道：「該說是朋友的直覺吧。」

「不愧是福爾摩斯的搭檔。」墨斯格夫先生微笑道。

「前天下午，福爾摩斯隻身來到赫爾史東大莊院，說『我決定要退休不當偵探了，讓我在你土地上的竹林裡搭個小屋生活吧』。我說不必搭什麼小屋，在赫爾史東大莊院好好休息、愛住多久就住多久，但他不聽我的，逕自往竹林裡去了。真是個怪人，跟學生時期一個樣。」
「福爾摩斯先生在這裡？」艾琳．艾德勒向前探出身子。
看來就連神通廣大的她也完全沒料到夏洛克．福爾摩斯居然隱居在洛西的竹林裡。她的臉上寫滿驚愕。
「他真的說了要『退休』嗎？」
「對，他確實是這麼說的。是不是認真的我就不清楚了。」
艾琳．艾德勒瞇起雙眼，雪白的雙頰漲滿不悅。那雙眼睛向我瞪過來。「退休是怎麼回事，華生醫師？」
「這、我們也想盡辦法……」
「我太失望了。」
「妳沒資格責備我們！」突然之間，莫里亞提教授憤怒得顫抖的嗓音響起。
「妳居然好意思說這種話，艾德勒小姐，我們為了讓福爾摩斯重新振作，費盡千辛萬苦，還不是妳冒出來把福爾摩斯逼到絕境，他才會決定要退休的！」
「為什麼會是我的錯？」艾琳．艾德勒理直氣壯：「我只是做好我該做的工作。」
「我就是在說妳這麼做傷害到福爾摩斯的尊嚴！」
「那是福爾摩斯先生的問題，不是我的問題。再說那種沒用的尊嚴，早就該捨棄了。」
「妳說什麼！」莫里亞提教授咆哮著：「妳居然還敢說這種話！」
「華生醫師和莫里亞提教授都一樣，你們就是太縱容福爾摩斯先生，反而讓他動彈不得。擺脫無聊尊嚴的束縛，承認辦不到的事情就是辦不到，尋求他人的意見，該改進的地方就加以改進。這樣的謙遜和勇氣才是解決問題唯一的辦法吧？再說了，連自己的問題都解決不了，要怎麼解決別人的問題？」

艾琳．艾德勒所言正是，是無懈可擊的大道理。

但能不能加以實踐，完全是另一回事。在人生谷底爬行的人，內心會萌生「誰要遵循聽到爛的大道理」這樣不合理的欲望。與其遵循理所當然的大道理，福爾摩斯寧可選擇守住名譽、遁逃到竹林中吧。

莫里亞提教授氣得七竅生煙，像是隨時都會爆炸；艾琳．艾德勒看起來也堅持己見、完全沒有要退讓的意思。

是瑞金諾．墨斯格夫出面打了圓場。

「總之我請傭人帶路，你們跟福爾摩斯好好談談吧。」

墨斯格夫先生搖響傭人鈴喚布朗頓前來。「對了，我還有件事想順便麻煩華生醫師。」他說：「可以請你說服福爾摩斯，帶他到這裡來嗎？其實今晚我要舉辦一場特別的聚會，希望福爾摩斯，還有華生醫師和莫里亞提教授都能列席。今晚就留宿赫爾史東大莊院吧。有什麼需要儘管跟布朗頓說。」

這個要求可說是怪異又唐突。

正當我們一頭霧水時，艾琳．艾德勒不悅地開口：「只有我在您不放心嗎？」

「不，絕無此事。請別介意。」墨斯格夫用沉穩的嗓音說道：「畢竟對方是身經百戰的雷契波羅夫人，為求保險起見，我們總得做好萬全準備。」

「雷契波羅夫人？」莫里亞提教授臉色一沉。

「您不需要擔心，教授。我並不是突然對招魂術感興趣。」

墨斯格夫解釋，幾年前雷契波羅夫人就聲稱赫爾史東大莊院有來自靈界的力量盤據，數度要求希望能進行「靈異調查」，都被羅伯．墨斯格夫轟走。如今，不斷拒絕她的前代當家已經過世一年多，墨斯格夫決定接受她進行「靈異調查」的要求。

「我想藉這個機會把事情做個了結。」

「可是那女人是假冒靈媒的騙子啊！」

「所以我才邀請她來啊，莫理亞堤教授。」

瑞金諾・墨斯格夫的語氣十分嚴肅。

「雷契波羅夫人是非常危險的人物。這幾年來，她成功增加了許多招魂術的信奉者，只將她的手法視為騙小孩的手段就太過輕忽了。再繼續這樣下去，將會形成阻礙我們帝國進步的一大隱憂。我會邀請知名偵探艾德勒小姐，就是為了揭開雷契波羅夫人的假面具。

「事情就是這樣，」墨斯格夫先生說：「所以我希望福爾摩斯也能助我一臂之力。」

○

結束與墨斯格夫先生的會面，我與莫里亞提教授走出赫爾史東大莊院。

即使晴空萬里，冬日下午四點過後的此刻，前院中高大青剛櫟樹的樹蔭也染上了暮色。在背著籃子的年輕馬夫學徒帶領下，我們朝著赫爾史東大莊院正面廣闊的草坪走去。在風中掀起大海般陣陣波紋的青翠草坪彼端，墨斯格夫家的竹林宛如人跡未踏的大陸般拓展開來。

「這片竹林有多大？」我問男孩。

「非常大啊，」男孩說：「有時候還會有人在裡頭迷路遇難呢。這時候莊院的大家就會跟威廉先生一起進去找人。」

「那個人就是竹林的管理員吧。」

「嗯，」男孩點頭，「他有點怪，不過人很好。」

威廉此人似乎是行遍全國的知名竹林管理專家，約一年前被墨斯格夫家找來，自那時起就一直負責維護領地內的竹林。在羅伯．墨斯格夫生前，為建造登月火箭發射基地、削減管理預算，墨斯格夫家知名的竹林也荒蕪不少，但近一年來在威廉的維護下，又漸漸恢復往年的美景。

「他還真是有本事。」我說。

「威廉先生真的很愛竹林。」男孩笑著說：「他一直待在竹林裡都不出來。」

在我跟男孩閒聊的同時，莫里亞提教授一直揮舞著手杖、邊嘟囔著些什麼。

「那女人真是白目到有剩！」

「好了啦，莫里亞提教授。艾德勒小姐說的道理是對的啊。」

「所以我才更氣。要是照道理來就可以解決，我們早就脫離低潮了！就是因為辦不到才會這麼辛苦啊！」

「但艾德勒小姐也沒有惡意嘛。」

「這可難說囉。」

「她確實是有些得理不饒人啦。」

我望向草坪另一頭隨風窸窣作響的竹林。

腦中浮現艾琳．艾德勒身著太古女神裝扮的身影。她接連放出「正論之箭」，福爾摩斯可憐兮兮地在廣大的草坪四下逃竄，走投無路之際，逃進了昏暗的竹林。然而追捕福爾摩斯的不只艾琳．艾德勒一人，在她的身邊有另一個女神的身影如影隨形。

記掛在我心頭的，是瑪麗異樣的沉默。

在莫里亞提教授和艾琳．艾德勒唇槍舌劍你來我往的同時，瑪麗緊閉雙唇，沒有表示任何意見。就像是努力要消除自己的存在似的。然而，艾德勒小姐主張的大道理一點用也沒有，福爾摩斯的低潮遠比這還要棘手，這一點瑪麗應該是最清楚的才對。但她還是放任艾琳．艾德勒暢所欲言。從她的樣子彷彿能看得出背後的無情算計。難不成，這一切的幕後黑手正是瑪麗？

故意將事務所設在寺町通221B的正對面，挑釁福爾摩斯進行偵探對決，如果說這一切都是瑪麗設計的呢？在南座與艾琳．艾德勒重逢後，瑪麗就一直在策畫要將福爾摩斯推入深淵的陰謀……不過這個假說未免太過駭人。

我們踏入了墨斯格夫家的竹林。

走上五分鐘，眼前所見就只剩下周圍林立的無數青竹。這是無比美麗，又充滿神祕感的景象。每當寒風吹動竹梢，四面八方就響起竹子搖動的嘰呀聲。葉梢篩落的點點陽光隨風晃盪，讓人錯覺此刻正走在水底。竹林並非一片平坦，有凸起的乾涸小丘、也有陰暗潮溼的低谷。

「你怎麼有辦法走在裡頭不迷路呢？」我問。

男孩沒有回答，只是伸手指向眼前的一株青竹。正好就在他視線高度的位置，繫著染成紅色的毛線。被他一指我才察覺，前方也有好幾株竹子綁著同樣的繩結。看來只要順著做了記號的竹子走，就能前往福爾摩斯的小屋。若是沒有這樣的記號，一定馬上就會迷失方向。

「要是這裡頭也有塞滿黃金的竹子就好了。」

「《竹取物語》嗎？」莫里亞提教授哼了一聲，「其實還真有這樣的傳聞。洛北的墨斯格夫家幾百年前就沒落了，洛西墨氏現在還這麼繁榮。當然沒有什麼塞滿黃金的竹子，不過很多人都在猜測洛西的這片土地藏了什麼祕密。雷契波羅夫人想來也是在打這個主意。甚至還有人說墨氏家族跟魔界做了交易，《竹取物語》裡藏著關於這個禁忌交易的隱喻，墨氏家族因此享盡榮華富貴，但代價是代代子孫都受到詛咒。」

莫里亞提教授說到這邊沉思了一陣，才又開口：

「而且又發生了墨斯格夫小姐的事。」

「你是說她因為詛咒才會失蹤嗎？」

「說什麼蠢話！我當然不這麼想。」莫里亞提教授暴躁地揮動手杖，「但那起失蹤案充滿無法解釋的疑點是事實。就連福爾摩斯也無法破解失蹤案之謎。真是讓人心痛的案子，我在赫爾史東大莊院的晚餐會上見過蕾秋．墨斯格夫小姐幾次，她看來身子孱弱，卻是個好奇心旺盛的聰慧女孩。」

墨斯格夫小姐失蹤案公諸於世時，墨氏家族的「詛咒」又甚囂塵上。該說是樹大招風、人富遭嫉嗎？富裕的古老家族總是受到無風起浪的謠言纏身。就算辯稱這種謠言不過是不科學的迷信，墨斯格夫小姐在無法解釋的狀況下失蹤是明擺著的事實。

此時，我想起雷契波羅夫人即將來訪一事。她聲稱是要對赫爾史東大莊院進行「靈異調查」而來。

「雷契波羅夫人是為了解開失蹤案之謎而來嗎？」

「或許吧。」莫里亞提教授沒好氣地說：「我不認為那個騙子靈媒能派上什麼用場就是了。」

○

不久後，我們來到一小片砍伐竹子清出的窪地。

窪地底下有著分辨不出是什麼的物體。帶路的男孩說，那就是福爾摩斯生活的小屋。只是簡單綁起幾根竹子、覆上帆布，目測只跟一口棺材差不多大。小屋前挖了個用來生火的坑，火坑上架著的馬口鐵鍋子裡，傳出與竹林一點也不搭軋的咖哩味。一名年約二十多歲的年輕人坐在鋪於地面的毛毯上，顧著爐火上的鐵鍋。

「威廉先生，您好。」男孩揚聲道，年輕人用沉穩的聲音回話：「你好啊，約翰。」

在我想像中，身負維護墨氏家族馳名竹林的任務的，是個更有歲月痕跡及匠人風骨的男子，眼前的卻是一名看似不食人間煙火的青年。頭戴像是乾癟荷葉的奇怪帽子，身穿茶色粗布上衣，抽著看來是自製的竹製菸斗。他的相貌陽剛，凝視鐵鍋時的眼神卻有種作夢般的縹渺。是因為長年生活在竹林裡，讓他有了這樣的眼神嗎？

「福爾摩斯先生分了剩下的羊肉咖哩給我，」威廉攪拌著鍋子說道：「偶爾吃吃咖哩也不錯呢。」

「我帶了福爾摩斯先生的朋友來。」

「是華生醫師和莫里亞提教授吧。我常聽福爾摩斯先生提起你們。」

話說回來，福爾摩斯人呢？我四下張望，鋪滿枝葉的窪地不像有可以躲人的地方。

正當我們一頭霧水，威廉伸手往竹林上方一指。抬頭一看，彼此交錯的枝葉不自然地晃動著，從中隱約可以看見穿著髒兮兮褲子的屁股。

「喂，福爾摩斯！你在那種地方做什麼？」

「愛做什麼是我的自由。」福爾摩斯的聲音從梢頭上傳下來，「你們又在這裡做什麼？」

「這還用說嗎！我們是來接你的。」

「抱歉，我不會回寺町通221B了。我打算告別俗世，在這片竹林的角落建立屬於自己的王國。」

從此以後，你們就當夏洛克．福爾摩斯是未確認動物，就像槌子蛇[3]一樣的存在吧。祝好，後會無期！」

「說什麼東西莫名其妙……總之你先下來再說！」

我大力搖晃青竹，福爾摩斯卻紋風不動。「你搖得再大力我都沒差啦！」那得意洋洋的口氣讓人惱火。不管我再怎麼搖晃，只能看著他髒兮兮的屁股隨著青竹一同晃動。

「福爾摩斯，是我，莫里亞提。」莫里亞提呼喚福爾摩斯。

沒有回音，但教授還是用溫和的語氣繼續說。

「這三天來，我一直都很擔心你。我在想是不是你被我煩得受不了，所以才跑走，愈想愈傷心。但我也沒有責備你的意思。你想隱居竹林的心情我十分了解，只是我真的很難過。」

莫里亞提教授說完，竹林梢頭也安靜了下來。

不久，福爾摩斯輕巧地下來了。他的樣子判若兩人，乍看根本認不出是福爾摩斯。他上身穿著跟威廉一樣園藝師打扮的衣服，戴著獵帽，右臉頰上有被竹枝刮出的傷痕。福爾摩斯從馬夫學徒手中接過籃子，在威廉對面坐了下來。

福爾摩斯凝視著火光，淡淡地開口：

「我沒有想要傷害你。」

「是嗎。」莫里亞提教授輕輕點了頭。

之後福爾摩斯就緊盯著馬口鐵鍋默默坐著，我們也只好圍著火光席地而坐。好一陣子，耳邊只聽得見柴火燃燒的聲響。

3　槌子蛇：日本傳說中像蛇的未確認動物，外型似槌、軀體呈圓扁狀。又稱「槌之子」或「野槌蛇」。

「這位是我的師父。」福爾摩斯指著威廉說道：「沒有人比他更了解竹林了。」

威廉摘下扁塌的帽子，撓了撓頭。

「我唯一懂的就只有竹林了。我一直生活在竹林裡，應該也會死在竹林中吧。我不像你，還有會這樣來迎接你的朋友。」

「不，我也下定決心要在竹林終老了。」

「這樣不好啦。我不覺得你是這樣的人。」

「威廉先生說的沒錯，福爾摩斯。」我忍不住向前坐近了些，「你丟著不管的那些案件，委託人組成了『受害者自救會』，殺到寺町通221B來了。哈德遜夫人現在焦頭爛額，你這樣不會太不負責任了嗎？」

「隨便啦，我已經都無所謂了。」福爾摩斯一臉厭煩地垮下了臉，「為了破解『自己』這個難題，我已經筋疲力竭。我不行了。就只是這樣。我什麼都不想再思考，只想靜靜度過餘生。」

「既然如此那也沒關係，福爾摩斯，」莫里亞提教授耐心地說：「但今天你可以跟我們一起到赫爾史東大莊院走一趟嗎？瑞金諾．墨斯格夫想請你幫忙。」

「我這種沒用的人是能幫什麼忙？」

「今晚，雷契波羅夫人會到赫爾史東來。」

莫里亞提教授對他說明墨斯格夫的意圖，福爾摩斯只是靜靜聽著。看來揭穿騙子靈媒的真面目這個計畫，也完全無法點燃福爾摩斯內心沉睡的偵探魂。

「這種工作交給艾德勒小姐就好了啦。」

我們無話可說，陷入沉默。此時威廉開口：「我可以說句話嗎？」他點燃竹菸斗中的菸草，遞給福爾摩斯。福爾摩斯接過菸斗抽了一口，又遞還給威廉。風吹過竹林的窸窣聲似乎變大了些。福爾摩斯一直緊繃著的表情，看來也稍稍放軟了些。

威廉盯著手邊的菸斗開口。

「你就幫幫忙吧，福爾摩斯。」

「可是……」

「無論如何都不肯嗎？」

福爾摩斯就像個挨罵的孩子般低下了頭。「我已經沒有當偵探的資格了。」

「我不是拜託你去當偵探。」威廉用澄澈得不可思議的雙眼凝視福爾摩斯，「不用解開謎團沒關係，只要陪在瑞金諾身邊就好。」

在場所有人都屏氣凝神，傾聽威廉的聲音。他的嗓音就像是吹動竹林的那道神祕的風。

他像是意有所指的話語也讓人在意，但更讓我感到詫異的是，威廉用「瑞金諾」稱呼墨斯格夫。領地的管理員在來客面前泰然自若地直呼領主的名諱，這未免有些奇特。而且他的口吻就像是父親呼喚孩子、又像是兄長呼喚弟弟那樣，帶著直率的親暱之情。

○

墨斯格夫家的晚餐，在晚間七點開席。

輝煌的水晶燈流洩下的光輝照亮了豪華的餐廳，身著黑色衣物的傭人們隨侍一旁。太過奢華，讓人坐立難安。在我不安地扭動著的時候，身邊的瑪麗湊到我耳邊悄聲道：「不要扭來扭去的！」說是這麼說，吾妻也是坐立不安的樣子。

「為什麼福爾摩斯先生穿成那樣？」

「他已經是遺世之人了吧。」

「真是的，未免太我行我素了，真傷腦筋。」

心不甘情不願地離開竹林，來到赫爾史東大莊院時，福爾摩斯頸間圍著抹布似的灰色圍巾，亂糟糟的髮間滿是竹葉。布朗頓看不下去，說要為他準備衣物更換，福爾摩斯堅決地拒絕。

「我這樣就可以了，不要管我。」

布朗頓唯一能做的，就是緊皺著眉頭，將福爾摩斯髮間的枯葉摘下。身為墨斯格夫家的管家，他或許百般不情願，但領主墨斯格夫閣下都說隨福爾摩斯高興了，他也沒有辦法。福爾摩斯就這樣一身遺世之人的打扮被領進金碧輝煌的晚餐上，泰然處之的姿態沒有一絲一毫的不自在。

相較於在餐桌一角一臉百無聊賴的福爾摩斯，艾琳．艾德勒在華美的水晶燈照耀下，看起來如魚得水、活力四射。

艾琳．艾德勒正在跟墨斯格夫先生交談。

「您說的那個『詭辯社』是什麼樣的社團？」

「就是一群怪人集團罷了。」墨斯格夫先生微笑著啜飲葡萄酒：「從創社的原委就很怪了，據說是一群人被信奉亞里斯多德《倫理學》的『辯論社』驅逐，為了反抗而創的社團。也有夏季合宿、跟外校的比賽等活動，同好們進行無意義的議論，磨練糊弄對手的狡辯技巧。說起來像是愚蠢的遊戲，但出了社會還滿有用的。」

「我很訝異福爾摩斯先生也是那個社團的社員。」

「他在同好當中可說是大放異彩喔，對吧，福爾摩斯。」

「是嗎，」福爾摩斯興致缺缺地說：「我早忘了。」

「因為你還是堅持要基於正確的理論啊。有人認為這樣有失『詭辯社』的宗旨，你還一度差點被除名呢。這時你進行的辯駁簡直就是傳說。『在詭辯社這個充滿詭辯歪理的空間，最不像詭辯的發言才是最大的詭辯』。大家都啞口無言。我就是因此覺得你真是個有趣的傢伙，才跟你熟稔了起來。你生性高傲，對我說了許多不留情面的話呢。」

「要說高傲，你也不遑多讓啊，墨斯格夫。」

「才比不上你呢。」

「或許吧。你的高傲只是為了隱藏內向性格的表面工夫。你就像這樣在自己身邊築起堅固的城牆，拚命想保護自己。那時候的你總是不知道在怕什麼，現在倒是好多了。」

「好了，學生時代的事就別提了。」

自晚餐開始，艾琳．艾德勒就不曾跟福爾摩斯對上眼。感覺也像是不知道該怎麼面對他。我好幾次都看到她像是要對他說話，但每次都在躊躇後又閉上雙唇。

莫里亞提教授坐在墨斯格夫的左手邊，從我所在的長桌一角看不清他的神情。他的對面坐著兩個人，一個是靈媒雷契波羅夫人，另一個是為了見證她的「靈異調查」同行的物理學者，卡特萊。

看到卡特萊陪同雷契波羅夫人一同出現在莊院，莫里亞提教授大失所望。卡特萊似乎也沒料到會在這樣的狀況下與恩師重逢，臉色慘白。這晚，這對恩師與愛徒幾乎沒說上幾句話。

雷契波羅夫人用高亢的嗓音質問艾琳．艾德勒。

「艾德勒小姐認為我是騙子吧。」

「對，沒錯。招魂術不過是招搖撞騙。」

「我喜歡妳這樣的人。像妳這樣的懷疑論者，最後總是會成為我們最可靠的夥伴。妳也一定會加入我們的，艾德勒小姐。」

「這可就難說了。」艾琳．艾德勒語帶挑釁。

雷契波羅夫人對墨斯格夫綻開一抹微笑。

「不過您還真是準備萬全呢。請到福爾摩斯先生和艾德勒小姐兩位神探，還有莫理亞提教授這樣的知名科學家。都是響噹噹的人物呢。」

「這對妳來說不正是大好機會嗎？如果能在這些見證人面前，證明靈異現象真有其事，那我會欣然承認自己的錯誤。」

「這我可不同意，墨斯格夫先生。」莫理亞提教授開口：「降靈會完全不具備嚴謹的科學價值。」

「你們這些科學家老是這樣。」雷契波羅夫人說：「一有什麼不合己意，就立刻貼上招搖撞騙的標籤。對未知的世界緊閉心門，怎麼算得上是科學的態度呢？當然了，你就不一樣，卡特萊先生。你對於靈異現象抱持著開放的態度，試圖了解。」

「我只是想為社會貢獻一己之力。」

「想貢獻社會就回研究室去，卡特萊！」

「莫里亞提老師，世人需要的是與人類的靈魂有所連結的科學！」

「你到底在說什麼鬼話，」莫里亞提教授仰天咆哮：「就是因為跟人類的靈魂切割開來，科學才具有恆久性啊！」

「為了追求恆久性而迷失了靈魂，這是對的嗎？這樣我們應該相信些什麼、又該為了什麼而活呢？

所以我才會加入靈異現象研究協會，研究靈異現象。如果可以用科學來解釋靈異現象，說不定就能在靈魂與自然之間的深淵搭上一座橋。我的目的是要修正現代科學！」

「我太失望了，卡特來。你太讓我失望了！」

莫里亞提教授說完，卡特萊哀傷地低下頭。

「莫里亞提教授遲早會改變想法的。」雷契波羅夫人說：「卡特萊先生是想要融合招魂術跟現代科學。為此我願意全力協助。」

「那妳要怎麼做？狐狗狸[4]？還是自動筆記？」

「我不會用任何工具。這麼做只會讓你們這些懷疑論者挑毛病。我要做的只是跟各位同心，一起對靈界發出呼喚。不過為了做到這一點，必須要換個地方。」

這時候，墨斯格夫這才開口。

「其實在舊邸的二樓最東側有一間老房間，名字很奇特，叫『東之東之間』。那裡在舊邸也是特別古老的部分。在十六世紀這座莊院建造之前，這塊地的舊領主有一幢房子，據說那間房間就使用了那幢房子的建材。那間房間從以前就有許多傳聞，布朗頓對莊院的歷史很熟悉，也知道幾個關於『東之東之間』的怪談。現在已經沒有任何人出入了，也就是所謂『上鎖的房間』。」

「我們就在那間房間舉行降靈會。」

「我才不要，一定有什麼機關吧。」

莫里亞提教授一說，墨斯格夫便朝布朗頓使了個眼色。

4　狐狗狸：召喚狐靈等動物靈進行的降靈占卜術。類似西洋的通靈板或民間信仰中的碟仙、錢仙。

「您請不用擔心，莫里亞提閣下。」布朗頓說道，「我們已經徹底檢查過，沒有發現什麼可疑之處。自從準備舉行降靈會，房間就嚴密上鎖，也交代了值得信賴的傭人們輪番看守。沒人有辦法事前動手腳。」

「赫爾史東大莊院的『東之東之間』。對我們這些追求靈性世界的人來說，它是世界之謎的中心，是我們的聖地。」雷契波羅夫人用強而有力的口吻說：

「各位都知道《竹取物語》吧。從竹子中出生的美麗公主，拒絕了無數追求者的求婚，回到月亮上的故事。墨氏家族收藏了最古老的手抄本。我是這麼想的：《竹取物語》是用象徵性的手法，記述了墨氏家族祖先經歷的靈異現象。故事中的月世界，就是靈性世界。從前墨斯格夫家的千金從『東之東之間』前往靈性世界，當時的人將發生的事寫成《竹取物語》這個寓言，流傳後世。一定是這樣沒錯。」

雷契波羅夫人的眼神迷濛，讓她的那張臉看起來更像是詭異的面具。

「『東之東之間』裡有著通往靈性世界的門。」雷契波羅夫人繼續說道，「我們如此相信，長年以來都夢想著有朝一日能調查『東之東之間』。無奈墨斯格夫家上一代老爺就是不肯同意。這麼說我也過意不去，不過羅伯閣下被膚淺的科學萬能主義給荼毒了。就連十二年前蕾秋・墨斯格夫小姐失蹤時，也沒有想過要向我們求助。我只能說是愚蠢至極的決定。」

「說話客氣點，雷契波羅夫人。」墨斯格夫先生厲聲道：「妳太無禮了。」

「福爾摩斯先生一定也會同意我的想法。」雷契波羅夫人轉向福爾摩斯：「墨斯格夫小姐失蹤的時候，羅伯閣下應該要勇於面對墨氏家族之謎才對。這世上有著不管如何高明的神探都無法破解的謎團，那正是我們神祕主義者的領域。您說呢，福爾摩斯先生？」

福爾摩斯冷冷地開口：「妳是說妳能解開這個謎團嗎？」

「當然囉。」雷契波羅夫人燦然一笑道：

「十二年前，蕾秋小姐發現了通往靈性世界的大門。」

○

用完晚餐，我們一行人前往「東之東之間」。

隨著夜色漸深，赫爾史東大莊院又更添蒼然古色。煤氣燈的光無法照亮的黑暗，彷彿墨氏家族晦暗歷史的痕跡。走在展示了古老的戰斧與槍械的走廊上，就像是往漫長的歷史回溯而去一般。

雷契波羅夫人的手法說來不算新鮮，不過就是把竹取物語、墨氏家族的「東之東之間」和墨斯格夫小姐失蹤案三個要素巧妙串連，將詭異的故事埋進與會者心中。

事實上，走在走廊上的人們看來都像是在拚命壓抑內心深處湧現的不安。我不禁心想，難怪雷契波羅夫人會成為如此有名望的靈媒。就算她的靈媒能力是假的，被她這樣下心理暗示，人們說不定還真會看見原本不該看見的東西。

我跟福爾摩斯走在幽暗走廊隊伍的最後方。

「雷契波羅夫人為什麼會對你說那些話？」

「誰知道呢。」

「告訴我，福爾摩斯，你其實沒有打算退休吧？」我將內心盤旋的念頭說了出來：「你特地跑到洛西來隱居，是為了重新挑戰十二年前的案子吧？」

「這種幹勁我早就一點都不剩了。」

「難道你要讓雷契波羅夫人為所欲為嗎？」

「只能看她要幹麼隨便她了。」福爾摩斯聳了聳肩，「不管發生什麼事，我都會陪在墨斯格夫身邊。畢竟威廉先生都拜託我了。」

他說這話讓我覺得怪怪的。福爾摩斯不可能承認靈性世界的存在，剛剛的晚餐中對雷契波羅夫人也一直很冷淡。但他似乎懷抱著什麼不祥的預感。

「你覺得會發生什麼事嗎？」

「對，應該會發生不可思議的事吧。」

「什麼意思？你看穿真相了嗎？」

「你煩不煩啊，華生。我已經不是偵探了。」

福爾摩斯煩躁地揮了揮手，就再也不肯開口了。

我們走過撞球間和圖書室門前。終於進入舊邸時，空氣似乎更冰冷了些。石砌的建築物鮮少燈光，就像是踏入古老的遺跡中。我們沿著階梯來到二樓，踏上鋪設了木板地的走廊。

走廊盡頭就是墨斯格夫家的「東之東之間」。

陳舊的門前擺著一組小小的桌椅，負責看守的壯碩男人們舉著提燈。男人們板著一張臉走近布朗頓，小聲地耳語著些什麼。就連我站得遠遠的也看得出他們嚇壞了。

「怎麼了？」墨斯格夫問，布朗頓回答：「他們說房間裡傳出了聲響。」

「是鋼琴。」其中一名看守員說：「有鋼琴的聲音。」

「還有光，」另一個人說：「門縫下透出光來。」

「當然會有光，」布朗頓說：「壁爐有點火。」

「那不是壁爐的火光。絕對不是那樣的光。」

看守的男人們手足無措地閉上了嘴。看來他們真的很怕。布朗頓嘆了口氣，再三確認道：「總之，沒有人進出這扇門吧？」

「這我們敢保證。」男人們點頭，「我們一直在這裡守著。」

雷契波羅夫人滿懷期待地將目光投向門扉。

「東之東之間」的門板中央，鑲著一片相對新穎的黃銅板，上頭雕著竹林和月亮的浮雕。想來是墨斯格夫的家徽吧。

「無妨，」墨斯格夫說：「開門。」

布朗頓掏出一大串鑰匙，打開了門鎖。

墨斯格夫家的「東之東之間」，格局是巨大的長方形。

房間裡空蕩蕩的，幾乎什麼也沒有，說得上是家具的只有正中央擺著的黑亮圓桌，以及圍繞桌邊擺放的木椅。地板鋪設泛黑的木板，沒有鋪上地毯一類的東西。天花板是所謂的格狀鑲板[5]，每一格的隔板上都畫了圖。圖畫就像神社中陳舊的奉納繪馬般褪了色，但依稀看得出畫的是《竹取物語》的場景。嵌死的密封窗小小一扇，只有玻璃稍微新一些，茂盛的青剛櫟樹枝葉將窗外覆成黑壓壓一片。

我們分頭檢查房內，沒有發現有人出入的痕跡。

「看不出有可疑之處。」艾琳．艾德勒說道。

看守員們聽到的鋼琴聲以及神祕光源，都沒有找出任何跡象。

5　格狀鑲板：原文為「格天井」，以木條隔出方格形的天花板構造。

墨斯格夫開口了。「那就開始吧，雷契波羅夫人。」

布朗頓在牆邊的壁爐裡添上柴火，將大大的燭台放在圓桌中央。降靈會的氛圍立刻籠罩整個房間。

墨斯格夫命布朗頓在走廊上待命，布朗頓神色緊張地點了點頭，離開房間，靜靜地關上了門。

○

「各位，我現在要對靈體說話。」雷契波羅夫人說：「不管發生什麼事，都請不要從座位上起身。」

卡特萊將他用皮帶一直背在身上的木箱放在圓桌上。木箱上半部有幾個小風車，側面則有溼度計、溫度計、水平儀等刻度。看來是要觀測室內物理條件的變化。

我們依照雷契波羅夫人的指示，圍著圓桌落座。

我的左手邊是福爾摩斯，瑪麗則坐在我的右手邊。搖曳閃爍的燭火映著與會人士的臉龐。所有人神情各異：卡特萊用真摯的眼光緊盯著各個儀器的數據，莫里亞提教授一臉煩躁，墨斯格夫和艾琳·艾德勒則是謹慎地監視著雷契波羅夫人。

夫人淡然地持續呼喊。

——靈界的存有啊，請回應我們的呼喚。

聽著耳邊迴盪的夫人嗓音，我的腦中閃過這漫長的一天當中的所見所聞。十二年前發生的墨斯格夫小姐失蹤案、羅伯·墨斯格夫的登月火箭計畫、墨斯格夫家偌大的竹林、神祕的竹林管理員威廉、據說傳承了墨氏家族祕密的《竹取物語》，然後是「東之東之間」。這些謎樣的片段像是彼此連結，又無法連結，在我的腦海中不著邊際地漂浮著。

當這一切念頭被深沉的黑暗吞沒，美麗的滿月浮現眼前。就像漆黑的天穹鑿穿了一道明亮的孔洞。

就在這時，瑪麗緊緊握住我的手。

裝置上的風車瘋狂轉動，燭台的火光搖擺著。

乘著不知何處吹來的風，傳來些微的鋼琴聲。這一定就是剛剛那些看守員聽見的琴聲。我四下環顧室內，當然沒看到鋼琴的蹤影。那陣琴聲就像是隨著輕撫我們臉頰的風一同從虛空中湧現。

「這是蕾秋最愛的曲子。」

墨斯格夫沉痛的嗓音響起。

他的表情僵硬，想必是拚命壓抑著內心的動搖。

在接連失去冷靜的與會者當中，唯有雷契波羅夫人依然用淡然的口吻持續呼喚靈體。不，還有另一個人平靜地接受眼前的景況。那就是夏洛克・福爾摩斯。他就像雕像般紋風不動，從剛剛就一直盯著房間的黑暗角落。然後他悄悄湊近我耳邊。「華生，」他耳語道：「你仔細看那個角落。」

我順著福爾摩斯的視線看去，望向燭台和壁爐的火光都照不進的黑暗角落。起初我什麼也看不見，但凝神細看，一個小小的人影緩緩浮現。我像是被澆了一身冷水似地背脊一涼。

「那裡有人。」

我一出聲，所有人都一起轉了過去。

墨斯格夫發出一聲細小的呻吟。正當他忍不住要站起身，雷契波羅夫人阻止了他。「不可以亂動，墨斯格夫閣下。」

「那是蕾秋。是蕾秋。」墨斯格夫失神地說。

我像是被蠱惑了似地直盯著那個人影看。彷彿沐浴在月光下的蒼白臉色，細細盤起的金髮。那是張十來歲少女的臉龐。如果失蹤時就是這副模樣，那代表這十二年來的漫長歲月，對墨斯格夫小姐來說並不存在。她臉上帶著淺淺的笑容，像是作夢般地望著遠方。

「正如我所想的一樣，」雷契波羅夫人用勝利的口吻說道：「這個『東之東之間』正是通往靈性世界的入口。」

相較於雷契波羅夫人一臉沉醉，莫里亞提教授血色盡失的側臉讓人心頭一緊。那就是面臨一直以來堅信的世界逐漸崩毀、被恐懼籠罩的神情吧。突然，莫里亞提教授猛然起身，椅子在他身後倒下，發出巨響。

「一定是你們請來的演員。我要揭穿這個技倆！」

莫里亞提教授說著，往房間的角落衝了過去。

然而當莫里亞提教授向墨斯格夫小姐伸出手，她的身影驟然消失，取而代之的是泛著白色光芒的球體，飄浮在原先她的身影佇立之處。那是一顆大小與少女的身高相近的月亮。一個個撞擊坑清晰可見，彷彿伸手就能觸及。

莫里亞提教授害怕地向後退。

就像是重頭戲一口氣迎向高潮，一股異樣的緊張感在「東之東之間」瀰漫開來。一道狂風吹滅了圓桌上燭台的火光，壁爐響起猛獸嚎叫般的聲響，燒得劈啪作響的柴火火星四濺。月光愈來愈亮，照亮了圓桌旁人們嚇僵了的臉龐。

瑪麗尖叫出聲，接著椅子移動的聲響此起彼落地傳來。四下被雪白的光包圍，什麼也看不見。卡特萊呼喚恩師的聲音、雷契波羅夫人安撫眾人的聲音、墨斯格夫向布朗頓等人求救的呼聲。房裡陷入恐慌狀態，彷彿在敲擊琴鍵般的猛烈鋼琴聲淹沒了一切。

終結這場混亂的，是高舉著提燈飛奔而來的管家。

「各位都沒事吧？」

布朗頓的嗓音將我們拉回現實。

我環顧四周，愣在原地。房間沒有任何異狀，圓桌上的燭台火光依舊，壁爐的火燄沉靜地燃燒著。沒有吹進房中的風，聽不見鋼琴聲，四下不見墨斯格夫小姐的身影，也沒有飄浮著的神祕月亮。

莫里亞提教授昏厥過去，倒在木地板上。

○

我連忙前去照料莫里亞提教授。

應該是連日來的睡眠不足，加上降靈會的心理衝擊造成的。只是引發輕微暈眩，沒有生命危險。我引導他慢慢深呼吸，讓他喝下布朗頓送來的白蘭地，血色便慢慢回到他臉上。

「到底發生了什麼事？」墨斯格夫先生質問雷契波羅夫人。

「莫里亞提教授的舉動觸怒了靈體。」雷契波羅夫人語帶責備：「為什麼要做出那種事呢，莫里亞提教授？我不是說了絕對不能動嗎！因為你那無聊的猜疑心，一切都白費了。」

莫里亞提教授無言以對，垂頭喪氣。

無論如何，「東之東之間」發生的靈異現象深深震撼了我們。沒有任何人提出要再重新辦一次降靈會。墨斯格夫宣布降靈會到此為止，雷契波羅夫人略顯不滿，卻意外地沒有提出異議。或許是因為她認為讓眾人見識了那樣無從否認的靈異現象之後，已經足以讓懷疑論者們認輸了吧。

「請別忘了您說過要贊助的承諾。」雷契波羅夫人對墨斯格夫強調。

我們再度踏上昏暗的走廊，從舊邸回到新邸。雷契波羅夫人和卡特萊先一步各自回到客房。之後，墨斯格夫邀請其他與會者前往書房。簡單說就是召開檢討會。但我們只是在壁爐邊的椅子上落座，好一陣子沒人開口。剛剛的降靈會上發生的事，就是如此讓人理不出頭緒。莫里亞提教授的臉色慘白如紙。

「雷契波羅夫人完全沒有機會動手腳。」墨斯格夫先生思索著，說道：「布朗頓不用說，負責看守的全都是我十分信賴的人選。降靈會開始之後，我和艾德勒小姐的視線沒有片刻離開雷契波羅夫人。夫人沒有耍任何花招。艾德勒小姐認為呢？」

「現階段我無法說什麼。」艾琳・艾德勒的聲音充滿惱怒。

「雷契波羅夫人遠比我想像的還要難對付。」墨斯格夫淡淡地說：「艾德勒小姐、福爾摩斯，還有莫里亞提教授，有這麼多對她抱著懷疑的人在場，夫人還是騙過了我們的眼睛。我對夫人承諾，今晚的降靈會若是成功，墨斯格夫家就會支援他們推廣招魂術的活動。如果不能揭穿她的技倆，雷契波羅夫人就會逼我履行承諾吧。沒什麼時間了……」

艾琳・艾德勒心有不甘地低下頭。「是，我知道。」

墨斯格夫站起身，一臉沉痛地凝視壁爐的火光。

「那就是蕾秋不會錯。跟十二年前一模一樣。」

在令人窒息的沉默中，夏洛克・福爾摩斯悠悠地在書房中走來走去。一下抽出書架上的書看看、一下用指尖輕撫牆上月面圖裡的「豐饒之海[6]」。再怎麼自視為遺世之人，這樣的態度都未免太不近人情。

「福爾摩斯，你也幫忙解謎吧。」

「就是想要解謎才會碰壁。」福爾摩斯背向我們說：「神奇的事發生了。魔法是存在的。」

我們面面相覷。這不像是向來重視物證、推理和現實法則的福爾摩斯會說的話。不管再怎麼怪異的事，若是用一句「魔法」概括，那要偵探有什麼用？艾琳・艾德勒憤然站起身。

「你這是什麼意思，福爾摩斯先生？」她質問道：「你相信招魂術嗎？」

「我可沒這麼說。我並不相信招魂術。」

艾琳・艾德勒眉頭緊鎖，盯著福爾摩斯的背影，但他沒有再多加解釋。「那我差不多該告辭了。」他說：「今晚我跟威廉先生約好了要喝賞月酒。墨斯格夫，你想的話也可以來露個臉。」

福爾摩斯向我們輕輕行禮致意，便離開了書房。我匆匆追了上去。追到門廳時，福爾摩斯正從布朗頓手中接過提燈。

「等一下，」我抓住他的手臂，用強硬的口吻叫住他：「你未免太無情了吧，你不幫墨斯格夫先生嗎？」

「我不是邀他一起來喝賞月酒了嗎？」

「就這樣嗎？」

「你夠了吧，華生。」福爾摩斯甩開我的手，轉身背向我。

「我已經不是偵探了，要我說幾次你才會懂。」

他的嗓音透著哀戚，讓我一時失語。

6 豐饒之海：指月球表面的月海「豐富海（Mare Fecunditatis）」。此處原文非一般日譯「豊かの海」而採用三島由紀夫以此為題的小說「豊饒の海」，故循小說譯名。

福爾摩斯就這樣手持提燈，在宛如掀起陣陣浪花的夜之海的草坪上漸行漸遠。

我垂頭喪氣地回到書房。墨斯格夫、艾琳・艾德勒和瑪麗都沉默不語。看來所有人都無計可施了。沒有艾琳・艾德勒天才般的靈光乍現，要打倒雷契波羅夫人是無望的了。

「明天再說吧。」墨斯格夫說。

我們就這樣各自回到客房。

○

一個小時後，我穿著睡衣，從客房的窗邊向外眺望。

深夜的赫爾史東大莊院一片靜謐。所有人都已經回到各自分配到的客房中，在床上安然就寢了吧。但我還處在降靈會的亢奮中遲遲無法冷靜，一點睡意也沒有。從我房間的窗戶，能一眼望盡蒼白月光照亮的草坪。遠方是一整篇鬱鬱蒼蒼的竹林。

這時，門上傳來輕輕的敲門聲。

「老公？」傳來的是瑪麗的聲音：「你醒著嗎？」

我匆忙開了門，只在睡衣上罩了一件長袍的瑪麗鑽進房中。

「我實在是睡不著。」

「我懂，我也睡不著，正在傷腦筋。」

我們並肩在床邊坐下。好一段時間，瑪麗什麼也沒說。

仔細想想，在墨斯格夫家意外打了照面的時候、晚餐期間、以及降靈會的途中，我跟瑪麗都沒有好好交談。來到洛西之地，因夏洛克・福爾摩斯而起的「華生家的冷戰」依然持續著。

然而像這樣坐在一起，我感覺到瑪麗全身上下包覆的堅硬鎧甲似乎消失了。我們現在都處在同樣強烈的不安當中吧。

我攬住瑪麗的肩，愛妻輕輕靠在我身上。

「我一直想向妳道歉。」

「為什麼？」

「我拚了命地想拯救福爾摩斯。」

我望著窗戶。玻璃上映著我與妻子的身影。

「我覺得為了拯救他，就算犧牲我們的生活也是不得已的。為什麼我會那麼拚命，其實就連我自己也覺得奇怪。這種時候，我總是會想起那個寶箱。妳還記得吧？就是那個裝了印度寶藏的寶箱。」

「我怎麼可能忘記呢，那可是我人生中最大的事件呢。」瑪麗微笑道。

那也是我們認識的契機。

這起「四簽名」案，始於佛瑞斯特太太家的家教瑪麗，前來造訪寺町通221B。那是距今四年前的事了。

從她父親失蹤而起的這樁案子，混雜了在古老宅邸中發現的印度寶藏、使用毒箭殺人的命案、裝了義腿的神祕男子等等奇妙的元素，交織成波瀾萬丈的大冒險。隨著福爾摩斯逐漸接近真相，我和瑪麗的戀情也一步步升溫。打從瑪麗踏進寺町通221B、第一眼見到她的瞬間，我就深深墜入愛河。

——你是假藉查案這個藉口把夫人追到手的吧。

我向瑪麗求婚後，福爾摩斯如此消遣我。

我確實為了想在瑪麗面前好好表現而費了不少勁。

就連搭著警視廳的快艇，沿著鴨川追逐意圖逃往大阪灣的犯人時，我有一半的心思都在想著瑪麗的倩影。犯人偷走的寶箱中，至少有部分財寶是屬於瑪麗的。為了瑪麗，我非得追回寶藏不可。

我們乘著快艇一路往下游去，直到木津川、宇治川、桂川匯聚為淀川的三河交匯點，才終於追上真凶，取回裝滿印度寶藏的寶箱。

「妳原本應該成為京都首屈一指的大富豪的。」

「是啊。」

「但寶箱卻是空的。」

那天，打開寶箱瞬間的震撼，我至今無法忘懷。犯人在被捕之前將寶箱中的東西全都扔進了淀川。

「妳失去了寶藏，得到的只有我。我一直覺得必須要好好補償妳。我必須要成為與印度寶藏匹敵的人。但失去了福爾摩斯，我什麼也不是。這讓我非常害怕，我怕我也會失去妳。」

「就算沒有福爾摩斯先生，你也還是你啊。」

「是嗎？」

「就是。」

「我實在無法這麼想。我好害怕。」

瑪麗眉頭深鎖，嘆了口氣，但看來並不是在生氣。

接下來好一陣子，我們就只是默默地望著窗外。然後瑪麗開口：「降靈會結束後，福爾摩斯先生說了奇怪的話吧。艾琳認為他一定別有深意，正想破了頭呢。」

「真沒想到艾德勒小姐會這麼在意。」

「艾琳對福爾摩斯先生還是抱著很高的期望啊。現在論名聲和實力都是她居上風，但對福爾摩斯先生的崇拜還是深植心中。她今天會這麼努力，應該也是希望能在福爾摩斯先生面前好好表現吧。但『東之東之間』發生的事實在是無法解釋，艾琳現在自信全失了。」

瑪麗重重地嘆息，有些哀傷地繼續說：

「我希望艾琳永遠充滿自信。還在寄宿學校的時候，雖然我們相處的期間不長，艾琳總是自信滿滿。跟她在一起總讓我跟著打起精神，就好像我們無所不能。」

「我懂，瑪麗。」我點頭，「我非常了解妳的心情。」

突然，吾妻轉向我，凝視我的眼神無比認真。

「我有件事瞞著你。」

「什麼事？」

「墨斯格夫小姐失蹤那天，我們人就在這裡。」

這句出乎意料的話讓我腦中一片空白。瑪麗的眼中閃著妖異的光芒。

就在這時，像是事先約好了一樣，響起了敲門聲。「我是艾德勒。瑪麗在這裡嗎？」

我從床上起身，前去開門。艾琳．艾德勒站在黑暗的走廊上。

「她不在房間，我想應該在這裡。抱歉打擾你們夫妻相處，但我真的毫無頭緒……」

「不會，沒關係，別這麼說。快請進吧。」

艾琳．艾德勒踩著夢遊似的步伐進來。從前福爾摩斯在偵辦難解疑案的時候，也常這樣在房裡晃蕩。應該是一個勁地思考案情過了頭，腦袋開始空轉了吧。

我拉過椅子請她坐下，艾琳．艾德勒一屁股坐了下來。她仍然穿著晚餐時的服裝，但原本全身上下散發出的自信早已煙消雲散，整個人看起來小了一圈。

「妳真的走投無路了吧。」瑪麗說。艾琳．艾德勒雙眼圓睜，喊道：「我投降！完全想不通！真是煩死我了！」

艾琳．艾德勒像個鬧脾氣的孩子似地大吼大叫，然後絕望地雙手抱頭。瑪麗從床邊站起身，在她身邊跪下，溫柔地撫著她的肩。

「聽我說，艾琳。我正要告訴約翰以前的事。關於十二年前，我們在這裡看到了什麼。」

「也就是蕾秋小姐消失的那天吧。」艾琳．艾德勒小聲地說。

接著她們對我訴說了寄宿學校時期的事。

○

那是距今十二年前，正好也是在十二月上旬的時候。

當時瑪麗和艾琳就讀的鹿谷寄宿學校，由於墨氏家族參與創校，歷代當家都就任學校理事。

「墨斯格夫茶會」這個傳統活動，也是因為這個緣故開始的。半年一次、邀請獲選的學生們前往墨斯格夫家。受邀前往赫爾史東大莊院是一大榮耀，自認有資格的學生們為了爭取少少的名額，總是彼此競爭、搶破了頭。

「我們想都沒想過自己會受邀。」瑪麗說，艾琳．艾德勒也大力點頭。

「獲選的學生不是出身富裕家庭，就是成績十分優異，而我們兩者皆非。還因為校刊委員的活動惹出麻煩，老師們都看我們不順眼。死腦筋的艾博雅校長絕對不可能送我們這種學生去墨斯格夫家。」

然而那天受邀的學生名單上，列著她們兩人的名字。

從嵐山站搭上馬車前往墨斯格夫家時，瑪麗和艾琳對墨斯格夫家的大小姐沒什麼好印象。她們原本就對「墨斯格夫茶會」這個傳統活動十分反感，認為生活在象牙塔裡的大小姐一定是個討人厭的嬌嬌女。

載著學生們的馬車穿越遼闊的竹林，抵達赫爾史東大莊院。

特地來到大門前迎接她們的墨斯格夫小姐，一反瑪麗先入為主的成見，竟是個文靜體貼的人。跟她一起喝著下午茶，讓瑪麗卸下了戒心。

墨斯格夫小姐沒有一絲傲慢，對所有學生都十分親切，而且好奇心非常旺盛。唯一讓瑪麗有些在意的，只有墨斯格夫小姐的一個習慣——她有時會突然沉默下來、凝視遠方。這種時候總讓瑪麗覺得自己像是在窺視一間空蕩蕩的房間。

墨斯格夫小姐對瑪麗與艾琳熱衷地問了許多校刊委員活動的問題。

其中墨斯格夫小姐特別感興趣的，是「上鎖的房間」特輯。那是讓艾琳發揮她當時苦練的撬鎖絕活，打開寄宿學校中禁止進入的門，非常亂來的企畫。藏著從學生們手中沒收的違禁品的房間、老師們祕密的吸菸區、艾博雅校長收藏葡萄酒的地方陸續被她們闖入，學生們是歡欣鼓舞，但畢竟違反了校規，她們最終被撤除了校刊委員的職務。

「艾德勒小姐怎麼有辦法做到這種事？」

「當然是因為我每天都在練習啊。」艾琳自豪地挺起胸膛，「什麼都得要會一點才行。」

之後，墨斯格夫小姐帶瑪麗和艾琳前往墨斯格夫家的圖書室。

瑪麗和艾琳看到豪華的圖書室都深受震撼。寄宿學校也有圖書室，但跟眼前奢華的房間不能比。一路高達天花板的書架塞滿了書背文字燙金的藏書，除了窗戶之外的每一寸牆面都被書架填滿。鋪著波斯地毯的房間正中央擺著一張大桌，桌上散放著幾本讀到一半的書，以及讀書照明用的油燈。

「藏書管理是我的工作。」墨斯格夫小姐說。

在瑪麗和艾琳環視四周的同時，墨斯格夫小姐就像翩翩飛舞的蝴蝶般穿過圖書室，站在一面書架前。高處的層架有一本略為突出的歷史書，她伸手抓住書背，往後一拉。書架一角像門一樣打開，出現一條通道，通往保管珍稀藏書的小房間。她從裡面拿出一本皮革書封的大書。

「這是墨氏家族代代傳承的《竹取物語》抄本。」

墨斯格夫小姐在桌上攤開書，慢慢地翻給她們看。翻到抄本的末頁，瑪麗忍不住揚聲：「咦，這段文字是什麼？」

在從竹子中誕生的公主回到月亮上之後，國王命令使者將她留下的「不死祕藥」帶到富士山頂燒毀。那道煙至今仍然未曾斷絕——《竹取物語》的故事到此結束，但這份抄本在這之後還有這麼一段文字：

其為何人之物
是為離去之人
得其者為何人
是為來人所得
我等該當獻出何物
是為我等擁有之所有

為何必須將其獻出
是為獲得更大的覺醒

在古文課學到的時候，應該沒有這段文字才對。

墨斯格夫小姐稱讚瑪麗的記憶力，表示這段文字只存在於墨氏家族珍藏的抄本上。歷代當家在成年時的儀式上背誦這段神祕的問答，是墨氏家族的傳統。其中究竟有什麼意義，如今已經無人知曉。

「據說公主升天回到月亮上的地方就是洛西。」墨斯格夫小姐賣關子似地壓低聲音：「妳們認為呢？」

「非常有意思呢。」瑪麗也跟著放輕了嗓音。

「這座莊院的舊邸有一間叫『東之東之間』的房間。」墨斯格夫小姐繼續說：「那間房間從以前就常發生怪事，現在已經沒有人會靠近，鑰匙也早就不見了。不過前陣子，我在圖書室發現祖先的日記，上頭的記載很有意思。上面寫著『東之東之間』藏著通往月亮的通路，《竹取物語》的公主就是從那裡回到月亮的。」

不知不覺間，艾琳也被墨斯格夫小姐所言深深吸引。這個故事挑起了艾琳血液中的偵探天性。

「我有辦法打開門，工具我都隨身帶著。」

艾琳說完，墨斯格夫小姐燦然一笑。

自那天起的這十二年來，瑪麗時時回想當時的狀況，不斷自問：「這一切是不是都在蕾秋小姐的算計之下？」她會指名邀請瑪麗和艾琳出席茶會，是為了打開「東之東之間」嗎？如果不是經過精心計畫，事情不可能會這麼順利。

為了不被其他學生發現，她們分別溜出房間，避開傭人的耳目溜進舊邸，在昏暗的樓梯間會合。

舊邸二樓的走廊盡頭，就是「東之東之間」的門扉。

墨斯格夫小姐語帶緊張地細語：「就是這個房間。」

月亮和竹林——墨氏家族的家紋刻在鑲嵌在門上的黃銅板上。除此之外，眼前的門沒有任何異狀。

瑪麗隱約有著不祥的感覺，但這或許是因為墨斯格夫小姐說的「從以前就常發生怪事」，和舊邸太過寂靜造成的錯覺吧。無論如何，艾琳並不是會受氣氛影響的人。她跪在塵埃遍布的走廊上，跟鏽蝕的古老門鎖奮戰。好一陣子之後，她站起身來。「打開了。」她說，向一邊的墨斯格夫小姐點了點頭。

墨斯格夫小姐也神情緊張地點頭，伸手握住門把。

隨著「東之東之間」的門打開，傳來一陣如潺潺流水的聲響。室內一陣溫煦的微風迎面撲來，輕輕撫過三名少女的臉龐。當眼前的門完全敞開，瑪麗驚訝得說不出話來。

門的另一頭是一片隨風搖曳的美麗竹林。

「真是太神奇了！」

墨斯格夫小姐喃喃地說著，走了進去。

瑪麗和艾琳也怯怯地跟在她身後。艾琳身手觸碰青竹，驚愕地低語：「是真的。」腳邊堆積的竹葉底下，竹子的根如同巨人的血管盤根錯節，完全看不見地板。抬頭仰望竹梢，在風中搖擺的枝葉間隱約可見彩繪著古老繪畫的格狀鑲板。看來她們確實身在室內。

最不可思議的是，墨斯格夫小姐完全不見一絲怯意。她為什麼能如此泰然處之呢？

墨斯格夫小姐輕輕將手搭在一株青竹上，一邊繞著它走著、一邊小聲地唱起：「其為何人之物……」她另一手拿著《竹取物語》的抄本，正在吟誦末尾的神祕問答。瑪麗滿懷不安，墨斯格夫小姐只是陶醉地唱著：「我等該當獻出何物？是為我等擁有之所有……」

突然，艾琳指向竹林深處。

「瑪麗，妳看那邊！」

眼前出現的是一道陳舊的階梯。她們緩緩走近階梯，伸手觸碰冰冷的扶手。那是一道與古老大宅相得益彰、泛著黑得發亮的沉穩光澤的階梯。但奇怪的是，這道階梯並未通往任何地方，就只是一路延伸到竹林梢頭，在還不到天花板的地方便陡然中斷。

瑪麗和艾琳佇立在階梯下方，墨斯格夫小姐穿過她們身邊，慢慢走上階梯。

隨著墨斯格夫小姐步上梯級，吹動竹林的風便隨之增強。

明明人在室內，這樣的風是從哪裡吹來的呢？風中帶著像是人的體溫般的詭異溫度，青竹彼此磨擦的聲響愈來愈大，四周瀰漫一股異樣的氣氛。簡直就像「東之東之間」本身因奇異的期待而顫動著似的。總覺得好可怕，瑪麗心想。這麼做是錯的。

——不能讓蕾秋小姐走上去！

一股衝動驅使瑪麗奔上階梯，拚命將蕾秋小姐拉了回來。

「快離開這裡！」艾琳大叫，她們狂奔穿過彷彿有了生命兀自蠢動的竹林。感覺身後像是有什麼要抓住她們似的，但她們不敢回頭。跑出房間、關上房門的瞬間，傳來一聲宛如巨人嘆息般的虛無聲響。

之後周遭就陷入一片寂靜，彷彿剛剛的一切只是一場夢。

○

——這件事絕對不能說出去。

返回新邸的途中，墨斯格夫小姐對瑪麗和艾琳再三交代。

那天茶會結束後、眾人四下找不到墨斯格夫小姐的時候，瑪麗心頭湧現了不祥的預感。她跟我們分開之後，該不會又自己回到那間房間了吧？但寄宿學校的學生們匆匆被送走，待瑪麗等人得知墨斯格夫小姐失蹤，已經是京都警視廳前來查問案情的時候了。

我對艾琳．艾德勒發問。

「妳們有把『東之東之間』的事告訴警察嗎？」

「只說了聽起來比較現實的部分。」艾琳．艾德勒說：「警察當然也調查過『東之東之間』，但什麼也沒發現。不過我無論如何都想親自調查，所以才半夜偷溜進來。我是偷寄宿學校的馬一路騎來洛西的。」

「艾琳居然沒有告訴我。」

「因為我不想連累妳啊。」

多虧艾琳的這個決定，瑪麗才沒有被處分退學。

艾琳．艾德勒乘著夜色成功潛進赫爾史東大莊院，但無法調查「東之東之間」。門上釘滿了重重木板，嚴密地封鎖起來。「更不巧的是，赫爾史東大莊院裡有瑞金諾先生雇的偵探守著。就是福爾摩斯先生。他把我誤認為墨斯格夫小姐，引起一場騷動。」

「原來那個玩偵探遊戲的女孩就是妳嗎！」

「福爾摩斯先生應該早就不記得了吧。我也並不恨他，他只是在做他的工作而已。總之我被逮到了，送到羅伯．墨斯格夫先生面前。就是當時還在世的前代當家。」

艾琳．艾德勒在一樓昏暗的書房裡見到羅伯。

當時權傾一時的羅伯．墨斯格夫是有張紅臉的高大男子，蓬鬆的長髮讓他看起來像頭獅子。燃燒著的壁爐發出劈啪聲響。羅伯用盈滿怒氣的雙眼瞪著艾琳，說：「我知道妳，就是妳慫恿蕾秋溜進那間房間的。妳又在偷偷摸摸地打探什麼？」

艾琳沉默地回瞪羅伯。艾琳不肯開口讓羅伯氣壞了，踩著重重的腳步，像隻大熊般在壁爐前來回踱步。

看著他這個樣子，讓艾琳直覺「這個人在害怕」。人稱「洛西之獅」的這個男人，到底怕什麼怕成這樣？

這時，她想起那扇被重重釘死的門。

「你害怕『東之東之間』對吧。」艾琳試探地說。

這句話就像是一箭射穿羅伯的心臟，給了讓他呼吸困難的致命一擊。他張大了嘴，面若死灰。羅伯・墨斯格夫像是要隱忍胸口的疼痛般閉上眼，用低沉的聲音說：

「給我滾。再也不要讓我見到妳。」

艾琳就這樣匆匆被送上馬車，載回寄宿學校。

抵達鹿谷後，同行的管家布朗頓叫醒艾博雅校長，傳達墨斯格夫理事的命令。關於艾琳・艾德勒的違法行逕，他不會追究學校監督不周的責任，條件是必須將此學生退學處分，同時此事不得為外人所知。

艾琳在一個星期後離開了寄宿學校。

在十二月灰濛濛的天空下，來到校門口送行的只有瑪麗一人。艾琳說她要去投靠在當舞台導演的叔父。

「一定會遇到其他有趣的事吧。」

「我們還會再見嗎？」

「一定可以，到時候再一起冒險吧。」

她們的約定，在十二年後實現了。

○

「我打響了偵探的名號，心想時機終於成熟了。」艾琳・艾德勒心有不甘地說：「我打算光明正大地進到墨斯格夫家調查。」

瑞金諾・墨斯格夫向她提出委託，請她見證雷契波羅夫人的「靈異調查」，對她來說是順水推舟的大好機會。

然而這次的挑戰，只是讓墨氏家族的謎團又籠罩上一層濃霧。十二年前的失蹤案不只是艾琳・艾德勒的挫敗，也是夏洛克・福爾摩斯的挫敗。我開始覺得墨斯格夫家就像是被詭異暗礁包圍的孤島。它用神祕的力量吸引神探們前來，然後讓他們一一觸礁……

「福爾摩斯先生察覺了些什麼。你不這麼認為嗎？華生醫師？」

當時我想起的，是福爾摩斯寫在案件紀錄最後的那段話。始於「其為何人之物」的那段神祕問答，正是墨氏家族收藏的《竹取物語》末尾的文字。同樣的問答文寫在福爾摩斯十二年前的案情筆記裡。這代表了什麼意義呢？

「妳太高估那個人了，艾琳。」

「噢，瑪麗！妳為什麼對福爾摩斯先生這麼冷漠？」

「那個人現在苦於自己的低潮，所以見不得別人好。這次也是故意說出那種好像別有深意的話，想要干擾妳辦案。妳不能被他擾亂心思，艾琳，不然會連妳都陷入低潮的！」

「妳怎麼說這種話，他可是揚名天下的夏洛克．福爾摩斯啊！」艾琳悲痛萬分地喊著：「夏洛克．福爾摩斯是史上最偉大的神探。他的低潮也不知道有幾分是真的，說不定他是有什麼別的打算，所以才故意假裝低潮。他是看著我陷入苦戰來當成消遣，但我也無計可施。啊，真是太蠢了！我為什麼要去挑釁福爾摩斯先生呢！」

艾琳．艾德勒呻吟著抱住了頭。瑪麗嘆了口氣。

「每次說到福爾摩斯先生她就這樣。」

一陣敲門聲打破這陣尷尬的沉默。今晚真是門庭若市。

我起身去開門，門外站著的是莫里亞提教授。他嘴上說稍微睡了一下感覺好多了，但臉色還是跟蠟像一樣難看。

「可以打擾一下嗎？」

「可以，請進吧。瑪麗和艾德勒小姐也在。」

莫里亞提教授進到房中，看見萎靡不振的艾琳．艾德勒，似乎也嚇了一跳。「妳怎麼了？」他問。艾琳．艾德勒抬起頭，用軟弱無力的聲音說：「我得要向你道歉。見到你的時候，我說了非常自以為是的話。但我沒資格對你說那些話。」

「沒這回事，我才應該向妳賠罪。」莫里亞提教授在椅子上坐下，對艾琳．艾德勒說：「今天傍晚在書房見面時，妳說的話確實讓我很生氣。但冷靜一想，我應該要傾聽妳的意見才是。就是因為我自己也有自覺，所以才會那麼生氣吧。當然我和福爾摩斯之間有很深厚的友誼，但會不會反而是這份友誼拖垮了他？我總忍不住在意。」

「不過，莫里亞提先生……」

「聽我說完。」莫理亞提教授打斷艾琳・艾德勒。

「我們在『東之東之間』一同經歷了驚人的體驗。墨斯格夫小姐的幽魂，跟她失蹤當時一模一樣。老實說，我打從心底感到恐懼。感覺就像是自己一直以來深信的世界從根基開始動搖、隨時都會崩毀。如果這個世界上有什麼偵探必須破解的謎團，那就是墨氏家族之謎了。福爾摩斯卻不打算面對這個謎團。」

莫里亞提教授對艾琳・艾德勒鼓勵道：「但妳沒有逃。這份不屈不撓的精神才是最重要的。偵探的使命，就是維護這個世界的秩序。不履行這個神聖使命的人沒資格當偵探。福爾摩斯失去了挑戰謎團的氣概，親手拋棄了這個義務。當然他會變成這樣，我也要負一部分的責任。所以我沒有資格拜託妳，但我還是想說：請妳解開墨氏家族之謎。我們能仰賴的人只有妳了。」

莫里亞提教授真切的表白有了顯著的效果。

艾琳挺直了背脊、神情毅然，眼神又恢復了光芒。就像是原本被切斷繩子的傀儡活了過來似的。

艾琳・艾德勒沉吟了一陣子之後開口。

「我們在『東之東之間』目擊了不可思議的現象。鋼琴聲、墨斯格夫小姐的幽魂，還有神祕的月亮。那個鋼琴聲說不定是在其他房間演奏、透過傳聲管傳來的。當時墨斯格夫先生說了『這是蕾秋最愛的曲子』，我們可能因此被下了心理暗示。當時房裡那麼暗，只要看到樣貌相似的女孩，任誰都會看成墨斯格夫小姐。只要部分天花板可以開闔、從那裡吊下安裝了電燈的月亮模型……」

「可是這樣需要很大規模的機關，」我說：「雷契波羅夫人應該沒辦法準備吧。」

「我們就錯在只懷疑雷契波羅夫人。」艾琳・艾德勒的語氣充滿強勢：「幕後黑手不是雷契波羅夫人。十二年前，上代當家羅伯・墨斯格夫不知道在害怕些什麼，將『東之東之間』封鎖起來。上代當家過世後，瑞金諾・墨斯格夫就解除了『東之東之間』的封鎖，邀請雷契波羅夫人前來。掌握主導權的，一直都是墨斯格夫的當家。」

「妳是說墨斯格夫就是幕後黑手？」我驚訝地說，艾琳・艾德勒點頭。

「我們再去調查一次那個房間吧。這次不要讓墨斯格夫家的人知道。」

○

各自回房做好準備之後，我們回到樓梯口集合。

我帶著提燈和火柴，艾琳・艾德勒帶著一個皮革小包。裡頭裝的據說是她愛用的偵探法寶。

「布朗頓夜裡說不定會巡視，」艾琳對我們低語：「小心別被他撞見了。」

我們輕手輕腳地走過掛著歷代當家肖像畫的樓梯間。

一樓門廳高高的窗戶外頭照進淡淡的月光，就像位於大水槽底部般透著涼意，訴說著墨氏家族歷史的展示品在淺淺的黑暗中若隱若現。下到一樓，所幸並未看見布朗頓的身影，四下寂靜得像是無人的宅邸。

走廊通向的舊邸幾乎是一片漆黑。我高舉提燈，領著眾人爬上樓梯。然而踏上二樓走廊向右轉時，我不禁心下一驚，停下腳步。「東之東之間」的門縫下方，透出微微的燈光。

靠近門邊側耳細聽，房裡傳來談話聲。聽起來是雷契波羅夫人和卡特萊。艾琳・艾德勒打開了門。

「你們在這裡做什麼？」

「東之東之間」依然空蕩蕩的，大片木地板中央，降靈會時用的圓桌還擺在原地，上頭放著一盞大油燈。卡特萊正在設置計測儀器，雷契波羅夫人就站在他身後。她的臉上瞬間閃過一抹驚惶，很快就鎮定下來，向我們露出微笑。

「哎呀，各位都來了啊。」

「大半夜的，你在這裡做什麼，卡特萊？」

莫里亞提教授一問，青年尷尬地低下頭。

「雷契波羅夫人說想再調查一次……」

「太可疑了，該不會是來收拾你們的機關吧？」

「我沒有用任何技倆或機關，莫里亞提教授。」雷契波羅夫人的語氣充滿嘲諷。然而當瑪麗走向圓桌，伸手拿起桌上的古書，她臉上做作的笑容就像潑在沙漠中的水般瞬時間消失了。

「這是《竹取物語》的抄本吧。」瑪麗說：「這本抄本應該被嚴密保管在墨斯格夫家的圖書室才對。為什麼會在妳這裡？」

「那是距今十二年前的事了。」雷契波羅夫人冷冷地說。

「墨斯格夫小姐失蹤後，京都警視廳把墨斯格夫家查了個遍，連領地裡的池子都打撈過了，當然也沒有放過『東之東之間』。但他們什麼線索也沒找到。不過在墨斯格夫小姐消失時，《竹取物語》的抄本就留在『東之東之間』。只是在警方展開調查前就先拿走了。」

「是羅伯．墨斯格夫拿走的吧。」艾琳．艾德勒說。

雷契波羅夫人臉上浮現一抹笑，用令人不快的嗓音接著說下去。

「我們神祕主義者注意到墨斯格夫家的『東之東之間』和《竹取物語》之間的關聯。月亮就是彼岸的象徵，『東之東之間』裡有通往靈性世界的門扉。打開那扇門的鑰匙就是墨氏抄本最後註記的內容。

歷代當家在成年禮上都要背誦這段問答文，正是因為這就是墨氏家族最珍貴的寶藏。但愚蠢的羅伯・墨斯格夫不打算善盡他鑰匙管理員的職責。墨斯格夫小姐失蹤的這十二年來，我們神祕主義者持續夢想著要打開那扇門。」

「妳要做多無聊的妄想是妳的自由，」莫里亞提教授說：「但要是墨斯格夫知道了會怎麼說呢。」

「你還不懂嗎，莫里亞提教授。這一切都經過墨斯格夫先生的同意。因為他是神祕主義者啊。」

莫里亞提教授瞪大了眼。「怎麼可能！」

雷契波羅夫人帶著勝利的口吻繼續說：「你們這些科學家總是認為這世界上所有神祕現象都能解明，固守崇拜物質的神殿。但你們固守之處不過是空中樓閣。當彼岸與此岸的隔閡消除之時，神祕存有復權，這個世界才會找回真正的秩序。」

緊迫的氛圍如潮水般淹沒整個房間。在油燈的光無法觸及之處，彷彿有什麼人潛藏在黑暗中，悄悄呼吸著。我高舉提燈照向房間角落，卻只看到空蕩蕩的空間。

「各位，待在原處絕對不要動。」雷契波羅夫人說道。

接著她肅穆地朗誦著那段問答文。

其為何人之物
是為離去之人
得其者為何人
是為來人所得
我等該當獻出何物

是為我等擁有之所有
為何必須將其獻出
是為獲得更大的覺醒

在她朗誦完的瞬間，圓桌另一頭出現一道巨大的階梯。

那一定就是距今十二年前，瑪麗和艾琳曾經看過的階梯。有著豪華扶手的古老梯級一路延伸至接近天花板處就突然中斷。不管準備了什麼樣的機關，都不可能有辦法在一瞬間讓這麼巨大的階梯出現在室內。

「終於找到了！」雷契波羅夫人歡呼著，踏上階梯。

艾琳．艾德勒和莫里亞提教授對眼前發生的現象都無計可施，只是默默看著。我握住瑪麗的手，妻子也握緊了我的手。

一股暖風吹來，讓人錯覺此刻正身處一望無際的荒野。這道詭異的風，就像是從這世界之外吹來一般。

雷契波羅夫人爬到階梯頂端、伸手觸碰天花板，一道耀眼的光籠罩四周，眼前一片白，一時間什麼也看不見。

等眼睛終於適應強光，定神一看，「東之東之間」的天花板消失了。

不只天花板，連四方的牆壁也消失不見，一眼望去盡是墨斯格夫家遼闊的竹林。眼前亮得像白天一樣，是因為有一輪前所未見的巨大滿月直逼地面。這輪異樣的明月幾乎占據一半的夜空，月面的凹凸也清晰得彷彿伸手可及。神祕的大階梯一路穿透曾經是天花板的位置，直直通往月亮。在燦然閃耀的月亮前，雷契波羅夫人逆著光持續攀登階梯的身影，看來就像是皮影戲的戲偶。

「不敢相信，真不敢相信。」

莫里亞提教授雙腿一軟，跌坐在地。

這就是墨斯格夫家的祕密嗎。我不禁屏息。

那道神祕的橋樑，就是數百年前《竹取物語》中的公主走過的路，也是墨斯格夫小姐走過的路吧。也難怪十二年前，夏洛克．福爾摩斯無法解開蕾秋．墨斯格夫小姐失蹤之謎。這種非偵探小說性質的謎團，原本就不在偵探破案的能力範圍內。

就在這時，四周開始暗了下來。

在此之前一直耀眼輝煌的月光突然泛起一抹不祥的陰影。

就連雷契波羅夫人也察覺到事態不對勁。她在階梯途中停下腳步，看似訝異地望著去路。月亮驟然失去光輝，從邊緣向中間褪成如死人肌膚般的顏色。我跑到階梯下方大叫：「快回來！」但雷契波羅夫人只是茫然地愣在原地。

我正打算跑上階梯，瑪麗拚命地拉住我的手臂。

「別去，老公！來不及的！」

一聲宛如巨人嘆息的空無聲響迴盪。身邊一口氣轉暗，就近在身旁的瑪麗的身影、通往滿月的大階梯，還有雷契波羅夫人的身影，全都被黑暗吞沒。我像是著了魔似地盯著漆黑的天空。滿月剝落之處，敞開一個無底大洞。那是比夜晚的漆黑還要幽暗的孔洞，彷彿隨時都會天地逆轉、整個世界崩塌落進那個無底洞中。

遠處傳來雷契波羅夫人的慘叫聲。

○

回過神來，「東之東之間」已經恢復原樣。

放在圓桌上的油燈及提燈依舊燃著火光，瑪麗緊抓住我的手臂，艾琳．艾德勒恍惚地看著天花板，卡特萊趴在圓桌上，莫里亞提教授蜷縮在地板上。

我伸手取過提燈，四下照著房間。雷契波羅夫人不見蹤影

如果我們剛剛經歷的是一場幻覺，那未免也太真實了。話雖如此，如果那是現實，又太過不可思議。我轉向艾琳．艾德勒，希望她能為我們指出一條明路，她卻只是茫然失措地站在那兒。莫里亞提教授也是一樣。唯一勉強維持冷靜的人只有卡特萊。

「雷契波羅夫人到靈性世界去了嗎？」

「不知道，但我總覺得不是這樣。」

保險起見，我們仔細檢查了「東之東之間」每個角落，就是沒看到雷契波羅夫人。我們走出房間，找遍了走廊，也沒看見她的人。這時，走廊另一頭出現了一道黑影。是管家布朗頓。他提著提燈，看見我們時睜大了雙眼。

「各位是在做什麼？」

「布朗頓，雷契波羅夫人消失了。」我說：「詳情晚點再跟你解釋，這裡有後門嗎？」

在布朗頓的帶路下，我們繞到赫爾史東大莊院後方，眼前出現一整排青剛櫟樹。我們高舉提燈，呼喊著雷契波羅夫人的名字，一聲虛弱的「救救我」從頭頂上傳來。「在那裡！」艾琳．艾德勒指向樹梢。枝葉間隱約可見疑似是雷契波羅夫人的雙腿。看來她正拚命緊抓著樹枝。

布朗頓急忙搬來長梯，好不容易將雷契波羅夫人救下來，她已經憔悴得不成人形。身上只有輕微擦傷可說是不幸中的大幸。

正當布朗頓準備把雷契波羅夫人扶回宅邸中，艾琳．艾德勒叫住了他。

「慢著，我有事要問你，布朗頓。」

「請問是什麼事呢，艾德勒小姐？」

「你為什麼會在那裡？」

「我正在巡邏，正好經過。」

「這是謊話。就是你放雷契波羅夫人進『東之東之間』的吧。」

布朗頓的表情瞬間冰冷得宛如地藏石像。這麼說來，確實沒有其他的可能性。赫爾史東大莊院所有的鑰匙都由管家管理，除非雷契波羅夫人是撬鎖高手，有布朗頓為她開門才是最自然的推論。

「這是怎麼回事？布朗頓，你這是背叛領主的行為吧。」

即使遭受追問，布朗頓依然不動聲色。

「我什麼也不能說。」

「也就是說，這是墨斯格夫先生的命令吧。」

艾琳．艾德勒冷澈的雙眼直盯著布朗頓。布朗頓別開視線，說：「請見諒，我真的什麼都不能說。」

「那我就去問墨斯格夫先生吧。」

「瑞金諾老爺出門了。」

「他去了哪裡？」

「去找福爾摩斯閣下。」

「我非得去見他不可。」艾琳．艾德勒說。

聽布朗頓的口吻，很明顯地，墨斯格夫向我們隱瞞了非常重要的事。我也實在無法悠哉地等到明天，但別說雷契波羅夫人了，就連坐在青剛櫟樹陰影中的莫理亞堤教授，看起來也沒有立刻出發前去竹林的氣力。我請卡特萊和瑪麗留在莊院照顧他們。

艾琳．艾德勒舉起提燈。

「我們走吧，華生醫師。」

我們就這樣將赫爾史東大莊院拋在身後，步入深夜的前院。

在月光照映下，前方的草坪如同蜿蜒的沙丘。分散生長在各處的灌木葉片凋落的冬日景象，讓人聯想到擱淺在沙灘的遇難船殘骸。深夜的靜寂籠罩下來，空氣彷彿凝結一般，澄澈的空中滿天星斗閃爍著光輝。走在這樣寂寥的風景中，感覺好像來到無比遙遠的地方。下鴨的診所和寺町通221B都讓我懷念。回想過往與福爾摩斯的冒險，從未遇過如此異樣的事件。就像是謎團本身有了生命，將世界蠶食為一片荒蕪。

——墨氏家族之謎是我們應付得來的嗎？

我一面想著，一面看向走在身邊的艾琳．艾德勒。她一定也深切感受到同樣的不安。她的側臉神色凝重。

「妳有什麼想法？」

「老實說，我完全想不通。」艾琳．艾德勒說：「如果只看現實層面發生的事實，可以確定墨斯格夫先生有事瞞著我們。而布朗頓也是共犯。但知道這一點又怎樣？完全無法說明我們經歷的事。」

艾琳．艾德勒隨著輕嘆吐出一口白色的氣息，身軀顫抖著。

「你看到那個漆黑的洞了嗎，華生醫師？」
「有，看到了。」
「我沒看過那麼恐怖的東西。我怕得不得了。」
「請妳振作點，艾德勒小姐。我們只能靠妳了。」
說完，我忍不住覺得自己真窩囊。到頭來我還是都在靠別人。我彷彿聽到福爾摩斯對我說「偶爾也用你自己的腦袋好好想一想」的聲音。
夜晚的竹林實在詭異。不管提燈照向哪裡，眼前都是反射了光芒的青竹，而後方的景象都融在黑暗中。我們小心地循著馬夫學徒繫上的一個個記號前進，來到福爾摩斯搭了小屋的窪地。然而小屋空蕩蕩的。冷卻的鍋子裡還聞得到羊肉咖哩的氣味，但營火已經熄滅。
我想起降靈會結束後，福爾摩斯說的話。
——今晚我跟威廉先生約好了要喝賞月酒。
竹林管理員威廉先生浮現在我腦海。那澄澈得不可思議的雙眼、宛若吹動竹林的風一般的嗓音。他說他住在竹林的深處。福爾摩斯應該是到威廉的住處找他，而受邀前來的墨斯格夫也到那裡跟他們會合了吧。才正想著，艾琳．艾德勒突然揚起臉，舉起提燈照望著竹林深處。
「我好像聽到福爾摩斯先生的笑聲。」
「沒有聽錯嗎？」
「我們往這裡面走吧，華生醫師。」
「這太亂來了，艾德勒小姐。這片竹林有很多人因為迷路遇難，別說要找到福爾摩斯他們，我們今晚都走不出這片竹林了吧。」

只見艾琳・艾德勒從揹在肩上的皮革包裡掏出一個像是小卷尺的東西。應該就是她的偵探法寶之一吧。她從卷尺中抽出一條細線，繫在身邊的青竹上。

「這是我為了追蹤犯人開發的。只要順著這條線就能回到原地。」

我們於是小心地拉著線走進竹林深處。爬上堆滿落葉的小丘、走過窪地，眼前能見的就只有提燈的火光能照亮的範圍中，直挺挺地生長著的青竹。

「莫里亞提教授沒事吧？」艾琳・艾德勒擔憂地說：「我看他垂頭喪氣的。」

離開「東之東之間」之後，莫里亞提教授一句話也沒說。拯救雷契波羅夫人的風波、質問布朗頓的過程，他都完全無動於衷。像是陷入深深的沉思，又像將自己封閉起來。

「是我的錯。」艾琳說：「莫里亞提教授是那麼害怕，他選擇仰賴我。我身為偵探，有責任要回應教授的期待。但我卻什麼也做不到。」

「妳不需要這麼自責。」

「我現在也宛如身陷五里雲霧，華生醫師。」艾琳・艾德勒不甘心地繼續說：「我什麼也沒辦法解釋給他聽。這樣不就跟十二年前一樣嗎？不，不只是一樣，我比之前更加搞不懂了。為什麼我這麼無能為力呢？我好歹也破獲了不少難解疑案，成就不輸福爾摩斯先生啊！但那些經驗完全派不上用場。我真是太沒用了！」

我深切感受到艾琳・艾德勒渾身上下散發出的孤寂。

神探夏洛克・福爾摩斯也是同樣孤寂吧。

我與夏洛克・福爾摩斯一同經歷了無數冒險，但每一次我都仗著有福爾摩斯在就安心了。我深信著只要有他在，不管什麼樣的謎團他都能破解。

就算偶爾會自己試著組織推理，也不過是玩玩罷了。當福爾摩斯碰到瓶頸、傷透腦筋時，我是否曾經有那麼一次主動跳出來說「既然如此，就由我代替你來破案」呢？

福爾摩斯在苦惱時，我只是袖手旁觀。連福爾摩斯都無法解決的事，我更不可能解決——我安於這樣的立場。因為我是華生，不過是負責記錄的而已。什麼相信福爾摩斯的天賦才華，只不過是說得好聽，我一直以來都只是像這樣把所有責任往福爾摩斯身上推。

「我覺得好像懂福爾摩斯陷入低潮的理由了。說穿了，我就是太依賴福爾摩斯了。不管什麼事全都想靠福爾摩斯，一直認為就算有什麼威脅到我們的世界的謎團，他也一定能找回這個世界的秩序。」

「這就是神探的使命啊。」

「福爾摩斯是厭倦了一直被加諸這樣的責任。」我凝望著竹林深處說：「福爾摩斯也是有心的，艾德勒小姐。他不是推理機器，也不是神。我應該更體諒他一些的。」

艾琳．艾德勒沉默了好一陣子。

「但我還是相信著。」

沒多久，她像是從喉間擠出話語似地說：

「福爾摩斯先生一定會凱旋歸來。因為他是偉大的偵探。」

我們走了很久，但身邊的風景完全沒有變化。連自己是不是直線前進也不確定。不管提燈照向何方，都是無數的青竹，看起來就像陰森神殿的柱子一般。竹林梢頭隨著夜風沙沙作響。我們現在到底在哪裡呢？

艾琳．艾德勒朝著黑暗中放聲吶喊。

「福爾摩斯先生！你在哪裡——！」

我們凝神傾聽。不久後從遠方傳來一聲「喂——」。提燈照亮了艾琳・艾德勒臉上閃現的歡欣神色。我也喊道：「福爾摩斯！聽到了嗎！」又傳來了一聲：「我在這裡！」語氣歡快得令人甚至有些倒彈。

「聽起來是從那邊傳來的！我們快過去吧！」

艾琳・艾德勒整個人飛奔出去。

○

我們穿出竹林，跑進一片廣闊的草原。

眼前是一大片如同撞擊坑的窪地，竹林框出了圓形窪地的邊緣。在星月的照耀下，腳下的枯草泛著一層淡淡的銀色光芒。草原中心矗立著一間磚砌的、竹筍形狀的塔，墨斯格夫、威廉和夏洛克・福爾摩斯就坐在塔前，圍著營火小酌。

我們穿過草原走近他們，他們轉向我們，營火將他們因喝了酒而發紅的臉龐映得更加通紅。福爾摩斯揮舞著串了棉花糖的長樹枝，歡快無比地說：「歡迎兩位來到賞月宴！」

威廉立刻在地上鋪好毯子，我和艾琳便席地而坐。

像這樣在星空下圍著營火，感覺就像回到少年時代。我想起小時候曾經跟現在已逝的哥哥一起在家裡的後院露營。

「這裡是登月火箭的發射基地。」墨斯格夫仰頭看著磚砌的塔說：「是上代當家羅伯開闢竹林建造的。家父過世後，我凍結計畫，幾乎所有儀器都撤走了，就只留下這座塔。留下一個夢想的殘骸也不是壞事嘛。現在這裡是威廉在住。」

「我自己一個人住實在太大了。」威廉說著，望向草地另一頭的竹林。頭髮從他扁塌的帽子底下竄出，鬍子也未經整理。但或許是因為他本人悠然自得的態度，不修邊幅的樣子並不讓人覺得落魄。感覺此刻圍著營火的五個人當中，只有他是來自另一個時空似的。

艾琳．艾德勒對威廉似乎很有興趣，一面塞了滿嘴的棉花糖，一面偷瞄著神祕的竹林管理員。

「我們真的是第一次碰面嗎？」艾琳．艾德勒問：「我總覺得好像在哪裡見過你。」

「是您多心了吧。」威廉說：「我一直隱居在竹林裡，就連赫爾史東大莊院的傭人都鮮少見到。」

但艾琳．艾德勒感覺像是真的在哪見過他，用認真的眼神打量著威廉。

「真是開心啊，墨斯格夫。」福爾摩斯一飲而盡手中的酒，「我們需要的就是這樣的時間。然而現代社會卻想方設法安上一堆雜務給我們。夏洛克．福爾摩斯非得破案不可、約翰．H．華生非得寫偵探小說不可、瑞金諾．墨斯格夫非得盡心盡力維護領地不可。我們就是這樣遺忘了人生的本質。」

「人生的本質是什麼？」

「這還用說嗎？朋友、營火和賞月酒。」

福爾摩斯和瑞金諾．墨斯格夫平靜地談天。

但現在回想起來，那或許是福爾摩斯對舊友的體恤吧。

在這神祕營火周遭瀰漫的平靜氛圍，是由他們的萬念俱灰中而生的。剛剛看見我和艾琳．艾德勒從竹林中現身，墨斯格夫應該就察覺到自己的「計畫」失敗了。而福爾摩斯早已悄悄看穿舊友的「計畫」，於是便依照威廉的請託，決定撫慰灰心的墨斯格夫吧。

「剛剛在『東之東之間』發生了不可思議的事。」艾琳．艾德勒打斷了他們的對話，「我們是來通知您這件事的。」

「是嗎。雷契波羅夫人怎麼樣了？」墨斯格夫平靜地說，他的口吻聽來早已對一切了然於心。

「她平安無事。」

聽艾琳這麼說，墨斯格夫微微頷首。

「我知道這一切都是您設計的。」艾琳．艾德勒說，雙眼緊盯著墨斯格夫。「但除此之外我什麼也搞不懂。」

「妳不懂也是當然的，艾德勒小姐。」墨斯格夫用安慰的語氣說：「我邀請妳來不是為了揭穿雷契波羅夫人的真面目。我只是想要更加確定，多年來折磨著我們的這個謎團，遠遠超出了偵探的本分。不是妳能力不足，就算是福爾摩斯也不可能解開這個謎吧。」

「這可就難說囉，墨斯格夫。」福爾摩斯一面伸手烤火一面說。

墨斯格夫的臉上閃過一絲驚愕。「難道你解開謎底了嗎？」

「我並沒有試圖要解謎。」福爾摩斯凝視著火光，淡然說道：「因為我是隱居了的退休偵探啊。我完全沒有想要解謎，就只是客觀地遠眺身邊發生的事。這麼一來，墨氏家族之謎就像是被風吹散似地消失了。也難怪艾德勒小姐會陷入苦戰，因為愈是想要達成偵探的使命，墨氏家族之謎就愈是難解。製造出謎團的正是我們偵探。不需要推理，也不需要科學，更不需要招魂術。接受神祕事物有其神祕之處。這就是我們唯一能做的了。」

我們啞口無言地看著福爾摩斯。他沉靜的語氣充滿魄力，就像是黃金時期的福爾摩斯復活了一般。

「福爾摩斯先生，」艾琳．艾德勒緊繃的聲音響起：「你是說你解開十二年前的案件了嗎？」

「我不確定這稱不稱得上是解開。」

「那你說，墨斯格夫小姐到哪裡去了？」

「她哪裡也沒去。她現在依然在那間房間裡。」

墨斯格夫平靜地開口問道：「你為什麼會這麼想？福爾摩斯？」

「我們已經知道除此之外沒有別的可能性了。沒有人目擊她離開領地，也沒找到她的屍體。十二年前的那天，她沒有離開赫爾史東大莊院。還有，想想我們在『東之東之間』看見的現象吧。墨斯格夫小姐喜愛的曲子、墨斯格夫小姐本人的樣子，還有月亮——那也是墨斯格夫小姐喜愛的天體。墨斯格夫，你不是跟我說過，小時候你常常跟她一起觀星嗎？這麼一來答案自然就出來了：墨斯格夫小姐在『東之東之間』陷入漫長的沉睡。我們在今晚的降靈會上所看到的，就是墨斯格夫小姐的夢境。」

「請等一下，福爾摩斯先生。」艾琳．艾德勒眉頭緊蹙：「『東之東之間』從很久以前就常發生怪事。先退一百步，假設我們今晚看到的是墨斯格夫小姐的夢境好了，她失蹤不過就是十二年前的事。這無法解釋在那之前的現象吧？」

艾琳．艾德勒應該是想到十二年前的事吧。艾琳和瑪麗在「東之東之間」親身經歷了異象。當時墨斯格夫小姐也跟他們在一起。

「妳說的一點也沒錯。」福爾摩斯微笑道：「墨斯格夫家的『東之東之間』的由來，全都以象徵性的手法記錄在《竹取物語》中。那間房間長久以來就一直有人目擊異象。如果那些都是沉睡在『東之東之間』裡的人的夢境呢？這十二年來是墨斯格夫小姐，那麼在她沉睡之前，睡在那間房裡的人是誰呢？那個人又夢到了些什麼？」

艾琳．艾德勒驚愕地低語：「……是竹林。」

我們的視線投向與我們一同圍著營火的竹林管理員。

「你是墨斯格夫家的人吧，威廉先生。」福爾摩斯對竹林管理員說：「漫長的歲月裡，你都沉睡在

『東之東之間』。當墨斯格夫小姐陷入沉睡時，就輪到你醒了過來。」

在營火的照耀下，威廉的臉上浮現了像是欣慰的神色。

這真的是現實嗎？我心想。感覺就像營火周圍的草地跟地表分離開來，飄流向太空。在一直以來堅信的世界逐漸崩塌的不安中，又帶著新世界逐漸形成的亢奮。

「你說的沒錯，福爾摩斯。」瑞金諾・墨斯格夫說：「威廉是我曾祖父的弟弟。不過應該沒有人會相信吧。」

「事實上，上代當家羅伯・墨斯格夫就不信。」威廉依然凝視著營火，「他把我當成想用墨斯格夫家的名號招搖撞騙的詐欺師，不由分說地把我給轟走了。我在『東之東之間』沉睡的期間，世界改變了太多，我隻身一人流落在外，吃了不少苦。所幸我從小就愛著竹林，也熟知維護竹林的技術。好心的園藝師收留了我，讓我幫他幹活。我走遍全國的竹林工作，不知不覺就過了好多年。一直到去年我才終於回到京都，羅伯・墨斯格夫已經死了。」

威廉往身邊的瑞金諾・墨斯格夫看了一眼。

「我在那時候才得知蕾秋失蹤了。」

○

「羅伯・墨斯格夫的舉動完全不可理喻。」夏洛克・福爾摩斯望著營火說：「未經詳細調查就將威廉先生逐出領地，不只如此，在我前來赫爾史東大莊院調查時，他也從來沒有好臉色。他嚴密封鎖『東之東之間』，還向寄宿學校施壓，對艾德勒小姐下封口令。像這樣將一切葬送進黑暗中，等於是羅伯親自摧毀拯救女兒的可能性。他極度恐懼。我不只一次懷疑他跟親生女兒的失蹤有關。」

「家父一直很厭惡『東之東之間』的傳說。」墨斯格夫說：「那間房間從以前就有許多奇怪的傳聞。但得知傭人在傳這些事時，家父怒不可遏，總說這些不過就是迷信跟神話故事。人類的進步與調和——這是墨斯格夫家的家訓，也是父親灌輸給我們的觀念。但這真的是如世間所認為的那樣、是他的崇高理想嗎？說穿了，或許不過就是他想要照自己的意思支配一切的欲望罷了。不明究理的事、不如己意的事，家父對這些厭惡至極。蕾秋神祕失蹤，在他看來說不定是完全無法接受的背叛吧。」

墨斯格夫小姐失蹤的十一年後，羅伯．墨斯格夫與世長辭。

就在前代當家的喪禮結束後不久，去年夏末，威廉來到赫爾史東大莊院。沒有任何人認出他就是羅伯十一年前驅逐的人。由於他是備受推崇的竹林管理員，正為領地內荒蕪的竹林頭疼的瑞金諾，立刻就決定雇用威廉。

「我一直很猶豫，究竟該不該對瑞金諾坦誠實情。」威廉說：「我非常苦惱，但像這樣生活在竹林裡，跟瑞金諾聊天，讓我開始覺得告訴他真相也無妨。他應該不會像前代當家那樣把我趕走吧。最重要的是，他也深受之前的事件折磨。我必須要把真相告訴他。」

那年秋季尾聲，威廉結束了一天的工作，佇立在這片草地上。秋高氣爽的空中浮著如細瘦的骨頭碎片的彎月，磚砌的登月火箭發射基地聳立著。染上淡青色的草地上，響著秋日蟲鳴。

瑞金諾來了。他與威廉十分合得來，常常前來找他閒話家常。這天，瑞金諾聊起羅伯致力推動不可能達成的登月火箭計畫。晚年的羅伯．墨斯格夫就像是被什麼給附身了似的。這一切都是從十二年前妹妹失蹤後開始的。

「我就是在那時候對瑞金諾坦誠一切的。」

「你立刻就信了嗎？」福爾摩斯問，墨斯格夫搖頭。

「不，起初是不信的。自從蕾秋失蹤，有太多自以為好心的人帶著『真相』跑來要我接受，我都快煩死了。記者、私家偵探、占卜師……還有像雷契波羅夫人這種神祕主義者。話雖如此，我也實在不認為威廉會欺騙我。我查過之後發現，在赫爾史東的圖書室裡，確實有留下曾祖父的弟弟神祕失蹤的紀錄。還有威廉寫的日記，日記本裡夾著蕾秋做的壓花書籤。她失蹤前，一定讀過威廉的日記。」

墨斯格夫小姐失蹤後，「東之東之間」在羅伯．墨斯格夫的命令下被嚴密封鎖起來，再也沒有人進得去。除了偶爾會被當成怪談說說，再也沒人提起這麼一間房間的存在。直到那天深夜，瑞金諾獨自前往舊邸，拆下釘死在門上的木板，解除了「東之東之間」的封印。

「我相信威廉所說為真。這十二年來，蕾秋一直沉睡在被封印的『東之東之間』裡。」

瑞金諾．墨斯格夫往營火中添了枯枝。

「現在我也明白妹妹深受『東之東之間』吸引的理由了。她對傭人們都很親切，忠實遵守父親的教誨，也永遠都跟我站在同一陣線。真正撐起了墨斯格夫家的人不是家父，也不是我，而是蕾秋。舍妹為了完美扮演墨斯格夫家的大小姐這個角色，不斷地扼殺自我吧。家父一意孤行安排的婚事，一定就是壓垮她的最後一根稻草。蕾秋一心希望能逃得遠遠的。」

「東之東之間」的封印解除隔天，瑞金諾．墨斯格夫再度前往竹林深處。威廉正等著他。他們一起擬定了計畫。

「我打算把我妹妹帶回來。」

「不惜用雷契波羅夫人當祭品。」

福爾摩斯此話一出，墨斯格夫垂下視線。

「『東之東之間』裡永遠沉睡著一個人。這十二年來是墨斯格夫小姐，在那之前是威廉先生。你是想讓雷契波羅夫人成為替身，把墨斯格夫小姐換回來吧。所以你命令布朗頓讓夫人進到『東之東之間』。所幸這一切並未如你所願。」

墨斯格夫喪氣地低著頭。威廉也一樣。

這時艾琳．艾德勒開口了。

「福爾摩斯先生，你早就知道一切了嗎？」

福爾摩斯沒有回答。

「為什麼你袖手旁觀？」她追問：「你應該要阻止這種計畫才對啊。」

「艾德勒小姐，妳打算相信我們剛剛說的一切嗎？」福爾摩斯注視著艾琳．艾德勒說：「妳仔細想想這代表了什麼。要解開墨斯格夫小姐失蹤案的真相，就必須相信『東之東之間』的神祕異象。但只要接受這個異象的存在，妳就無法再以偵探自居了。這個世界上存在著『東之東之間』這樣的異象，要如何繼續相信自己的推理？不管發生多奇異的現象，只要用一句『魔法』就能概括的話，偵探就無用武之地了。所以十二年前，我退出了墨斯格夫小姐失蹤案的調查。我跟羅伯．墨斯格夫同罪。我將一切葬送於黑暗中，只為了保有身為偵探的尊嚴。」

「你要我做一樣的決定嗎？」

「妳不應該涉入這起案件。今晚什麼也沒發生，妳什麼也沒看見。這世上有些謎是不該試圖去解開的。」

艾琳．艾德勒直直盯著福爾摩斯看。

營火在她的臉龐染上了金黃色。那張臉上夾雜著失望、憤怒與哀傷。最終她的嘴角像是固執的孩子似地撇下，細長的雙眼浮現淚光，在營火的照耀下劃下閃亮的淚痕。我好久沒看到如此真摰地將情感寫在臉上的神情了。艾琳．艾德勒用緊握拳頭的手背拭去淚水，小聲地說：「我怎麼可能忘記呢。」

「艾德勒小姐說的沒錯，福爾摩斯。」瑞金諾．墨斯格夫說：「不可能忘記的。」

他環視竹林圍繞的圓形草地，然後仰望聳立在背後的登月火箭發射計畫基地黑壓壓的剪影。星空裡月光明亮。

「家父晚年對登月火箭計畫著了魔。」瑞金諾．墨斯格夫說道：「現在我很明白家父的痛苦。『東之東之間』的謎對家父而言，是必須埋葬在歷史彼端的黑暗中的事，是必須遺忘的迷信。他應該想都沒想到那黑暗中居然伸出了手，把自己的女兒帶走了吧。家父無法接受『東之東之間』的異象。所以他選擇封印『東之東之間』，不由分說地驅逐威廉，封住相關人士的口風，努力想忘記這一切。這樣問題就解決了嗎？當然不可能。晚年家父會如此沉迷於登月火箭計畫，就是因為蕾秋喜愛月亮。他應該是用他的方式，試圖想把蕾秋帶回來吧。最後就這樣失意而死。」

說完，瑞金諾．墨斯格夫一臉沉痛地閉口不語。

我們無言以對，只能凝望著熊熊燃燒的火光。

○

回到赫爾史東大莊院，管家布朗頓出來迎接我和艾琳．艾德勒。

門廳的大時鐘指著午夜三點。我向布朗頓詢問雷契波羅夫人的狀況，他說沒有什麼大礙，她已經回客房休息了。莫里亞提教授和吾妻瑪麗也已經各自回房。向我們說明完畢後，布朗頓面露好奇之色，但艾琳．艾德勒似乎並不打算提及與墨斯格夫會面的經過。

「晚安了，布朗頓。」

她冷冷地說完，轉身走上樓梯回到二樓。

布朗頓雙肩微微垮下，準備退回走廊的另一頭時，我叫住了他。「可以問你一個問題嗎？」

「什麼事？」布朗頓回頭。

「墨斯格夫閣下想要帶回墨斯格夫小姐。你真的相信這是辦得到的嗎？」

布朗頓閃現了一絲遲疑，然後回答：「我相信。」

「是嗎。」

「大小姐人非常好。怎麼能就這麼置之不理呢。」

說完，布朗頓轉身離去，而我留在原地環視昏暗的門廳。

訴說著墨氏家族歷史的展示品們陳列在此。萬國博覽會備受矚目的「水晶宮」模型，在月光照耀下閃現魔法之城一般的光輝。

萬博可說是我們帝國引以為傲的科學技術的展示場。在前代當家羅伯．墨斯格夫的幹練手腕下得以實現的這場國家級祭典，打著「人類的進步與調和」此一標語。對照存在於墨斯格夫家深處的「東之東之間」這個奇異謎團，只能說無比諷刺。

爬上通往二樓的階梯，艾琳．艾德勒就站在樓梯間。從高窗外照進的月光，將她的側臉映得線條分明。她凝視著的，是牆上掛著的墨氏家族肖像畫。

「妳在看什麼？」

我站到她身邊，順著她的視線看去，望向一幅畫。那是風格古老的肖像畫，兩名英挺的青年貴族站在草坪上。美麗的庭園後方遠處可見赫爾史東大莊院灰色的舊邸。畫中兩名青年的樣貌十分相似，應該是兄弟吧。這時我才終於察覺她盯著這幅畫的理由。這幅畫中年紀較輕的貴族十分眼熟，只要膚色晒得黑一些、再長些不修邊幅的鬍子……

「見到威廉先生時，我就一直覺得他很眼熟。」

艾琳．艾德勒輕嘆一口氣，拖著乏力的腳步拾級而上。

我獨自回房，鑽進被窩，但這漫長的一天經歷的異樣事件不斷在我腦中盤旋，實在無法入睡。閉上雙眼，眼前就會浮現那片竹林環繞的圓形草地上，福爾摩斯等人坐在營火邊的身影。他們就像是被遺留在月球表面上似的，看來十分寂寥。他們所說的故事，究竟是不是「真實」呢？

墨斯格夫家的「東之東之間」到底是什麼？

夏洛克．福爾摩斯和艾琳．艾德勒都曾親身經歷十二年前的墨斯格夫小姐失蹤案，莫里亞提教授也因為工作的關係與墨斯格夫家有過交集。我們會在今晚聚集於此，難道只是偶然嗎？這其中沒有一絲魔力作祟嗎？莫不是因為墨斯格夫小姐的失蹤在這個世界穿了個孔洞，而這個洞依然在那裡，用詭譎的引力將當年的相關人士吸引過來？

這時，傳來房門輕輕被打開的聲響。我坐起身來。

「瑪麗嗎？」

「……對，是我。」

白色的身影穿越房間，鑽進被子裡。

瑪麗抱著我，深深嘆了一口氣。她應該是一直在等我從竹林深處回來吧。瑪麗什麼都沒問，我也什麼都沒說。感受著彼此的體溫，在我腦中盤旋不去的奇思怪想就這樣消失了。

「晚安。」瑪麗溫柔地在我耳邊呢喃。

○

隔天早上，我醒來的時候，瑪麗已經起床了。

我用傭人端來的熱水洗臉，然後打開窗探出身子，深深吸了一口初冬清冷的空氣。晴空萬里無雲，朝陽將廣大的草坪照得青翠耀眼，向遠方大片美麗的竹林延伸而去。

沐浴在晨光中，昨晚發生的一切回想起來不過是一場噩夢。

招魂術、降靈會、墨斯格夫家的「東之東之間」……我為什麼會為這種怪奇小說一般非現實的事煩心呢？像這樣迎接神清氣爽的早晨，就覺得身邊的世界依然是那麼美好，什麼也沒改變。

此刻，哈德遜夫人應該也在寺町通221B的屋頂上做著每天例行的啞鈴體操、在四条烏丸的商業區，上班族們也依然沉著臉爬上通往辦公室的樓梯、在清冷的糺之森裡，下鴨神社的宮司也正莊嚴地誦著禱詞吧。嶄新的一天動了起來的這一刻，昨晚的異樣體驗瞬間褪去色彩。

就在我打理完畢時，瑪麗和艾琳．艾德勒來了。艾琳．艾德勒的雙眼像兔子般紅通通的，瑪麗也不斷打哈欠。

「要不要也去叫莫里亞提教授呢？」

「再讓他睡一下吧。他已經失眠好些時日了。」

我們一起下樓前往餐廳。在充滿晨光的餐廳裡，墨斯格夫先生和卡特萊已經就座。大面窗戶外頭是隨風揚起波紋的草坪。我們向兩人問好，也陸續落座。沒見到雷契波羅夫人的身影。卡特萊和墨斯格夫都像是還沒從夢中醒來，神情有些恍惚。

雷契波羅夫人終於姍姍來遲。

「各位早安。」她的聲音小到幾乎聽不見。

她蹣跚地走近桌邊，樣子跟昨晚判若兩人。頭髮凌亂、未施脂粉的臉龐面色如土，雙頰的肉鬆弛下垂，眼神渾沌。現在的她氣力盡失，看來昨晚在「東之東之間」發生的事徹底粉碎了她的心神。她有氣無力地坐在椅子上，眼神空洞地望向虛無。

這時管家布朗頓走到墨斯格夫身邊咬耳朵。墨斯格夫微微頷首道：「失陪一下。」便起身快步離開餐廳。我們看著雷契波羅夫人，滿心憐憫。

「該退休了吧。」雷契波羅夫人喃喃地說。

「從前的我是真的有神通之力。跟靈界的存在交談對我來說是小事一樁。但隨著靈媒的名氣逐漸打響，我也失去了這個神奇的能力。艾德勒小姐說的沒錯。這許多年來，我一直都在招搖撞騙。墨斯格夫家的『東之東之間』是我最後的希望了。只要能打開通往靈性世界的大門，我就能找回神通之力。我抱著這樣的期待，但這只是我一廂情願。」

雷契波羅夫人的臉上浮現恐懼的神色。

「我再也不想遭遇那麼可怕的事了。我已經遭到報應了。」

「我們的夢想該怎麼辦？」卡特萊難過地問。

「什麼夢想？」

「與靈魂融合的科學。」

「你就去做其他更有意義的事吧。談個戀愛之類的。」

雷契波羅夫人氣若游絲地說著，同時間，走廊傳來眾人雜沓的腳步聲。正當我們困惑是怎麼回事，墨斯格夫板著一張臉回到餐廳，跟在他身後的是身穿灰色外套的雷斯垂德警部，還領著多名穿著制服的警官，緊張的氣息瞬間在晨間的餐廳瀰漫開來。

雷斯垂德看到我們也在，似乎嚇了一跳。

「哎呀，華生醫師！瑪麗小姐和艾德勒小姐也在啊。」

「這麼大的陣仗是怎麼回事，雷斯垂德？」

「抱歉，一大早驚擾各位了。不過我是來履行身為公僕的義務，還請見諒。這邊這位是雷契波羅夫人吧？」

雷斯垂德一臉嚴肅地清了清喉嚨。

「雷契波羅夫人，我在此逮捕妳。」

○

晨間的逮捕風波很快就平息了。

在雷斯垂德說明的期間，雷契波羅夫人就像失了魂似的，絲毫沒有想辯駁的意思。在她被帶走之後，雷斯垂德向其他在場的人簡單說明了一下調查的經過。

「多虧有艾德勒小姐的建言，我們才有辦法繼續暗中調查。」

由於這些年來招魂術興盛，洛中洛外靈媒數量持續增加，其中以雷契波羅夫人的活躍最為醒目。加上有聖席蒙男爵等有力貴族做後盾，她住在南禪寺一帶的豪宅，透過舉辦降靈會與個人諮商賺取暴利，更在四条烏丸的商業區經營了好幾間可疑的公司。在艾琳．艾德勒的建言下，雷斯垂德仔細調查雷契波羅夫人的身家，取得她進行詐欺、恐嚇、違法取得不動產等確切證據，總算能執行逮捕。

「不過我還真沒想到她會這樣乖乖就逮。」雷斯垂德有些詫異地說：「我還以為她會大吵大鬧呢。」

「真是大功一件呢，雷斯垂德警部。」

瑞金諾．墨斯格夫說，雷斯垂德喜滋滋地行禮。

「這是我的榮幸。謝謝您的協助。」

「希望她被逮捕之後，能讓招魂術熱潮稍微冷卻一些。」

「話是這麼說，但接下來才難辦。聖席蒙男爵一定會為她請到厲害的律師吧。上流階級也有很多雷契波羅夫人的信徒。真是的，招魂術這麼盛行真傷腦筋。」

雷斯垂德沉浸在勝利的餘韻中，但一陣空虛明顯地在早晨的餐廳裡瀰漫開來。以現實的角度來說，雷斯垂德的登場，確實可以說是解決了一起「案件」了吧。但到頭來，沒有任何人因此得救。瑞金諾．墨斯格夫並未帶回墨斯格夫小姐、艾琳．艾德勒的偵探生涯遭逢重大挫敗、卡特萊的夢想破滅、夏洛克．福爾摩斯依然窩在竹林中。在場的所有人，都被「東之東之間」徹底擊潰。

「各位看起來都很累呢。」雷斯垂德說：「華生醫師怎麼會在這裡？」

一聽我說福爾摩斯隱居在墨斯格夫家的竹林中，雷斯垂德臉色一沉。「福爾摩斯現在還在生我的氣吧。」他說：「我開始跟艾德勒小姐合作時，福爾摩斯把我找去，說我是叛徒。但我還能怎麼辦呢？我有我身為公僕該盡的義務啊！」

「福爾摩斯其實也很清楚啊。」

「真是這樣就好了。」雷斯垂德嘆了口氣，望向窗外道：「但我還是相信夏洛克．福爾摩斯會復活的。他不是那種會隱居竹林過完餘生的人。他是了不起的偵探。當然了，這一點華生醫師是最清楚的了。哎呀，說到福爾摩斯從前的活躍表現……」

說到這裡，雷斯垂德突然閉上嘴。

然後朝著窗戶伸長了脖子，詫異地低語：

「那個小女生在那種地方做什麼？」

等在餐廳門口的管家布朗頓走向窗邊。

我們也轉過頭，順著雷斯垂德的視線往窗外望去。

朝陽照亮了赫爾史東大莊院遼闊的庭園。一名穿著白色洋裝的女孩，獨自站在草坪微微隆起的小丘上。她張開雙臂，沐浴在陽光下，看起來就像是全心全意沉浸在自己此刻身在此處的喜悅中。光是看著她這個樣子，連我都感到幸福起來。一切是如此光輝耀眼、如此美麗，充滿生命力——那葉片泛著金屬般閃耀光澤的青剛櫟樹、廣闊的青翠草皮，與女孩吐出的白色氣息皆然。

突然，布朗頓高聲驚呼：「老爺！」

那聲音聽來幾近哀號。

於此同時，墨斯格夫奪門衝出餐廳。

○

我們追在墨斯格夫身後，從赫爾史東大莊院正門向外跑，狂奔在餐廳外的草地上。當我們好不容易追上時，瑞金諾．墨斯格夫正往草坪上的小丘上跑。管家布朗頓用踉蹌的腳步緊追在後。小丘上的少女看著他們，雙手緊握在胸前。

「那是墨斯格夫小姐嗎？」我不可置信地問，「真的是她嗎？」

「不會錯，那就是蕾秋小姐。」瑪麗低聲說道，艾琳．艾德勒則是啞口無言。

瑞金諾．墨斯格夫來到女孩跟前，喘出白色的氣息。布朗頓追上了他，在領主身邊停下腳步，那張看起來總像在生氣的臉，透著難以言說的神色。

瑞金諾總算緩過氣來，向女孩伸出手，像是在說：「歡迎回家。」女孩顯出驚訝的神色，或許在此時，她才意會到她與兩人之間橫亙著時間的斷層。她依然是十四歲的女孩，而瑞金諾．墨斯格夫與布朗頓的臉上，清楚刻畫著十二年份歲月的痕跡。

過了片刻，她有些怯懦地握住哥哥的手。

——我回來了。

她看來像是這麼說。

然後她對布朗頓綻開一抹喜悅的微笑。

下一刻，年邁的管家雙手摀住臉，大聲哭了起來。

雷斯垂德不知何時站在我的身邊。

「墨斯格夫小姐回來了。」我說。

「怎麼可能！」他喃喃地說：「那起失蹤案至今已經十二年了，這些年來她到哪裡去了？她是怎麼活下來的？」

「是魔法，雷斯垂德警部。」艾琳．艾德勒若有所思地低語：「是魔法。」

就在我們低聲細語的同時，傭人們也陸續從赫爾史東大莊院裡趕了過來。其中大多都是長年在莊院中效力，也見過墨斯格夫小姐的人。他們看見她的身影，都驚呼出聲，從我們身邊向她跑去。

很快地，墨斯格夫小姐身邊圍出一道人牆，布朗頓的嗚咽聲也被眾人的歡呼掩蓋。

這時在偌大草坪的另一頭，兩個人影從竹林的方向走來。

一個人是福爾摩斯，另一人是威廉。威廉對福爾摩斯點了點頭，朝著包圍墨斯格夫小姐的人牆走去。

他離開福爾摩斯身邊後，福爾摩斯直直地朝我們走來。

「福爾摩斯！」我喚他，「墨斯格夫小姐回來了！」

然而夏洛克．福爾摩斯一臉沉痛。十二年前的案件解決了，他為什麼看起來這麼哀傷？

「莫里亞提教授在哪裡？」福爾摩斯問。

聽到這句話，我們幾人倒抽了一口氣。

○

莫里亞提教授的房間空蕩蕩的，床鋪沒有躺過的跡象。

我們穿過赫爾史東大莊院宛如神殿般靜謐的走廊，匆匆趕往位於舊邸的「東之東之間」。朝陽的光芒從窗戶透進來，照亮「東之東之間」，房中寂靜無聲。房間中央的大圓桌上，放著莫里亞提教授不離身的手杖。

「昨晚他又來了一趟吧。」福爾摩斯說。

手杖下壓著一張紙片。看來像是從隨身的筆記本中撕下一頁、匆匆寫成的。福爾摩斯撿起紙片。

「是給我的信。」

他說，將內容讀了出來。

○

親愛的夏洛克．福爾摩斯

我選擇了這個方式，你和華生夫婦，還有艾德勒小姐完全毋需為此過意不去。我想，自去年秋天陷入低潮後，我的人生就注定要走向「東之東之間」了。

無法與你暢談我所發現的「真相」實屬遺憾，但我確信這是拯救墨斯格夫小姐唯一的辦法。

請代我向眾人轉達我的感謝之情。我想將寺町通２２１Ｂ的住處，全權交給卡特萊處理。數學與物理的藏書對今後的研究應該很有幫助。他是很優秀的學生，願他將才華用在自己的天職上。

最重要的是，我要感謝你的友誼。在我徘徊於絕望的黑暗世界中時，與你的相遇可說是從天上透下的一縷光。請原諒我這個煩人的室友。最終雖無法如願與你一同破解「低潮」之謎，與你在寺町通２２１Ｂ談話的時光，我將永不忘懷。

那麼，就此別過了。務必保重。

你忠實的朋友

詹姆斯．莫里亞提

第四章　瑪麗・摩斯坦的決心

從洛西回到洛中後，熟悉的「日常」又回來了。

一切乍看與從前無異。我日復一日在診所看診、外訪出診，瑪麗投入案件紀錄的執筆。但確實有些什麼完全不同了。就像是悠遊在淺灘泅泳，不知不覺順著海潮漂流，回過神來，身邊的水變得冰冷異常，而腳下是足不點地的無底深淵。

在工作的空檔，我時不時回想起洛西那漫長的一天。

雷契波羅夫人的降靈會、「東之東之間」裡驟然出現的階梯、將四下照耀得宛如白晝的碩大月亮、登月火箭發射基地的草原、雷契波羅夫人就逮、墨斯格夫小姐歸來……說來像是詭異夢境的片段，卻是我們真實經歷的體驗。

莫理亞提教授消失無蹤，再沒回到寺町通221B。

○

自洛西回到寺町通221B，等著夏洛克・福爾摩斯的，是「受害者自救會」的眾人。行政職員、打字員、青年貴族、壯碩的勞工、優雅的貴夫人與她們的隨從、靠退休金過活的老夫婦等等，五花八門的受害者們，跨越了彼此之間的社會地位與貧富差距，因「對福爾摩斯的憤怒」而團結一心。

受害者自救會的眾人殺到門口高聲怒吼。

「你這樣算得上偵探嗎？不知羞恥！」

巡邏中的巡查來了、報社記者來了，圍觀民眾也愈聚愈多。

麥法蘭巡查命令眾人解散，但群眾愈來愈激動，紛紛向趕來的記者們痛訴福爾摩斯是多麼「罪不可赦的廢物偵探」。

福爾摩斯在門前現身時，正好是群情激憤來到最高點的時候。看見他的手上握著手槍，麥法蘭巡查大驚失色，連忙要上前制止，卻沒趕上。福爾摩斯朝天扣下鈑機。

「我能理解諸位的憤怒。」

群眾安靜下來後，夏洛克．福爾摩斯開口：

「簡單說，諸位是在氣自己。你們罵我懶惰、無能、沒用，但諸位自己不也一樣嗎？就是因為解決不了自己惹出的麻煩，你們才會來找我幫忙。我們全都一樣懶惰、無能又沒用。人類就是這樣的生物。既然如此，就對彼此寬容一些吧。」

這番詭辯只能說是火上加油。委託人們更加怒火中燒，將福爾摩斯團團圍住、步步逼近，福爾摩斯整個人緊貼在門板上，退無可退。「少來這套狗屁不通的藉口！」、「寬容你個頭！」、「自詡專業人士就該有專業人士的樣子好好工作！」的怒罵聲此起彼落。

就在這時，馬路另一頭的事務所大門敞開來。

「各位，請冷靜下來。」

艾琳．艾德勒清脆的嗓音響徹整條街。

「各位的煩惱，就全都由我來解決吧。」

此時，艾琳．艾德勒提出的解決方案，是基於離開洛西墨斯格夫家的時候，福爾摩斯與艾德勒定下的業務合作協議。那就是，福爾摩斯手邊尚未解決的案子，由艾德勒全數接手，而福爾摩斯將接受她的指揮辦事。

〇

十二月下旬，我前往寺町通221B。這是自洛西回來之後的第一次造訪。

前往福爾摩斯住處的路上，霧氣愈來愈濃重，寺町通的遠方就像溶進霧海中。離日落時間還早，四下卻像黃昏時分一般昏暗。站在221B門前抬頭往上看，三樓窗戶拉上了的窗簾中透出淡淡的橘光。莫里亞提教授的房間亮著燈，代表卡特萊正在裡頭整理吧。

「再怎麼說未免都太無情了吧。」哈德遜太太一邊接過我的外套邊埋怨：「我好歹是他的房東啊。雖說起心動念的時刻就是採取行動的良辰吉時，連聲招呼也不打就跑去溫泉地療養，莫里亞提先生也太任性了吧。」

「妳就別跟他計較了吧，教授也累壞了啊。」

莫里亞提教授失蹤一事若是公開，事情就會變得很複雜。因此相關人士統一口徑，決定聲稱教授到有馬溫泉去療養了。

壁爐前鋪著毛毯、毛毯上堆疊著軟墊，夏洛克．福爾摩斯就在那上頭像仙人盤腿而坐。他穿著鬆垮垮的睡衣、披著灰色睡袍，一面嚼著果醬餅乾[1]，一面抽著陶製的黑色菸斗。我在躺椅上坐下，福爾摩斯微微睜開眼睛朝我瞄了一眼。「喲，華生。」他說：「我快累死了。」

「看來艾德勒小姐很會使喚人嘛。」

「畢竟我們定下了業務合作協議，我沒資格抱怨。這一個星期我幾乎沒在房裡好好睡上一覺。一下闖入出町柳的鴉片館、一下跑到大原之里去打聽消息，一下又在南禪寺水路閣跟無政府主義者格鬥……哎呀，還真是折騰人的一個星期啊。」

「但我看你臉色好多了啊。」

「老實說，我樂得輕鬆。」福爾摩斯用歡愉的語氣說著，呼了一口煙。

「不管什麼樣的案子，都有艾德勒小姐幫我解決。我還真沒想到會這麼輕鬆。早知如此，我真該早點向她求助的。」

換作從前的福爾摩斯絕對不可能說出這種話。因為他總是無時無刻追求有挑戰性的謎團。只有全心全意解謎的時候，他的心靈才得以平靜，這樣才是福爾摩斯「身為偵探的宿命」才對。但現在的福爾摩斯將一切丟給艾琳．艾德勒，一副心安理得的樣子。

「吶，福爾摩斯，艾德勒小姐是你的對手耶。」

「那又怎樣？」

「我要說的是，你可別連身為偵探的精神都給忘了。不管艾德勒小姐是多優秀的偵探，面對墨斯格夫家的案子，就連她也無法施展身手吧。看穿那起案件全貌的人就只有你了。」

「我們不是說好不提這件事了嗎，華生。」福爾摩斯不耐地擺了擺手，「再說那根本就不是『案件』，輪不到『偵探』出馬。『東之東之間』是這個世界碰不得的奧祕。正所謂『不觸怒神就不會遭天譴』。」

「這麼說你要棄莫里亞提教授於不顧了嗎？」

墨斯格夫小姐歸來，讓十二年前懸而不決的謎案看似得到解決。然而這是莫里亞提教授的失蹤換來的。只不過是用新的謎案去換舊的謎案而已。

福爾摩斯眉頭緊鎖，凝視壁爐的火光。「想要救他是辦得到的啊，」他說：「只要再犧牲一個人就可以了。但這樣什麼也解決不了，這你也很清楚吧。難道要用炸藥把『東之東之間』炸開嗎？但要是一個弄不好，莫里亞提教授就永遠回不來了。」

福爾摩斯從軟墊上起身，然後一屁股坐進扶手椅中。

「不管怎麼想，這都不是我們應付得來的問題。」

「你是說我們無能為力了嗎？」

「無能為力。只能忘記了。」

目前為止，墨斯格夫家中發生的事社會大眾還一無所知。墨斯格夫小姐歸來一事並未對外公開，莫里亞提教授原本也就過著與外界斷絕往來的生活，只要瞞過哈德遜夫人，不會有人在意他去了哪裡。至於雷契波羅夫人，不管她站上法庭後說了些什麼，如此詭異的事也不會有人當真。

這時門上傳來幾聲敲擊聲，卡特萊探進頭來。

「日安，福爾摩斯先生，華生醫師。」

---

1 此處原文為「ロシアケーキ」，直譯「俄羅斯蛋糕」，實為日本人發明的西點。在烤好的餅乾上擠一層蛋白霜或餅乾麵糊二度烘烤後，依喜好添加果醬、奶油、巧克力、堅果等配料。

「喲，」福爾摩斯回應：「整理得怎麼樣了？」

卡特萊在躺椅上坐下，嘆了口氣。

他看來累壞了。淺栗色的髮絲凌亂，蒼白的臉上沾著塵埃，金邊眼鏡後方文弱的雙眼滿是沮喪。也怪不得他，他已經跟莫里亞提教授的藏書和筆記奮鬥了一整天。不用說日前在墨斯格夫家發生的事，也一定對這名內省的青年造成極大的打擊。先不說「東之東之間」裡的異象，協助他進行靈異學研究的雷契波羅夫人遭到逮捕、大學的恩師莫里亞提教授又失蹤。他現在可說是禍不單行。

「你就慢慢來吧，卡特萊。」

「這可不行。莫里亞提老師指名要我來做，我必須好好整理老師的工作，接手他的研究。」

「但也不能操之過急啊，不然連你都會陷入低潮的。」

「要是莫里亞提老師能回來是最好的了。」卡特萊手撫前額，一臉苦惱：「洛西發生的事，我到現在還是搞不懂。那個『東之東之間』裡潛藏的到底是什麼樣的力量？說不定是跟所謂的靈異現象完全不同次元的力量。不過蕾秋小姐時隔十二年又出現了，只能相信那個不可思議的力量了……」

這時，卡特萊像是突然想到些什麼，說：「對了，有件事我有點在意。」

「什麼事？」

「老師的臥房是鎖著的。」

「鎖著？」福爾摩斯蹙起眉頭，「請哈德遜夫人打開就可以了吧。」

「問題就在這裡。哈德遜夫人說她不記得三樓的臥房有裝鎖。也就是說，那是莫里亞提教授自己裝上去的。而且床鋪就放在起居間裡，老師好像都睡在那裡。」

「這樣的話，那臥房裡有什麼？」福爾摩斯說。

「我實在不想擅自進入老師的房間。」

一邊打開莫里亞提教授的房門，卡特萊一邊說道。

這是我從前住過的房間，但房中散發著久無人居的黴味和塵埃的氣味，完全變了個樣。黑亮的櫟木長桌靠窗擺著，除此之外的家具就只有小小的書架、黑板和便床。地毯上堆著書架擺不下的書籍。角落的木箱裡，確立他不可動搖的名聲的物理學著書《小行星力學》、暢銷心靈成長書《靈魂的二項式定理》、「登月火箭計畫書」的企畫書、物理學會獎的獎狀、維多利亞女王頒發的勳章……從前輝煌成就的證明全都雜亂地堆在裡頭。

「還真是寂寥的住處。」福爾摩斯環顧房中，喃喃地說。

「莫里亞提教授除了研究之外，似乎對什麼都不感興趣。」

卡特萊往壁爐添上石炭，扭亮煤氣燈，但房裡的氣氛也並未隨之明亮一些。染上暮色的泛紅霧氣模糊了窗外的景色。

我審視窗邊長桌上堆積如山的大量紙片。

每一張紙上都密密麻麻地寫滿算式和圖形，看來莫里亞提教授並未放棄工作。想像教授獨自坐在桌前，努力掙扎奮戰、試圖脫離低潮的身影，就讓人心頭一揪。

卡特萊走近起居間一隅的門，轉動門把。

「這就是我說的臥房。如兩位所見，門鎖上了。」

門的另一頭是比起居間略小一些的房間。我住在這裡的時候，在房裡放了床和衣櫃，做為臥房使用。但就如卡特萊所說，看得出莫里亞提教授基本上都睡在起居室。

「莫里亞提教授到底藏了什麼呢？」

福爾摩斯跪在地上，往鑰匙孔窺視。

「這可有意思了。」

「你看到什麼了？」

「十分不可思議的東西，華生。」

福爾摩斯往旁邊退開，我於是也跪下湊近鑰匙孔。

小小的孔洞另一頭泛著微光。應該是朝著後院方向的窗照進的光吧。我凝神細看，眼前浮現奇異的剪影：密密連接的屋頂、林立的煙囪，以及彼端高高聳立的鐘塔。這是怎麼回事？鑰匙孔的另一頭明明是室內，「京都的街道」卻浮現在微光中。

我的目光從鑰匙孔轉向福爾摩斯。他一臉嚴肅地微微頷首。

福爾摩斯掏出他好一陣子沒用的開鎖工具，將細金屬棒伸進鑰匙孔。不久後響起了鎖「喀嚓」一聲彈開的聲音。福爾摩斯雖然身陷「低潮」，撬鎖技術倒是一點也沒退步。他站起身，握住門把。

「那麼諸位，準備好了嗎？」

福爾摩斯打開門，我們踏進房中。

好幾張桌子緊緊靠在房間中央，上面是一整片「模型街景」。大大小小的木製方塊覆滿桌面，在這些小小建築物之間，有大的河川、有鐘塔、有宮殿，也有青翠的公園。後院照進的微光，為這座假的街景染上似假若真的陰影。難怪剛剛從鑰匙孔窺視時，會錯覺看見了真實的遠景。這真是太厲害了，我忍不住讚嘆。

「他什麼時候做的？」

看著模型街景好一陣，我突然察覺一件不可思議的事。

城市中央流淌而過的河川旁，國會議事堂壯麗地坐落在岸邊，跨在河上的橋邊聳立著鐘塔。這麼一來，這座橋應該就是四条大橋。但鴨川對岸卻不見南座的劇場。一發現這一點，這個模型街景與「京都」的不同之處就接連浮現。模型上的鴨川迂迴曲折，順著往上游看去，也不見賀茂川與高野川的匯流點。官廳區、商業區、維多利亞女王的王宮配置也完全不同。沒看到大文字山和比叡山。最奇怪的是完全不見神社佛閣一類的建築物。

卡特萊彎下身，將視線與桌面齊平，說道：「也就是說，這是架空的城市嗎？」

「跟京都還真像呢。」

「不過還真是精巧。這樣的城市似乎真的存在某個地方。」

福爾摩斯菸斗的煙霧，如同鴨川的霧氣飄過模型的街道。

莫里亞提教授長期苦於失眠。放空腦袋動手做點事能幫助靜心。無眠的漫漫長夜，莫里亞提教授就窩在這間小房間裡，組建這座架空的城市，分散自己的注意力吧。

「諸位，可以幫我一個忙嗎？」

福爾摩斯突然說道。他瞇起雙眼望著天花板。順著他的視線看去，天花板上有一個用線吊著、大約檸檬大小的月亮。

「我想看看那個月亮。上頭好像寫了小字。」

我和卡特萊抓住彼此的手臂做為基台，將福爾摩斯抬起來。福爾摩斯朝天花板伸長了手臂，碰到吊在半空的小小月亮。月亮咕溜溜地轉動著。他盯著月亮看了好一陣子，然後低語：「倫敦。」

「倫敦？倫敦是什麼？」

「不知道，上面就寫了倫敦。」

福爾摩斯帶著不解的神情，凝視著小小的月亮。

○

我離開寺町通221B，搭著辻馬車穿越夜晚的城市。

望著籠照在如雲海濃密的霧氣中的京都街景，感覺像是穿過神祕的夢境世界。沿著維多利亞女王的宮殿長長圍牆邊點亮的街燈，燈光在霧氣中迷濛地滲開，就像串連的寶石。搭著辻馬車在街上搖晃而過的期間，我不斷回想莫里亞提教授房中的街景模型。

就在這時，我腦中沒來由地迸出一個念頭。

——如果那個城市真的存在某處的話會怎麼樣？

那是一座名為「倫敦」的城市。有著一條大河、河上有幾座橋，有鐘塔，街道上馬車交錯而過。在那個城市裡，也住著一個夏洛克．福爾摩斯。當然了，他的搭檔約翰．H．華生也在。比方說住在「貝克街221B」怎麼樣？房東當然是哈德遜夫人。而最重要的是，倫敦的夏洛克．福爾摩斯跟低潮完全無緣，將接踵而至的難解謎案一一破案。

——倫敦的夏洛克．福爾摩斯。

這個點子愈想愈吸引人。

回到下鴨的診所，瑪麗還沒回來。我原想到臥房就寢，但心頭亂糟糟的靜不下心。我回到診間，點亮燈光。這個瞬間，我察覺這個心頭紛亂的感覺，是源自太過久違而被我遺忘的，想要寫作的衝動。

我從身後的櫃子裡，取出了福爾摩斯譚的書稿。

在此之前於《河岸》雜誌刊載的二十四篇短篇，集結成《福爾摩斯告捷記》、《福爾摩斯輝煌記》兩本短篇集。不消多說，這些都是京都福爾摩斯冒險的紀錄。

翻閱書稿、重新審視自己寫下的文章，不只案件內容，就連當時寫下這些故事時的狀況都浮現腦中。在寺町通221B被福爾摩斯化學實驗的臭味包圍中寫下的、為了查案在外地留宿時於下榻處的房間寫下的、跟瑪麗結婚後在這個診間寫下的……

我將這些書稿收回櫃子裡，拿出雪白的稿紙放在桌上。

這一年來，夏洛克·福爾摩斯經手洛中洛外各式各樣的案件，全都無法破案、宣告失敗。但他找出的真相、以及導向真相的推理，我實在不認為毫無價值。無論是「海軍協約」一案、「歪嘴的人」一案，或是「藍柘榴石探案」，那樣精湛的名推理就這樣被現實擊潰，未免太讓人心有不甘了吧。我要逆向思考，我心想。

既然這個世界否定了福爾摩斯的推理，那只要配合他的推理，創造一個世界就好了。

我思考了片刻，然後在紙上寫下：

〈紅髮會〉

我內心湧現一股近似鬥志的力量。

這起案件是去年秋天，將夏洛克·福爾摩斯徹底擊沉、陷入深刻低潮的最後一根稻草，是最不堪的大失敗。刻意挑選這起案件為題材，是想要將這個大失敗改寫為大成功，以此向現實世界報一箭之仇。

下筆之順暢，連我自己也吃了一驚。就像擊碎巨大岩石找到正確的路線、又像挖掘到正確的水脈，我清楚感覺到手感極佳。我全身盈滿生命力，筆尖在紙上不斷飛馳，倫敦的街景、貝克街221B，以及活在另一個世界裡的福爾摩斯的身影在筆下一一誕生——

「老公，你在做什麼？」

遠處傳來溫柔的嗓音。

我從倫敦被拉回現實世界，抬起頭來。往診間門口望去，穿著外套的瑪麗一臉擔憂地站在那兒。她似乎叫了我好幾聲，但我寫得太專心，連妻子回到家都沒察覺。

我站起身，有些恍惚地看著瑪麗。「嗨。」我說。

「我開始寫新作品了。」

「……新作品？」

瑪麗也有些詫異地看著我。

好一陣子，我們就只是注視著對方，什麼也沒說。

瑪麗突然快步走進診間，在壁爐中添上炭火。這時我才發現，我在沒有爐火、冷冰冰的診間裡，穿著外套就坐在桌前寫著。我放下筆，將凍僵的手湊到嘴邊呵氣，瑪麗湊上前來在我的頰邊吻了一下，說：「我去泡茶。」她的臉上盈滿微笑。

「好。」

瑪麗離開後，我看著桌上的稿子。

我輕聲說著，再次執起筆。

倫敦版「夏洛克・福爾摩斯」就此誕生。

○

讀者可還記得《每日紀事報》的偵探對決呢？

在艾琳・艾德勒當眾下戰帖之下展開的，賭上「神探」稱號的這場對決，以艾德勒小姐壓倒性的勝利落幕。當然了，她破獲的案件有一部分是從福爾摩斯這邊接手的、福爾摩斯也親身擔任她的助手，但世人對此自然是一無所知。

宣布勝者那天的報紙，大篇幅刊登了艾琳・艾德勒此前經手的案件介紹專題報導、以及京都警視廳的雷斯垂德警部發表的談話，但意外地幾乎沒有提及敗者福爾摩斯。或許是因為福爾摩斯輸得太慘太徹底，要再落井下石就連報社也過意不去了吧。這也代表夏洛克・福爾摩斯的存在，終於正式要被世人給棄之不顧了。

「這下可就落得清靜了。」福爾摩斯翻閱著報導邊說著：「輸得明明白白，反而能放下。我的心情輕鬆得不得了。」

偵探對決結束後，在河原町御池的朗廷大飯店的大廳，由報社主辦了為艾琳・艾德勒歡慶勝利的祝賀晚會。當然我和福爾摩斯都沒有自虐到會跑去那種地方，但瑪麗身為艾德勒小姐的助手，穿上美麗的禮服出席了。當晚，鑽進被窩中之後，妻子對我說了祝賀晚會上的事。

「大廳裡人好多喔。簡直就像祇園祭。」

這場祝賀晚會，已經遠不只是報社企畫成功的「慶功宴」，更有著歡慶艾琳・艾德勒這名「神探」

誕生的意義在吧。除了她解決的案件委託人與報社雜誌相關人士之外，京都警視廳的幹部、貴族、政治家以及各界名人都齊聚朗廷大飯店。

「大家都想跟艾德勒小姐打個照面吧，」我說：「跟知名偵探攀上關係不會有損失的。」

「不過這樣感覺很空虛呢。」

「這倒是。」

「艾琳一直被人團團圍住，根本搞不清楚誰是誰。」

跟前舞台演員艾琳．艾德勒不同，瑪麗不習慣出席那樣招搖的場合。她似乎是覺得很新鮮，不過似乎不是什麼愉快的經驗。

突然瑪麗翻身面向我。

「對了，聖席蒙男爵也有到場。」

「聖席蒙男爵？」我也翻過身，看著瑪麗，「妳是說贊助雷契波羅夫人的貴族？」

雷契波羅夫人的審判預定在過完年不久開庭。

由於她身為知名靈媒、舉辦過無數降靈會，還有眾多贊助者，雷契波羅夫人被逮捕的風波擴及洛中洛外。陸續有人跳出來主張「這是當局對招魂術的打壓」。利用這樣的輿論動向，乘勢四處奔走試圖拯救雷契波羅夫人的，正是聖席蒙男爵。他向贊助者們募集資金，聘請能幹的律師。

「為什麼會邀請這個人？」

「當然沒有人邀請他。他是硬闖進會場的。」

聖席蒙男爵在會場現身時，艾琳．艾德勒正在大廳中央被眾人團團包圍。聖席蒙男爵理直氣壯地推開人牆，無禮地向艾琳搭話。

「真是漂亮的手腕，我十分佩服，艾德勒小姐。」

聖席蒙男爵是有著高挺鼻樑、白皙肌膚的男子，他的打扮無懈可擊。上等的晚宴服、雪白的背心、亮晶晶的琺瑯鞋，一身華美的服裝讓他遠看像是年輕的青年，其實早已四十好幾。頭髮摻著幾絲灰白，仔細一看就能看出臉龐早已不似年輕人那般緊實。

艾琳向他介紹身邊的瑪麗，聖席蒙男爵只是哼了一聲、微微點頭，看也不看瑪麗一眼。那態度就像在說有資格跟自己對等談話的人只有艾琳．艾德勒，他對助手一點興趣也沒有。接下來的一段時間，聖席蒙男爵滔滔不絕地贊賞艾琳．艾德勒高明的辦案技術。

「我今天會來到這裡，就是希望務必能當面向妳致謝。」聖席蒙男爵說：「聽說雷契波羅夫人會被逮捕就是妳促成的。多虧有妳我才得以脫身，我被那個靈媒給騙慘了。」

不過他這話完全不可信。就艾琳．艾德勒看來，聖席蒙男爵藉由給雷契波羅夫人方便，也從中獲得許多好處。他會這麼努力為審判做準備，也不是為了保護雷契波羅夫人，而是為了不讓這把火燒到自己身上罷了。

「她欺騙了您，您還為她準備打官司，」艾琳．艾德勒說：「聖席蒙男爵，您還真是重感情呢。」

「雷契波羅夫人也很值得同情嘛。」

「您這話說的沒錯。」

「當然詐騙是不可饒恕的行為，但我實在不認為她這麼做是出於惡意。實際上，有許多人確實被雷契波羅夫人拯救了。我只是希望她至少能受到公正的審判。妳應該明白吧。」

「是啊，我明白。審判是應該要公正。」

「哎呀，能見到妳真是太榮幸了，艾德勒小姐。」聖席蒙男爵笑容滿面，做作地點頭。

「像妳這麼偉大的偵探是人間瑰寶，希望妳能永遠這麼活躍下去。」

然後他又風風火火地穿越人牆離去了。

瑪麗簡直是嘆為觀止。聖席蒙男爵舌燦蓮花，卻一點真實感都沒有，就像自顧自說話的機器人似的。他轉身準備離去的時候，笑容瞬間從臉上消失的神情，也讓她感到十分詭異。

她看向身邊，艾琳．艾德勒利劍般的眼神，正緊盯著聖席蒙男爵離去的背影。

「卑鄙小人！」

艾琳．艾德勒低聲恨恨地吐出的這句話，只有瑪麗聽到。

○

那一年的歲末年初，華生家一片祥和。

我整天關在診間，伏案寫著倫敦版福爾摩斯譚。瑪麗則是久違地離開桌前，出席慈善委員會的聚會、造訪從前曾聘她為家庭教師的西絲兒．佛瑞斯特太太。

到了夜裡，我們坐在起居室的壁爐前，跟瑪麗討論剛寫好的偵探小說。這個跨年夜就像是在激流中顛沛流離的小船，突然漂流至廣闊湖面一般，平穩而寧靜。

圍繞著只有紅髮男子能加入的組織發生的異想天開謎案——〈紅髮會〉；從鵝腹中找到寶石而展開的冒險譚——〈藍柘榴石探案〉；鴉片館的殺人案與神祕乞丐交織出的故事——〈歪嘴的人〉。當然都是基於福爾摩斯的「名推理」才成立的，每一篇都是珠玉名作，連我自己都愛不釋手。

起初瑪麗對於「異世界的夏洛克．福爾摩斯」這個設定感到困惑，然而隨著一篇篇往下讀，瑪麗的眼神也變了。就算發生在全然不同的世界裡，瑪麗也認同這確實是傑作偵探小說。妻子的稱讚讓我對倫敦版福爾摩斯譚更加有自信。

「不過居然叫『倫敦』！」

瑪麗翻著稿紙，一面笑個不停。

「一開始真的搞不懂是怎麼回事，不過讀著讀著，就慢慢覺得好像真的有這樣的一個世界。真是不可思議。」

新年一早，我和瑪麗到下鴨神社進行新年參拜。天空像是被洗淨一般晴朗，和煦的陽光照著家家戶戶的門松[2]。糺之森的空氣清新而冷冽。我們到本殿參拜完後，與擦身而過的熟人寒暄拜年，一面走在長長的參道上。平時空蕩蕩的砂石路，今天滿是前來做新年參拜的人們。

「今年一定會是美好的一年。」

「會嗎。」

「一定會。你還寫了新作品呢。」

「我實在不覺得倫敦版福爾摩斯譚有辦法出版。」

〇

雷契波羅夫人的審判，在一月十五日開庭。

2　門松：以松枝和竹子做成的新年裝飾，有「迎年神」的意涵。

上午十點，我搭上辻馬車前往丸太町通。王立司法院就位於丸太町通上，維多利亞女王宮殿的南側。在法院前下了馬車，就能看見塵土飛揚的道路對面長長的宮殿石牆，老樹的枝椏從牆上探出頭來。一邊就是堺町御門，氣派的鐵製大門兩邊，站著身穿紅色軍服、頭戴黑色帽子的近衛兵。

王立司法院。從前為了旁聽夏洛克．福爾摩斯參與的案件審判，我曾經來過好多次。這幢壯麗的白色石砌建築，有幾座尖塔，內部的廊道宛如迷宮縱橫交錯，有著數不清的辦公室和法庭。

法院正門有幾群人錯落地聚集。他們在寒風中發著抖，彼此悄聲細語。我付錢給車夫，準備走進大門時，他們同時閉上嘴、緊盯著我看。感覺怪不舒服的。

我承受著背後投射來的視線，快步穿越馬車停車場，走進門廳，正巧遇到雷斯垂德。逮捕雷契波羅夫人後，雷斯垂德就益發活躍。不消說，他的好運勢自然是跟艾琳．艾德勒連動的。

「在門口的那些人都是雷契波羅夫人的信徒。」

沿著走廊往法庭走去時，雷斯垂德告訴我。

「這起案子在神祕主義者之間蔚為話題，畢竟雷契波羅夫人是備受尊敬的靈媒啊。」

我們走進法庭時，旁聽席已經幾乎坐滿了。

艾琳．艾德勒已經先抵達就座。也看到瑞金諾．墨斯格夫和卡特萊的身影。

我在瑞金諾．墨斯格夫身邊落座，再次環顧旁聽席。資深大牌靈媒、靈異現象研究協會的重鎮、不齒招魂術的科學家等，許多知名人士都齊聚在此。可見這場審判有多麼受到矚目。

右前方是聖席蒙男爵的身影。我是第一次見到他本人，不過那一身華美的打扮、全身散發出的貴族氣息，都讓人一眼就認出他就是聖席蒙男爵。他戴著金邊眼鏡，一臉百無聊賴地讀著報紙。

我向身邊的瑞金諾．墨斯格夫詢問：

「您跟聖席蒙男爵認識嗎？」

「對，我從很久以前就認識他了。」墨斯格夫盯著聖席蒙男爵的背影回答我：「不過我沒想到會像這樣跟他在法庭上碰頭。」

在兩名法警的護衛下，雷契波羅夫人站上被告席。

雷契波羅夫人穿著質料粗糙的鼠灰色衣服，失去光澤的頭髮隨意束起。

自赫爾史東大莊院的逮捕風波以來，這是我第一次再見到她，不知是因為這段期間在拘留所的生活、或是她意志消沉的關係，感覺她整個人又小了一圈。看到她這麼大的轉變，讓人錯覺期間經過了漫長的歲月，但我和哈德遜夫人一同造訪朋迪治里別邸、被雷契波羅夫人的水晶球詭計唬得一愣一愣的，才不過是兩個月前的事。

審判長在正面的高座上坐下，陪審員們也走上右手邊的陪審團席。

書記官站起身，朗讀訴狀。詐欺、恐嚇、違法取得不動產。雷契波羅夫人被起訴為這三項罪名的主謀者。這些案件規模甚大、彼此之間又錯綜複雜，應該要花上很長時間才能做出判決吧。

「被告，你承認起訴內容嗎？」審判長問。

「不。」雷契波羅夫人用毫無起伏的嗓音說：「我否認。我只不過是個靈媒罷了。」

聽到雷契波羅夫人否認起訴內容，我嚇了一跳。

這怎麼想都是一場必輸之戰。據艾琳．艾德勒和雷斯垂德所說，檢方已經備齊各種證據、找齊證人，應該能完美舉證雷契波羅夫人就是這些犯罪的主導者。再怎麼樣王立司法院都不可能在判決時將「靈性世界」列入考量。老實認罪，審判長和陪審員的心證也會比較好才對。

但聽著檢方一一舉證的同時，我腦中浮現另一個想法。

這一切的幕後黑手，肯定是聖席蒙男爵。雷契波羅夫人已經像失了魂的空殼，一定對他言聽計從吧。只要她在這個法庭上徹底扮演靈媒的角色，就能加強「這場審判是對神祕主義者的打壓」的印象。這正是對洛中洛外神祕主義者最好的宣傳。就算雷契波羅夫人最終入獄，她身為靈媒的神聖性也會水漲船高，今後就更有利用價值了。

這天的審理結束、雷契波羅夫人退庭後，旁聽席立刻騷動連連。有人憤怒地說：「審判不公！」也有人怒罵：「鬧劇一場！」神祕主義者們和反神祕主義者不聽法警們催促離席的勸說，當場議論紛紛，口沫橫飛。

艾琳．艾德勒和瑪麗朝著我們說著些什麼，但聲音被周遭的嘈雜給淹沒，完全聽不見她們在說什麼。

「這下麻煩了。」雷斯垂德警部說。

——這下就如聖席蒙男爵的意了。

我心想，環視旁聽席，已不見聖席蒙男爵的身影。設計了這場騷動的當事人，早早就從法庭中溜走了。

○

《河岸》雜誌編輯部位於四条烏丸的一棟高雅大樓的四樓。

原本是在河原町丸太町的一間黑黑髒髒的灰泥建築裡，在福爾摩斯譚大賣之後，得以搬遷到繁華商業區中心。換句話說，這間雜誌社的所在地本身，正可說是福爾摩斯黃金時期的遺產。

這一天，我造訪《河岸》雜誌編輯部。四条烏丸的十字路口瀰漫著霧氣與煤煙，黑壓壓的人群與交錯而過的馬車絡繹不絕。過年的氣氛已煙消雲散，這個商業區又重回平時殺氣騰騰的氛圍。

我推開玻璃門，走進雜亂的屋內。

「華生醫師！」

范蕾特．史密斯小姐從辦公室後方的桌邊向我打招呼。

責任編輯史密斯小姐的座位，位於能俯視十字路口的大窗前，桌面堆滿了書本和校樣。鍛鐵暖爐的熱氣充斥室內，甚至讓人覺得有些悶熱，平時就臉色紅潤的史密斯小姐雙頰更是紅得像蘋果。她小心翼翼地將〈紅髮會〉、〈藍柘榴石探案〉、〈歪嘴的人〉的書稿抱在胸前。我事前將稿子寄給她，請她評估是否能刊登。總編就站在史密斯小姐身邊，長滿濃密毛髮的手撫著前額。

——看來果然很困難吧。

看著總編的神色，我如此判斷。

「華生醫師，在這邊不太方便說，我們進去談。」

總編說著，將我領到隔壁的小會客室。

我在長椅上落座，總編及史密斯小姐則是坐在桌子對面的椅子上。

「您的新作我拜讀過了。」總編用慎重的語氣開口：「實在是非常新穎、非常優秀的偵探小說，這一點編輯部全體一致同意。然而……」

我們討論了好一陣子，卻沒能取得共識。

就算因為福爾摩斯陷入低潮而不得不無限期休載，福爾摩斯譚還是深受讀者喜愛的系列作。能有新作當然是求之不得，但大家想要的充其量是現實的案件紀錄，而不是發生在「倫敦」的異世界故事。這一點，絕大多數的讀者應該也是一樣的。若是刊出倫敦版的故事，背叛了讀者的期待，福爾摩斯譚的人氣就會一落千丈。不能冒這樣的風險。這就是總編的結論。

我走出雜誌社的大門，步入四条烏丸的雜沓中。

等載滿了乘客的共乘馬車嘰呀作響地在眼前轉過，我努力穿過交錯的馬車間的縫隙，過到烏丸通的東側。這一帶的交通量之大，就連過馬路也要冒上生命危險。往南望去，霧氣迷濛的高樓街區另一頭，聳立著磚砌的京都塔。

我轉進巷弄，走在大樓夾道的低谷中。

——瑪麗一定會很失望吧。

這件事先就別告訴妻子吧，我暗自決定。

雜誌拒絕刊登倫敦版福爾摩斯譚，說不失望是騙人的。

但這樣的結果，我也大致上料到了。約翰．H．華生此前寫下的作品，就算多少有些加油添醋，也都還是現實案件的紀錄。突然冒出一個叫「倫敦」的世界，編輯會感到困惑也是想當然的事。

整個歲末年初，我以猛烈的氣勢寫著倫敦版福爾摩斯譚。

隨著一篇接著一篇寫完，倫敦這個異世界的存在感愈來愈強烈，現在想來甚至就像是真實的回憶。在邊推敲構想邊散步時，眼前的京都也常會疊上倫敦的風景。不經意轉過街角，彷彿就會越過現實與妄想的邊境，穿越到倫敦。只要攔下辻馬車、前往貝克街221B，不知低潮為何物的神探福爾摩斯就等在那裡……

就這樣邊走邊胡思亂想，我走進了錦市場。

在東西向的長長拱廊下，滿是採買的客人與觀光客，光是穿越人潮就舉步維艱。道路兩側密密地擠滿狹隘的店家。由於我漫不經心地邊走邊想，差一點就撞上從橫向小路中走出來的男子。

「啊、抱歉。」

我驚險地閃過對方，就這樣繼續往前走。

走了幾步，身後傳來了一聲：「這不是華生嗎？」

剛剛差點跟我撞上的男子追了上來。他頭戴閃亮亮的絲質禮帽，蓄著一口濃密的鬍子，身穿上等黑色外套，狀似親暱，笑眯眯地直盯著我看。看我一臉困惑，他往我的肩上用力一拍，說：「什麼嘛，華生，你忘了恩人的長相嗎？」

我這才啊了一聲。「史丹佛嗎？」

「對啦，你這無情的傢伙。」

「抱歉，你感覺變了個人嘛。」

「後來我也發生了不少事嘛。不過人生際遇還真是不可思議，你剛從阿富汗回來的時候，我們就是在錦市場這裡遇到的嘛。」

聽他這麼一說，十年前的回憶一下鮮明了起來。

「那時候你一定很寂寞吧，」史丹佛伸長了手，輕拍我的肩，「我像這樣拍了拍你的肩膀，你高興得不得了。後來我帶你到醫院的解剖學教室，介紹你跟夏洛克．福爾摩斯認識。後來你的人生可以說是一帆風順。也就是說，我是你的大恩人啊。結果呢，你在《暗紅色研究》之後就連一個字也沒提到過我了。」

他這說法字字句句都在討人情，但我無法反駁。跟福爾摩斯同住的生活、福爾摩斯譚熱賣、跟瑪麗結婚、開診所，我的人生高潮迭起，這段期間我連想也沒想起過史丹佛，是不爭的事實。

「你看起來手頭也挺闊綽的嘛。」

「還好啦，就這邊碰碰那邊做做。看來好運總算眷顧我了。」史丹佛咧嘴一笑：「對了，好長一段時間沒看到華生醫師的新作了。夏洛克・福爾摩斯在幹麼？之前你們勢如破竹，現在怎麼都是那個艾琳啥物碗糕的在囂張？」

正當我語塞的時候，史丹佛瞄了一眼懷表，說：「哎呀，糟了！我得去往診了。再找時間約出來慢慢聊吧！」

說完他轉過身，消失在錦市場的人潮洶湧中。

我愣在原地好一陣子，感覺就像被他將了一軍就跑。

這時我才想起在荒神橋的俱樂部中，從友人瑟斯頓那兒聽來的傳聞。史丹佛提倡招魂術和現代醫學的融合，自稱是「招魂醫師」。

——史丹佛現在是雷契波羅夫人的狂熱信徒。

瑟斯頓如是說。

○

我從錦市場一路走向寺町通221B。

自洛西回來一個月，艾琳・艾德勒就將福爾摩斯手邊接手過來的未解決案件全數解決，今晚在寺町通221B將舉行一場自己人的小小慶祝會。抵達後，將外套交給哈德遜夫人時，就已經聽到樓上傳來歡快的嘈雜聲。福爾摩斯的笑聲聽來特別響亮。

「福爾摩斯那傢伙，心情還真好。」

「多虧案子全解決了，『受害者自救會』也解散了。這下就不用擔心他被委託人們吊起來打了。不過福爾摩斯先生也很努力了，這陣子他幫艾德勒小姐跑腿，真的是東奔西跑呢。」

一打開二樓的房門，迎接我的是一陣開懷的嗓音：「華生來了！」

福爾摩斯盤腿坐在扶手椅上，艾琳．艾德勒和瑪麗並肩坐在他對面的躺椅上，雷斯垂德警部站在壁爐前。看來他們正一面吃著邊桌上的餐點邊聊天。福爾摩斯向我招手，說：

「我們正說到艾德勒小姐有多會使喚人呢。」

「你可沒資格抱怨，福爾摩斯先生，真要說起來，那些全都是你接下的委託喔。要讓『受害者自救會』服氣，就算要使出強硬一點的手段，也還是得早點解決為上。」

「就算是這樣，我也沒想到妳會要我變裝成錦鯉啊。」福爾摩斯嘆了口氣，「我差點就要被扔到琵琶湖裡去了。」

「我不是去救你了嗎？」

「那真是一起有趣的案子呢。」瑪麗咯咯笑起來，艾琳．艾德勒也跟著笑了出來。

我向雷斯垂德搭話：「沒想到你也受邀了。」

「上次福爾摩斯先生特地到京都警視廳來，說『我們也差不多該和好了吧』。仔細想想，福爾摩斯先生都跟艾德勒小姐聯手了，跟我卻還是絕交狀態實在說不過去嘛。我的禁足令總算解除了。」

不久後，哈德遜夫人也加入我們，慶祝會和樂融融地進行著。

寺町通221B已經許久沒有像這樣瀰漫溫暖的氛圍了。

自福爾摩斯陷入低潮以來，這個房間總籠罩著愁雲慘霧。然而此刻，看著艾琳．艾德勒與福爾摩斯你一言我一語地鬥嘴，一直混沌不散的濃霧彷彿正慢慢散開。

從起了霧的玻璃窗俯瞰寺町通，街燈與櫥窗的燈光照亮石板鋪設的人行道，穿著冬裝的人們吐著白色氣息熙來攘往。也有人突然在路邊佇足，像是眺望遠方的煙火似地仰望這邊的窗戶。

跟朗廷大飯店的慶功宴相比，寺町通221B的聚會實在是不足一提。沒有貴族、沒有各界名人，更沒有報社記者。聚集在這個安適房間裡的，是無論福爾摩斯是不是「神探」，都同樣陪伴在他左右的人們。然而曾經在福爾摩斯身邊與他共患難的人卻不在這裡。

——莫里亞提教授。

這時，哈德遜夫人端著一個大蛋糕回來了。

蛋糕上插著許多小小的紅色蠟燭。哈德遜夫人「嘿咻」一聲把蛋糕放到桌上，福爾摩斯便起身擦亮火柴，將蠟燭一一點燃。「這是為了答謝艾德勒小姐準備的蛋糕。妳幫我解決了多少案件，上頭就有多少根蠟燭。非常感謝妳，艾德勒小姐。」

艾琳・艾德勒愣了一下，雙頰漲得通紅。

在福爾摩斯的催促下，她吹熄蠟燭，我們鼓掌。

「哎呀呀，這下總算了卻一樁心事了。」

福爾摩斯背向壁爐而立，開心地搓著手。

「我想藉著今晚向各位道謝。哈德遜夫人，有我這麼麻煩的房客，真虧妳能忍受我到今天沒有趕走我。謝謝妳。再來是雷斯垂德警部，我單方面自私地跟你絕交，真的很抱歉。都是多虧你，我才能解決這麼多案件。謝謝你。還有瑪麗，我的低潮把妳的丈夫拖下水，讓你們吃了不少苦。請妳務必接受我的道歉。然後是華生。如果不是你，神探夏洛克・福爾摩斯就不會存在。沒有華生，就沒有福爾摩斯。」

我百感交集，一時說不出話來。在此之前，福爾摩斯從未像這樣坦率地表達對我的謝意。在場其他人應該也跟我一樣。艾琳・艾德勒、哈德遜夫人、雷斯垂德警部、瑪麗，全都被福爾摩斯溫暖的話語打動，眼眶泛著淚光。

「以上就是我最後的致意。」

福爾摩斯用爽朗的神情看著我們。

「諸位，這些日子來謝謝你們。今天過後，我就退休了。」

○

好一陣子，我們陷入彷彿被凍結了似的沉默。

福爾摩斯的「退休宣言」，將之前的幸福氛圍狠狠擊碎。

「我已經通知各大報社了，明天報導就會出來了吧。」

「為什麼不跟我討論？」

「跟你討論了你一定會挽留我吧。」

「這還用說嗎！」

「看吧。所以我才沒告訴你。」

福爾摩斯的語氣颯爽，沒有一絲悲壯。就像是等一下就要到大文字山遠足的小學生一樣雀躍。

「自從陷入低潮之後，這個念頭就一直在我腦中。但我一直無法下定決心，我畢竟也是人，也有感情啊。就連跑到洛西的竹林中隱居的時候，老實說心裡還是有留戀。但是現在我不再猶豫了。從洛西回來、在艾德勒小姐的幫助下為還沒解決的案件善後的這段期間，自然而然就能接受退休這個選擇了。」

「你是說這是我害的嗎？」

「怎麼會呢，我感謝妳都來不及了，艾德勒小姐。」

艾琳．艾德勒從躺椅上起身，走向福爾摩斯。

「福爾摩斯先生，我接手處理你的案件，不是為了讓你退休，而是想幫助你脫離低潮。你這樣根本就是在騙我。『受害者自救會』好不容易解散了，現在才正要開始啊！為什麼要放棄？你有身為神探的社會責任吧！」

「我老早就不是神探了。」福爾摩斯說：「妳才是神探，艾德勒小姐。」

艾琳．艾德勒瞪著福爾摩斯，突然轉向這邊，燃燒著怒火的目光射向了我。「說點什麼啊，華生醫師！你總不會就這樣讓福爾摩斯先生退休吧？」

但那個當下，我什麼也答不出來。

這時候挽留夏洛克．福爾摩斯真的是對的嗎？自前年秋天以來，福爾摩斯一直深受「低潮」所苦。這個不明所以的謎團，折磨著福爾摩斯、折磨著我，也折磨著瑪麗。

我們這麼痛苦究竟是為了什麼？為了寫出偵探小說嗎？為了重回我們的黃金時期？為了盡身為神探的社會責任？讓福爾摩斯從「神探」這個使命中解脫，會不會是我們所能做出最好的選擇呢？人生並不是只有「偵探」這件事……

「你為什麼不說話？」艾琳．艾德勒厲聲道：「華生醫師，你為什麼什麼都不說！」

「別再逼他了，艾琳，放過他們吧。」

瑪麗站起身，站在艾琳．艾德勒和我之間。「妳根本就不懂他們這段時間有多痛苦。」

面對她出乎意料的反抗，有那麼一瞬間，艾琳．艾德勒的氣焰像是被壓了下去。但她很快地就重振心情。

「瑪麗，我明白妳會想為華生醫師說話……」

「我一直在他們身邊看著，已經夠了。」

「所以妳希望福爾摩斯先生趕快退休算了嗎？」艾琳．艾德勒說完，眉頭微微一蹙。她緊盯著瑪麗的臉，陷入沉思。然後她喃喃地吐出一句：「這就是妳的目的嗎？

「妳希望福爾摩斯先生放棄，所以才慫恿我。」

瑪麗什麼也沒說，只是直直地回視艾琳．艾德勒。這樣的態度形同承認指控。瑪麗沒有試圖辯解。

「我並沒有責怪瑪麗的意思。」福爾摩斯開口：「我讓我的低潮波及了華生，害他陷入窘境，瑪麗這段時間以來應該氣壞了吧。會想藉機報一箭之仇也是很自然的。」

不久，艾琳．艾德勒用平靜的語氣開口。

「這樣你就滿足了嗎，福爾摩斯先生？」

「對，我現在可是神清氣爽。」

「既然如此，我也不會再挽留你了。隨你愛怎麼做吧。」

艾琳．艾德勒冷冷說完，快步穿過房間，伸手握住門把時又回過頭，再度瞪著瑪麗。「我是不會原諒妳的，瑪麗。」

接著她狠狠甩門，離開房間。

○

隔天的《每日紀事報》刊出了以下報導。

「夏洛克・福爾摩斯宣布引退」

神探夏洛克・福爾摩斯於寺町通２２１Ｂ的事務所召開記者會，正式宣告退出偵探業。十多年來，福爾摩斯破獲無數難解疑案，然而自前年秋天以來，事業持續不振。

福爾摩斯對記者群承認，因自己參與調查，屢屢導致事態更加混沌，表示：「為公眾利益著想，應該果斷退休」。福爾摩斯對益發惡質化的現代犯罪表達擔心之情，同時也提及艾琳・艾德勒小姐的名字，表示即使自身退休，也有其他才華洋溢的偵探。

在身邊的事務處理完之後，福爾摩斯預定啟程前往南洋島嶼旅行。

夏洛克・福爾摩斯退休的新聞，瞬間傳遍洛中洛外。

在此之前把福爾摩斯的糗態當笑話看的人們，這時突然態度大轉彎，不再取笑他，甚至說著：「他這兩年確實狀況不太好，但這個年紀就做出退休的決定未免太可惜了……」既然覺得他的才華這麼珍貴，在福爾摩斯痛苦掙扎奮鬥的時候，怎麼不對他多說點鼓勵的話呢。

各大報的版面填滿了福爾摩斯過往活躍表現的回顧報導。

診所也跑來一群想來採訪的記者，但我什麼都不想說。我心頭有著像是卸下肩頭一大重擔的安心感、同時也有彷彿被鑿穿一個洞的空虛感；有對福爾摩斯的失望，也有對自己沒能挽留福爾摩斯的自責。

隨著夏洛克・福爾摩斯退休，不用說、艾琳・艾德勒的存在又更加受到矚目。從前福爾摩斯扛著的「神探」招牌，名實上都由她繼承下來。但對於福爾摩斯退休最深感惋惜的，正是艾琳・艾德勒。

也因此，她對瑪麗更是怒不可遏。

——我是不會原諒妳的，瑪麗。

她不會就這樣善罷甘休吧，瑪麗和我都很清楚。

這個預感成真，是在福爾摩斯宣布退休的一星期後。

我在診間整理病歷時，窗外下鴨本通上有一道黑影猛然飛竄而來，緊接著傳來刺耳的自行車煞車聲。我馬上認出那是《河岸》雜誌編輯部的史密斯小姐。我來到大門口，見她喘著大氣。看來是從四条烏丸的雜誌社一路騎著她心愛的自行車來到這裡。

「我有急事找華生醫師和瑪麗小姐談。」

我將史密斯小姐請進面向庭院的起居室，瑪麗為她斟上紅茶。

「剛剛艾琳．艾德勒小姐跟編輯部聯絡，」史密斯小姐一臉凝重：「她說瑪麗．摩斯坦已經被解雇，不再是艾琳．艾德勒的記錄員，同時要求我們立刻停止連載《艾琳．艾德勒探案事件簿》。」

「是嗎。」瑪麗用淡漠的語氣說道：「我曾想過事情或許會變成這樣。」

「編輯部一片混亂。下個月號是艾琳．艾德勒特輯，我們都準備要送印了。但也不能因為這樣就無視艾德勒小姐的意願。」

「這是她對瑪麗的報復嗎？」我說。

「艾琳會生我的氣是當然的。我一直都在利用她。」

接著瑪麗將她如何慫恿艾琳．艾德勒把福爾摩斯逼到絕境的始末向史密斯小姐全盤托出。「逼福爾摩斯先生退休的人是我。」

「不是這樣的，瑪麗。最根本的原因是福爾摩斯的低潮，退休是早晚的事。這一點福爾摩斯自己不也承認了嗎？」

「就算福爾摩斯先生原諒我，艾琳也不會原諒我的。」

清冷的起居室被沉重的沉默包圍。史密斯小姐嘆了口氣，望向華生家的庭院。正好就在這時，隨風湧來的雲遮蔽了太陽，四周陷入像是日食時微微青藍的昏暗中。看得出史密斯小姐正拚命思考著。

到昨天之前，史密斯小姐應該還懷抱著雄心壯志。

《艾琳．艾德勒探案事件簿》大獲成功，應該大大彌補了福爾摩斯譚停止連載的損失。之前刊載的短篇小說篇篇都是傑作，預定刊登的剩下九篇作品書稿也已經完成。世人對神探艾琳．艾德勒的評價愈來愈高，預計在今年秋天出版的第一本短篇集應該會創下前所未有的銷售紀錄吧。簡直就像挖到了油田，她的野心一定也隨之拓展。第二本、第三本短篇集，然後再推出長篇小說……這個壯大的野心如今正片片崩解。

終於，史密斯小姐像是下定決心般開口。「在說服艾德勒小姐之前，《艾琳．艾德勒探案事件簿》就先取消刊登。不過塞翁之馬焉知非福，這正是讓華生醫師之前那份稿子問世的千載難逢的大好機會。」

「妳是說倫敦版福爾摩斯的稿子嗎？」我驚訝地反問：「但總編不會同意的吧？」

「現在的狀況跟華生醫師上次來編輯部時不一樣了。艾琳．艾德勒特輯企畫取消的話雜誌就會開天窗，也沒有時間準備其他稿子了。但福爾摩斯先生才剛做出『退休宣言』，現在正有話題性。我會說服總編。就讓退休的福爾摩斯在『倫敦』復活吧。」

這將是福爾摩斯的凱旋歸來。史密斯小姐如是說。

○

「福爾摩斯的凱旋歸來嗎？」
夏洛克・福爾摩斯佩服地說著。
那天，總編同意史密斯小姐的提案，將在下一期的《河岸》雜誌刊登倫敦版的福爾摩斯譚。為了把內容緊急抽換成「倫敦版夏洛克・福爾摩斯特刊」，編輯部慌慌張張地忙碌起來。
我到寺町通221B通報這個消息，福爾摩斯坦率地表達他的喜悅。以倫敦為舞台讓福爾摩斯大展身手，這個點子福爾摩斯自己似乎也非常喜歡。「你也會想出這麼有趣的主意啊。」他說。
「莫里亞提教授留下的禮物派上用場了。」
下一期將刊出的是〈紅髮會〉、〈藍柘榴石探案〉、〈歪嘴的人〉三篇。一口氣刊登出來可說是前所未有的創舉，這自然是為了填補艾琳・艾德勒特輯取消開出的天窗，同時也是史密斯小姐的策略。讀者對「倫敦」這個異世界很陌生，應該也會有人反彈「這種東西不是福爾摩斯譚」吧。把三篇小說一口氣刊登出來，是為了用大量篇幅堵住頑固的偵探小說愛好者的嘴。
「這下你也重回偵探小說作家之列了，華生。」
「這是很好，但我很擔心瑪麗。自從你做出『退休宣言』那晚以來，艾德勒小姐和瑪麗就一直是絕交狀態。真希望她們能趕快和好。」
「我們不也吵過很多次架嗎。」
「是沒錯啦。」
「這代表她們感情好到可以吵架，不用擔心。」福爾摩斯開懷地說：「艾德勒小姐總有一天會釋懷的。」
退休宣言引發的一連串騷動平息，福爾摩斯正在大掃除。

房間裡，整裡到一半的破銅爛鐵和文件像南洋群島般四散各處。大量剪報、放大鏡、卷尺、開鎖工具、化學實驗器材，女王陛下頒發的勳章、乾癟的猴爪、奇怪的海外雕刻、孤獨的發明家做的永動機等等，全都是此前福爾摩斯參與的案件的紀念品。

「感覺就像在做夢一樣。」福爾摩斯環視這些破爛，喃喃地說。

「我真的曾經是神探嗎？」

「當然啦。你解決了成堆的案件啊。」

福爾摩斯在扶手椅上坐下，點燃菸斗。

「事到如今，我已經完全不懂自己是怎麼做到那些事的了。我還記得自己全心投入、也記得當時充滿自信。但同時又覺得這一切都只不過是偶然。只是在那段短暫的期間，正巧整個世界繞著我轉。跟我的努力和才華一點關係都沒有。我現在只有這種感覺。」

福爾摩斯看起來並不哀傷，也不像在逞強。就只是對於自己的人生曾經有過那樣的黃金時期，純粹地感到不可思議。

他那樣的心情，我也不是不懂。黃金時期的福爾摩斯充滿超乎常人的力量，不是福爾摩斯看穿案件的真相，而是福爾摩斯看穿的真相成為了真相——我甚至曾經有過這樣的想法。那樣超乎常人的能力，若是真如福爾摩斯所說，是超越了他個人的努力和才華的東西，那麼我們試圖「擺脫低潮」的努力會徒勞無功，或許也是理所當然的結果。

「福爾摩斯，我問你，你是真的要去南方島嶼嗎？」

「這麼說來我在記者會上好像是這麼說的呢。當時只是隨口說說，但認真想想似乎也不壞。畢竟我對城市、犯罪和鴨川的霧都已經厭倦了啊。人愈少的小島愈好。感覺就沒有需要我解決的案件。」

福爾摩斯投來一個惡作劇的眼神。
「你也要一起來嗎？」
「我怎麼可能去嘛。」
我嚇了一跳，如此回答。「開玩笑的啦。」福爾摩斯放聲大笑。
「你還有診所，還有瑪麗，更何況還有書寫《倫敦版福爾摩斯譚》的重要任務在身。這是好事啊，華生。是好事。我就自己到南方小島上去，悠悠哉哉地思考接下來要怎麼活下去吧。」
寺町通221B的房間裡，彷彿照進一抹南國的陽光。
無邊無際的藍天、椰子樹、白色沙灘，浮在海面上的遠方島嶼。這樣的世界聽起來跟夏洛克．福爾摩斯這個人物完全搭不上邊，但當時的我腦中卻鮮明地浮現了南國島嶼上福爾摩斯的樣子。福爾摩斯肯定會戴著草帽，吹著颯爽的微風，漫步在白色沙灘上吧。
這時，哈德遜夫人出現在門口。
「你有客人，福爾摩斯先生。」
福爾摩斯皺起臉，揮了揮手。
「我已經不是偵探了，管他是記者還是委託人，都請幫我趕走。」
但哈德遜夫人站在門口沒有離開。
「我不能把人趕走。那可是墨斯格夫家的大小姐啊。」

○

自蕾秋・墨斯格夫小姐去年歸來之後，這是我們第一次跟她見面。話是這麼說，其實那天我們並沒能好好交談。赫爾史東大莊院陷入一場大騷動，我們也因莫里亞提教授的失蹤而備受打擊。十二年前未能破解的謎案以這樣的方式得以「解決」，福爾摩斯應該心裡也過不去吧。所以福爾摩斯才會逃也似地離開洛西。

在哈德遜夫人的引領下，蕾秋・墨斯格夫出現在門口。

「抱歉在您百忙中打擾，福爾摩斯先生。」

「不不，我一點都不忙。只是在耍廢而已。因為我已經從偵探業退休了啊。來吧，快請坐。」

福爾摩斯明快地說著，請她在壁爐前的躺椅落座。

被困在「東之東之間」裡十二年的歲月，並未在墨斯格夫小姐的外表留下任何痕跡。穿著一身簡樸白色洋裝的樣子，怎麼看都是十來歲的少女。在寄宿學校就讀時的瑪麗和艾琳・艾德勒應該也是像這樣的女孩吧。但她卻像是被一層透明的硬殼包裹住一般，散發出一股超然的氣質。

「我一直想親自來拜訪您一趟。」

「聽說妳搬到市區了。」

「對，遵照您的忠告，我現在住在烏丸御池的別邸。」

「這是非常好的決定。畢竟發生了那樣的事，還是離開赫爾史東大莊院比較好。市區的生活再慢慢適應就好了。」

聽他充滿關懷的委婉語氣，可以感受到墨斯格夫小姐對福爾摩斯而言是很特別的存在。不只是同窗舊友的妹妹，更是十二年前、初出茅廬的福爾摩斯沒能拯救的對象。

福爾摩斯問了瑞金諾・墨斯格夫的近況，聊了與他學生時期的回憶，更將去年在墨斯格夫家的竹林裡搭小屋住的始末說成一段趣聞。應該是想緩解墨斯格夫小姐的緊張吧。喝下哈德遜夫人端來的紅茶時，她的表情已經柔和不少。

「華生醫師跟瑪麗小姐結婚了吧。」

「對。我是在瑪麗前來委託福爾摩斯案子時認識她的。」

「看到瑪麗小姐她們過得很好，真是萬幸。」

蕾秋．墨斯格夫微笑，然而她的表情很快籠罩上一層陰霾。

「我真的很對不起她們。在圖書室找到威廉的日記，重讀《竹取物語》末尾的追記時，我就深受『東之東之間』吸引。會邀請瑪麗小姐她們出席茶會，是因為我覺得她們可以幫我實行計畫。」

蕾秋．墨斯格夫閉上了嘴，盯著壁爐的火光好一陣子。

她似乎有些話想說，卻不知該從何開口。福爾摩斯也並不催促她，只是跟她一起凝視著爐火。

終於，墨斯格夫小姐用細小的聲音說：

「我自己身上究竟發生了什麼事，我現在也搞不太清楚。」

在「東之東之間」的十二年間，對她來說只不過是一夜長眠。而這漫漫長夜之中她所經驗的一切，都隨著朝陽照射消散無蹤。

「我還記得爬上那個神祕的階梯。在那個階梯盡頭發生了某些事。但我卻對我自己發生了什麼事幾乎一無所知。從寫下《竹取物語》的時代開始，那個『東之東之間』就像是一個詛咒，糾纏著赫爾史東大莊院。威廉和我，還有莫里亞提教授，應該都為那個謎團深深著迷。福爾摩斯先生是怎麼想的呢？這世上為什麼會有那種東西？那到底是什麼？」

「不能被那個謎團給困住。」福爾摩斯用認真的語氣說：「妳已經回來了，妳必須要活下去。」

「可是我有時候會很害怕，福爾摩斯先生。」蕾秋．墨斯格夫向前探出身子說：「我常常會搞不清楚。我真的已經回來了嗎？」

遠離洛西的赫爾史東大莊院，搬到烏丸御池的墨斯格夫別邸，那個舊邸深處冷清房間的幻影還是如影隨行。她時時夢見十二年前茶會那天的事。在夢裡，她和瑪麗、艾琳一起穿過昏暗的走廊，再度試圖打開「東之東之間」的門。

每當一身冷汗地驚醒，總是感覺「東之東之間」在呼喚著自己。感覺不管走到哪裡，腳下隨時會敞開一個無底大洞，等著她踩空摔進去。這是被關在「東之東之間」十二年的後遺症嗎？是不是不管經過多久的時間，都無法擺脫這個噩夢的糾纏呢……

說到這裡，墨斯格夫小姐凝望著虛空。我不禁一陣戰慄。任誰都看得出來，她的視線前方浮現的正是「東之東之間」。

「感覺還有另一個我，還留在那個房間裡。」

正當我覺得墨斯格夫小姐的神情就像沉到水裡般迷濛時，她的身軀猛然一晃，下個瞬間，福爾摩斯從扶手椅上跳起來，撲上前來抱住她倒下的身軀。我們讓她躺在躺椅上，將靠墊枕在她頭下。在我照料蕾秋．墨斯格夫時，福爾摩斯就站在一邊，一臉心疼。

「她沒事吧？」

「沒什麼好擔心的。應該是強烈的不安造成的吧。」

片刻過後，她終於睜開眼，但眼神還像是在夢中。福爾摩斯在躺椅邊跪下，握住她的手。

「妳不用害怕了，蕾秋小姐。」

她淺淺地微笑，用平靜的嗓音訴說：

今天為了拜訪福爾摩斯先生來到寺町通時，看見221B亮著燈的窗口，心頭就湧現一陣暖意。在日落時分的荒野中徘徊的旅人看見旅舍的燈火時，一定也是這樣的感受吧。從前為了來找福爾摩斯先生求助而造訪的無數委託人們，一定也都經歷過跟自己一樣的心情吧。

「我一直想向福爾摩斯先生道謝。」

蕾秋・墨斯格夫眼瞼半閉、像在說夢話似地繼續道：

「聽說十二年前，福爾摩斯先生調查了我的失蹤案。瑞金諾告訴我的。但是我一直都知道。在『東之東之間』沉睡的期間，我也一直都知道福爾摩斯先生努力想找到我。」

好一陣子，福爾摩斯彷彿忘了呼吸似地注視著她。像是因她的話感到困惑、又像是被深深打動。最終他的神情肅穆起來，眼中也閃著銳利的光芒。但那一刻轉瞬即逝。

「不只我一個人啊。大家都在找妳。」

福爾摩斯說。

○

《河岸》雜誌在二月上旬發行。

在責任編輯史密斯小姐督促下，我全心全意地投入〈紅髮會〉、〈藍柘榴石探案〉、〈歪嘴的人〉的改稿與校對。畢竟距離雜誌發行所剩時間不多，我也無暇想太多。但等到交了稿、再來只要等雜誌出刊的階段，我漸漸不安起來。

畢竟距離上一次福爾摩斯譚的新作刊登，已經相隔了一年半。

洛中洛外的偵探小說讀者，都引頸期盼新的福爾摩斯譚。但他們想要的充其量只是福爾摩斯真實參與過的案件紀錄，並不是發生在倫敦這種幻想世界裡的故事。我愈想愈覺得，讀者對倫敦版福爾摩斯譚的接受度不會太友善。我的心情愈來愈沉重，連飯也吃不下。讀者一定會怒不可遏吧。甚至夢見氣瘋的偵探小說讀者殺來診所放火。

「我或許還是去躲一陣子比較好。」

「你為什麼要躲起來？」瑪麗問。

「想都知道大家會罵聲連連。福爾摩斯譚的忠實讀者當中，有人認為福爾摩斯會陷入低潮都是我害的耶。福爾摩斯宣布退休已經夠讓他們失望了，我又寫了倫敦版的故事，不知道他們會說些什麼。」

「你太久沒寫新作品，才會變得這麼神經質。」瑪麗拍了拍我的背，「不需要杞人憂天，沒問題的。」

隨著發行日逐漸逼近，下一期的《河岸》雜誌特輯緊急抽換的傳聞隨之傳開。等到內容將會是福爾摩斯譚的消息揭曉，洛中洛外的偵探小說讀者們更是熱烈討論起來。有人認為「是要說明退休的真相」，也有人認為「是要收回退休宣言吧」。我益發坐立難安。

就這樣，終於迎來了《河岸》的發行日。

我其實很想逃到人煙稀少的鞍馬旅舍去，但總不能丟下診所的工作不管。於是若無其事地繼續工作。傍晚，到市區的書店去視察敵情的瑪麗回到家，說：「好像賣得挺好的。」我什麼也沒說。

發行三天後，史密斯小姐拍來一封電報。

持續熱銷。確定加印。范蕾特·史密斯

但我並沒有樂觀到會因為這樣就安心。

——這也只是多虧了福爾摩斯過往的名聲。

我心想。

之後失望的聲浪一定會愈來愈大。

熱愛偵探小說的讀者沒有在追求這種「冒牌偵探小說」。

回頭想想，過去這一年也是我不斷失去讀者支持的一年。

自從因為福爾摩斯的低潮而中斷連載，隨著休載期間拉長，責難的聲浪也愈來愈大。對夏洛克・福爾摩斯的失望，也成為對約翰・H・華生的失望。在這種時候發表倫敦版福爾摩斯譚，洛中洛外的讀者們肯定會對約翰・H・華生徹底心寒。

這樣的被害妄想快把我逼瘋了，幾乎要開始憎恨讀者。

——要失望就隨便你們吧，各位讀者啊。反正人生就是不斷的失去。

到了倫敦版福爾摩斯譚發表後、過了一週的一天傍晚，我結束診療，在診間盯著壁爐的火光悶悶不樂的時候，史密斯小姐的自行車從窗外的下鴨本通疾速通過。她連門鈴也不按，打開診所大門，嚷嚷著：「華生醫師！華生醫師！」直接走進了診間。

「您為什麼都不應聲？」不等我回答，她亢奮地滔滔不絕：「從開賣當天就銷量驚人，到現在買氣都還沒退。不只這樣，不管我們怎麼加印都來不及。您讀過《每日紀事報》了嗎？〈倫敦版夏洛克・福爾摩斯是否算是偵探小說〉，引起一陣論戰。是有很多人在挑毛病，但引起討論就表示我們贏了。您寫倫敦版福爾摩斯譚的後續了嗎？沒寫？為什麼不寫！快點寫吧！請您快寫！下一期就開始連載，在今年之內集結成冊出版短篇小說集吧。書名就叫《福爾摩斯凱旋歸來》！」

她一口氣說完這一串，像陣風似地又走了。

我愣在原地好一陣。

——這麼說，評價是真的不錯囉？

直到這個時候，我才動了去書店看看的念頭。

冬日天黑得快。薄暮餘暉將下鴨街景蒙上一層淡藍，對街的糺之森已成一片黑影。隨著點燈人將街燈一盞盞點亮，嶄新的夜晚也在搖曳的火光中誕生。此情此景是如此美麗，我忍不住在路邊佇足凝望了好一陣子。沿著下鴨本通往南、到了葵橋，還殘留著些微亮光的天空在頭頂拓展開來。

過了葵橋，就是枡形商店街的拱廊。我往拱廊入口處的書店窺視，門口掛著大大寫著「福爾摩斯的凱旋歸來」的布條，木製的大貨架卻空蕩蕩的。已經跟我很熟的店長說，今天才剛進貨的書，轉眼間全都賣完了。我不可置信地愣在原地，此時一名蓄著八字、戴著禮帽的紳士向我搭話。

「不好意思，請問您是華生醫師嗎？」

「我就是。」

「很榮幸能見到您。」紳士的雙眼閃著光芒，「我才剛拜讀完您的新作。沒想到您會讓夏洛克・福爾摩斯在異世界復活！而且『倫敦』這個世界太寫實了，實在驚人。讀著讀著，會覺得那樣的世界好像真的存在。一切都躍然眼前。您是怎麼想出倫敦這樣的世界的？太驚奇了。這真是傑作！」

「啊、您過獎了。謝謝您。」

我跟紳士握手，匆匆離開了書店。

——這真是傑作！

這句話讓我的心頭湧現一股暖意。

我想細細品味這份喜悅，於是從葵橋口下到賀茂川的岸邊。

寒冷的晴空是一片異國器皿般的琉璃色，河畔的風景也像是沉在水底般泛著藍色。左手邊長長的堤坊上是入冬後枯黃的草坪，右手邊暗沉的河面對岸，下鴨街區的燈火閃耀著。四下寂靜無人。我好久沒有覺得這世界看起來是如此美麗。我吹著口哨，悠哉地向北走去。

不久後，身後傳來一聲呼喚。

「約翰・華生！」

回過頭，瑪麗就站在身後。

「哎呀！妳在那裡多久了？」

「我從剛剛就一——直跟在你後面啊。」

瑪麗開心地笑著，雀躍地踩著小跳步追上來。她說她在枡形商店街買東西，看到我從書店走出來。

「我不敢打擾你，就沒馬上叫你。」

「妳怎麼會打擾我呢。」

「因為，你看起來很幸福的樣子啊。」

瑪麗挽著我的手臂，我們一起沿著賀茂川邁開步伐。

○

那晚，我搭上馬車前往寺町通。

夜裡氣溫驟降，暗夜無星，感覺隨時都會下起雪來。

馬車在寺町通２２１Ｂ門前停下，我走下車、站在彷彿結凍了的人行道上。福爾摩斯似乎不在，二樓窗口不見燈光。但我要造訪的並不是寺町通２２１Ｂ。我過了馬路，按響對街綠色大門旁的門鈴。

「我是約翰·華生。我想見艾琳·艾德勒小姐。」

我被領往二樓的起居室。這是我第一次來到艾琳·艾德勒的工作室，但完全沒有初次來訪的感覺。因為這裡跟福爾摩斯的房間非常相似。當然了，這裡沒有化學實驗器材、也沒有小提琴，一切都整理得井然有序。不過放眼壁爐前擺著的躺椅和扶手椅、窗邊的寫字桌、放著辭典及人名簿的文件櫃，酷似程度簡直像是走進鏡中世界。窗邊的百葉窗簾高高拉起，看得見寺町通對街福爾摩斯房間暗著燈的窗戶。

艾琳·艾德勒就站在壁爐前。

「有什麼事嗎？」

「我是為瑪麗而來的。」

她的臉上浮現諷刺的笑容。

「瑪麗要你來道歉嗎？」

「不，不是這樣。是我自己決定來找妳的。」

自福爾摩斯宣布退休那晚以來，艾琳·艾德勒和瑪麗就一直處於絕交狀態。我不知勸告她多少次，要她們兩個好好談談，瑪麗都堅持不肯。在我看來，瑪麗認定她跟艾琳·艾德勒的友情已經告終，放棄挽回了。「艾琳是不可能原諒我的，我就是做了這麼過分的事。反正我不過就是個記錄員。就算沒有我，艾琳也還是個優秀的偵探。」

——沒有這回事。絕對不是這麼一回事。

我對艾琳·艾德勒開口。

「妳願意原諒瑪麗嗎？」

「你居然好意思對我說這種話，華生醫師。」

艾琳．艾德勒的語氣平靜，反而更讓人毛骨悚然。

她就像不動明王[3]一般，全身上下散發出憤怒的火花。背向壁爐、冷冷盯著我看的樣子，就跟之前我和福爾摩斯一起跟蹤莫里亞提教授的隔天一早，闖進寺町通221B的瑪麗一模一樣。簡直像是她們兩人之間有著連通管連結著，將瑪麗的「憤怒」完整轉移到艾琳．艾德勒身上似的。

「瑪麗痛恨福爾摩斯先生。她無法忍受自己的丈夫被那個人的低潮波及。但靠她自己的力量沒辦法趕走福爾摩斯先生，所以才接近我，利用我的才華達成她的目的。這是不可原諒的背叛。」

「她一開始或許是想給福爾摩斯好看吧。」我說：「但就算最初的契機是這樣，瑪麗也確實愛上跟妳一起冒險，也很努力在寫《艾琳．艾德勒探案事件簿》。到後來，福爾摩斯的事對她來說已經不重要了。而且妳也應該受到瑪麗不少幫助吧，要是妳覺得今天的一切都是只憑妳自己的才華，那就大錯特錯了。」

「你是說我太傲慢了嗎？」

「我是說妳也需要瑪麗。傷害了妳，瑪麗一直很後悔，認定了妳不可能原諒她，放棄了這段友情。但妳跟瑪麗是分不開的。妳們兩個就像我和福爾摩斯一樣。我和他這些年來互相扶持，我需要福爾摩斯，福爾摩斯也需要我。」

「沒有華生，就沒有福爾摩斯，是嗎？」

艾琳．艾德勒走向窗邊的寫字桌，拿起放在桌上的一本雜誌，像是犯罪物證般猛然遞到我眼前。

---

3 不動明王：又稱不動尊，為佛教密宗八大護法、五大明王之一。形象多為憤怒相。

那是刊登著倫敦版福爾摩斯譚的最新一期《河岸》雜誌。「你的新作我拜讀過了。」艾琳・艾德勒說：「醫師，寫這種東西是你的工作嗎？」

「福爾摩斯很高興啊。」

「愚蠢至極！什麼倫敦版夏洛克・福爾摩斯！」艾琳・艾德勒將雜誌一把扔進壁爐，「你和瑪麗聯手把偉大的神探逼到退休。還真是合作無間呢！你們夫妻倆都瘋了。倫敦版夏洛克・福爾摩斯算什麼東西，這種冒牌貨，我才不承認！」

艾琳・艾德勒喘著大氣，目光投向窗外。看起來像是懊惱自己說得太過火了。她的側臉透露著無力感。她的視線前方，正是對街福爾摩斯的房間，但那扇窗像無底洞般漆黑。我不知該如何是好，只好望向壁爐。《河岸》雜誌在鐵柵欄裡熊熊燃燒。

過了片刻，艾琳・艾德勒突然開口。

「我讓你看看我的祕密吧，華生醫師。」

艾琳・艾德勒帶我前去的，是位於三樓的小房間。

「這裡連瑪麗都沒有進來過。」她打開門鎖時說道，「是我的祕密研究室。」

接著她打開門，點亮煤氣燈。

在她的示意下，我緩步踏進房中。

首先映入眼簾的，是正面牆邊放著的一大張方桌，上頭堆滿寫著密密麻麻筆記的紙張與筆記本。用紅色墨水畫滿圓圈及箭頭記號的洛中洛外詳細地圖、照片與平面圖填滿了桌前的牆面。左手邊有一扇朝向後院的窗戶，右手邊是壁爐，除此之外的牆面都排滿了文件櫃。

四下環視，我慢慢察覺到，這個房間裡蒐集的所有資料，全都跟夏洛克・福爾摩斯有關。

牆上貼的地圖上的記號，是福爾摩斯曾經手的案件發生的地點，重要的案件剪報安放在相框裡擺著。文件櫃上不消說有我執筆的案件紀錄的出版品，還有《河岸》雜誌的過往期數、貼滿跟福爾摩斯有關的報章雜誌報導剪報的剪貼簿，將層架填得滿滿的。壁爐架上有幾年前的聖誕節出的、兒童取向的福爾摩斯與華生人偶、福爾摩斯愛用的菸斗，甚至有福爾摩斯用來藏菸草的波斯拖鞋。

這裡簡直就是一間「夏洛克．福爾摩斯博物館」。

艾琳．艾德勒在桌前的椅子上坐下。

「我還在當舞台劇演員的時候，就一直在研究福爾摩斯先生的辦案手法。不只是拜讀華生醫師的案件紀錄，也親自走訪案發現場。為了知道福爾摩斯先生是如何導出真相、自己順著他的推理過程重新走一遍。我就是這樣自我訓練的。」

她說著，拿起翻印的論文。

我對上頭印著的〈一百四十種不同菸灰的識別法〉標題有印象。以案發現場遺留的菸灰作為線索是福爾摩斯的拿手絕活之一，這篇論文也是他的得意之作。其他還有關於暗號分析、刺青、足跡形狀等的論文，連〈職業對手的形狀的影響〉的論文都有。每一篇都看得出仔細閱讀過的痕跡。

「自那天起過了十二年。」艾琳．艾德勒說：「我偷溜進赫爾史東大莊院，被福爾摩斯先生逮個正著。沒多久後，華生醫師就開始發表案件紀錄。自那時起，我就一直追逐著福爾摩斯先生的身影。我想成為能夠跟那個人勢均力敵、平起平坐的偵探。」

「妳之前怎麼都沒說呢？」

「我怎麼說得出口呢，太丟臉了。」艾琳．艾德勒微笑，「我連瑪麗都沒說了。」

這間房間集結了我與福爾摩斯一路經歷的所有冒險。但如今福爾摩斯退休，這些紀錄與其說是豐功偉業，更像是從沉船中打撈起的遺物般黯然失色。艾琳・艾德勒的孤寂與不安，我也感同身受。

「福爾摩斯先生是我的心靈支柱。」艾琳・艾德勒說：「就算他現在身陷低潮也一樣。」

這時我想起的，是洛西的夜裡發生的事。

在「東之東之間」的可怕經歷之後，艾琳・艾德勒和我一同穿越暗夜的竹林前去尋找福爾摩斯。艾琳・艾德勒面對墨斯格夫家的難解之謎，對自己的無能為力感到絕望。

——我真是太沒用了！

她那懊悔的聲音，此刻彷彿又在我耳邊響起。

當時她所體會到的，應該就是身為「神探」的孤寂吧。

從前，洛中洛外各式各樣的人們，只要遇到自己無法解決的難題，就會來到寺町通221B。福爾摩斯會解開千奇百怪的謎題，讓這個世界重回正軌。這是多麼讓人安心的事啊，福爾摩斯就是保護我們不受謎團與混沌所困的最後堡壘。但他捨棄了「神探」的職責，而這個職責如今必須由艾琳・艾德勒獨自承擔下來。

「福爾摩斯先生接下來有什麼打算？」

「他說要到南方島嶼去旅行。」

「但墨斯格夫家的案子還沒解決。」艾琳・艾德勒說：「福爾摩斯先生宣布退休以來，這件事就一直記掛在我心頭。去年秋天，我們到雷契波羅夫人的住處時，她說過吧。福爾摩斯先生是無法逃離墨氏家族之謎的。」

「妳該不會把那個靈媒的話當真吧？」我心下一驚，「證明她是個騙子的人就是妳啊。」

雷契波羅夫人的審判預定將於明天結束審理，做出判決。

「雷契波羅夫人確實是個騙子沒錯。」艾琳・艾德勒說：「但『東之東之間』不是騙人的。那天晚上到底發生了什麼事，我到現在還是不懂。墨斯格夫家的案子還沒結束。」

我啞口無言。

「我一直在想，」艾琳・艾德勒繼續說下去：「距今十二年前，蕾秋・墨斯格夫消失在『東之東之間』。福爾摩斯先生無法破解這個謎案。然後羅伯・墨斯格夫封印『東之東之間』，將案情埋葬於黑暗中。在那之後，福爾摩斯先生認識了華生醫師，成為神探、大展身手。但就在前年秋天左右，福爾摩斯先生陷入嚴重的低潮。你難道不覺得奇怪嗎，華生醫師？瑞金諾・墨斯格夫解除『東之東之間』的封印，就是在前年秋天的時候吧。」

「這只是巧合罷了，妳想太多了吧。」

說完，我突然一驚。

這麼說來，莫里亞提教授陷入低潮的時期，也是「前年秋天」……

艾琳・艾德勒坐回椅子上，無力地駝著背，眼神空洞。她那空虛的神情，讓我想起前些日子造訪福爾摩斯的墨斯格夫小姐。

「一想到『東之東之間』的事，我就無法保持冷靜。」艾琳・艾德勒嘆了口氣，雙手摀住臉龐，「我最不甘心的是，福爾摩斯先生明明就已經看穿真相了。他卻什麼也不打算做。一堆雞毛蒜皮的案子全都推給我了，就是不肯把墨斯格夫家的案子交接給我。他打算把『東之東之間』的真相藏在自己心裡，就這樣退隱山林。」

我不知所措地將視線投向牆邊。眼前擺著一個相框，裡頭是福爾摩斯的照片。他身穿黑色外套、頭戴高禮帽，帶著一絲高傲的微笑望向我。那是還滿懷自信時的福爾摩斯。在他身邊站著的是約翰・H・

華生。是跟福爾摩斯同樣充滿自信的，從前的我。

回過神來，艾琳．艾德勒也抬起臉，盯著那張照片。她的髮絲凌亂，看起來就像個天真的少女。

「你要讓福爾摩斯先生就這樣去南方島嶼嗎？」

艾琳．艾德勒啞著嗓子問。

「這樣真的好嗎，華生醫師？」

○

走出艾琳．艾德勒家門口時，不祥的預感在我的心頭騷動。

我再次望向對街的寺町通221B，然而二樓窗戶還是一樣暗著燈。「真是的，到底跑到哪裡晃盪去了。」我忍不住嘖了一聲。

雖然他不在，我也實在不想就這樣回下鴨。我攔下正好駛過的辻馬車，前往荒神橋的俱樂部。

走進有著大壁爐與挑高天花板的談話室，裡頭已經有三三兩兩的人影。

醫師會的三名友人坐在窗邊的扶手椅中，悠哉對飲。看到我出現，他們一同驚訝地叫出聲來：「這不是華生嗎！」我向他們打招呼，也在椅子上坐下。過完年後一陣忙亂，已經好久沒有像這樣到俱樂部來露臉了。大面玻璃窗外，鴨川遼闊的河岸上，零星的路燈照亮冬日的枯木。

「你怎麼一臉悶悶不樂的？」其中一名友人說：「倫敦版福爾摩斯譚聽說大獲好評不是嗎？我就想說好一陣子沒看到你，原來是在埋首寫新作品啊。」

「我的患者也都在討論呢。」

「瑪麗小姐也很開心吧。」

「大家來乾一杯吧，敬我們約翰．華生的凱旋歸來！」

醫師舊友們為我慶祝著，但我的心情依然好不起來。

每次聊沒兩句我就陷入沉默，朋友間的對話也有一搭沒一搭。

望著窗外的鴨川，我總忍不住想起莫里亞提教授。他現在仍然被困在位於洛西的赫爾史東大莊院深處的「東之東之間」裡。即使如此，福爾摩斯依然不肯再提起墨氏家族之謎，存心讓一切就此葬送於黑暗中。艾琳．艾德勒怪罪福爾摩斯也是情有可原。但福爾摩斯會保持沉默，一定也有他的理由。「『東之東之間』是這個世界碰不得的奧祕。」他這麼說。「東之東之間」到底是什麼？

過了一陣子，我瞥見一個黑色的身影從談話室一角的椅子上站了起來。

在此之前，那個人都像隱身在黑暗中，我完全沒發現那裡還有人。那道黑影橫越談話室走來，走進微弱的室內燈光照亮的範圍內，天鵝絨背心和悉心漿過的鬍子閃著黑曜石般的光澤。

「喲，華生，我正想找你呢。」

史丹佛向我搭話時，友人們臉色都是一沉。在一陣尷尬的沉默後，其中一人開口：「有什麼事嗎？史丹佛？」

「沒你們的事，我要找的人是華生。」

友人們彼此交換了視線，緩緩從扶手椅中起身。

其中一人欺身向我，耳語道：「小心點。」待他們離開談話室，史丹佛苦笑著在我對面的椅子上落座。「看來我很惹人厭呢。」他輕撫扶手，自嘲地說。「好像是呢。」我回答。自從開始自稱「招魂醫師」之後，醫師友人們就對史丹佛敬而遠之。

「這陣子實在是忙得很，」史丹佛說：「明天雷契波羅案的判決就會出來了。夫人應該會入獄吧。所以聖席蒙男爵在找取代她的靈媒，我也得為他到處跑腿。不過聖席蒙男爵對我很是關照，我也沒資格抱怨。」

「史丹佛，我問你，你是真心相信招魂術嗎？」

史丹佛抬起臉來，一臉詫異地看著我。「你問我信不信？誰知道呢，我自己也搞不懂。那說不定是騙人的，也說不定是真的。跟偵探小說不一樣，這種東西不是那種有明確答案的問題。老實說吧，我覺得是真是假都無所謂。只要能派上用場就好。」

「我聽糊塗了，你難道沒有信念嗎？」

「真像你會說的話，華生。信念這種東西有什麼用？」

史丹佛賊笑著欺身靠過來：「不說這個了，我讀了你傳說中的新作。沒想到你居然寫了『倫敦』！真是出乎我意料之外。萬萬沒想到偏偏是神探夏洛克・福爾摩斯的搭檔跑來追捧招魂術了。」

「你在說什麼？」我嚇了一跳，「我可不記得我什麼時候成了招魂術的信徒。」

「喂喂，事到如今你可別裝傻喔。自從莫里亞提教授的鬼魂現身聖席蒙男爵舉辦的降靈會之後，『倫敦』就成了神祕主義者之間的流行語了。」

——降靈會？莫里亞提教授的鬼魂？

見我目瞪口呆，史丹佛一臉訝異地向我解釋。

雷契波羅夫人在洛西被捕後，聖席蒙男爵為了尋找新靈媒，時常在自宅舉行降靈會。過完年不久，降靈會上出現了「莫里亞提教授」的鬼魂。教授藉靈媒之口，說自己從墨斯格夫家的「東之東之間」，來到了現在所在的世界。那裡有一座巨大的城市，眾人稱此處為「倫敦」。很快地，這個城市的名字被當成靈界的代稱，在神祕主義者之間傳開。就在這時候，我所寫的倫敦版福爾摩斯譚刊登了。

「你一定是知道這件事才寫的吧？神祕主義者可是欣喜若狂。知名的偵探小說家居然寫了『倫敦』的故事。」

「不，等一下，我完全搞不清楚狀況。」

「聖席蒙男爵說他想跟你好好談一談。」史丹佛繼續說道：「他很想知道你寫這些到底是打什麼主意。當然了，那傢伙自己也是個大騙子，他根本不相信招魂術那種狗屁。但怪異的事接連發生，他應該很害怕吧。神祕主義者開口閉口都在聊倫敦，連你這個偵探小說家也寫了倫敦。聽說雷契波羅夫人在拘留所讀了你寫的靈異小說，大受感動呢。」

「你別開玩笑了，史丹佛！」我從扶手椅上站起身，「那只不過是單純的偵探小說罷了！」

「不不不，我可不吃你這套。」史丹佛笑著，不把我的抗議當一回事，「如果那只是單純的偵探小說，才不可能賣得這麼好。你這傢伙還真是懂得看風向啊，華生。神探福爾摩斯一宣布退休，你就改寫『靈異小說』了。」

空蕩蕩的談話室裡，只剩下我們兩個人。

「跟我聯手吧，華生。我就是為了這件事來找你的。」

我突然覺得自己像是佇立在空曠的荒野中，在此之前堅信的世界被打碎，從那裂縫中有些什麼探出臉來窺視著。

後來的事我已經記憶模糊。我想我應該是從荒神橋的俱樂部落荒而逃了吧。

回過神來，我正快步走過人煙稀少的夜間市區，髒兮兮的磚瓦屋子綿延的河原町通，宛如黑暗的隧道。神祕主義者、降靈會、莫里亞提教授、倫敦、靈異小說，「東之東之間」……這些辭彙就像被風吹得狂亂飛舞的落葉般在我腦海中翻飛。你這傢伙還真是懂得看風向啊，華生。

發表新作的亢奮感已然消失無蹤。

一路走到賀茂川的堤防上，我吐著白色氣息停下腳步。黑暗深處傳來賀茂川的水聲，遠方比叡山漆黑的山影浮現夜空。眼前有些什麼白色的東西飄揚著。我在葵橋上停下腳步，茫然地四下張望。

屋頂與煙囪如同剪影畫般展開的京都市區，靜靜地下起了雪。

○

雪一直下到黎明時分，整個城市的風景煥然一新。

隔天早上走出大門，厚厚的雲層間透出的淡淡陽光，照亮了家家戶戶染成白色的屋頂。下鴨本通一片雪白，孩子們嘻笑著打雪仗。眼前的糺之森傳來積雪從樹木枝椏上落下的聲音。

這天下午，將會宣讀雷契波羅夫人的判決。

瑪麗和我離開診所時，又開始飄起雪花。我們搭上辻馬車，前往位於丸太通町的王立司法院。賀茂川的堤防上覆蓋了雪，東山也像是灑滿了糖粉。或許也是陰天的關係，整個世界像是失去了色彩。

二輪馬車越過葵橋，駛下河原町通。

「你怎麼了？」瑪麗有些困惑地低聲問：「總覺得你從一早就有點恍惚。」

「沒什麼，昨晚睡不太著。我在俱樂部聊得太晚了。」

那時，我心中想的是昨晚史丹佛對我說的話。居然敢說倫敦版福爾摩斯譚是「靈異小說」！史丹佛一定是看我的小說成功眼紅，故意開這種惡劣的玩笑。我何必把他那種人說的話當真呢？但一抹討厭的預感如鯁在喉，揮之不去。

馬車在河原町和丸太町的十字路口向右轉時，我立刻察覺王立司法院被一股詭異的氛圍籠罩。大門前的廣場擠滿黑壓壓的群眾，幾乎要溢出丸太町通。「發生什麼事了嗎？」瑪麗說。

隨著馬車接近，我看見穿著制服嚴加戒備的巡查們。神奇的是，明明聚集了這麼多群眾，四下卻安靜得驚人。人們神情平靜，閉口不言，像羊群般彼此依靠。

在法院前下了馬車，我叫住了麥法蘭巡查。

「喲，麥法蘭，聚在這裡的都什麼人？」

「你好啊，華生醫師。」麥法蘭將手抵在帽緣行禮，「這些人全都是神祕主義者。雷契波羅夫人的判決要出來了，他們從一早就聚在這裡。他們也進不了法庭，我們一直規勸他們離開也勸不動。」

「那還真是傷腦筋。這下就進不了法院了。」

這時，似乎有人聽到我們的對話，「華生醫師」、「是華生醫師」的細碎耳語，如漣漪般擴及整個法院前的群眾。眼前的群眾緩緩分成兩邊，為我們讓開了道路。

我和瑪麗面面相覷，身邊的年輕人向我示意：「請吧，華生醫師。」人群充斥著一股神祕的期待感，用真摯的眼神直盯著我們看。

我們困惑地說了「謝謝」，往法院大門走去。在穿過群眾開的路時，我看見直盯著我們看的人當中，有一名蓄著八字鬍、戴著禮帽的紳士。正想著這人的樣子好眼熟，就記起那正是昨天在枡形商店街的書店，對我誇獎「真是傑作！」的人。

雷契波羅案的法庭充斥著高昂情緒。旁聽席已經坐滿，甚至有人站著看。明明是寒冬，室內卻漫著熱氣。坐在前方的雷斯垂德警部向我招手：「華生醫師，這裡！」我和瑪麗挨著彼此，在他為我們保留的空隙坐下。我朝雷斯垂德咬耳朵：

「還真是盛況空前，法院前面也聚了一大群民眾。」

「真是傷腦筋。」雷斯垂德的語氣透著厭世，「希望他們別給我搞暴動。我是已經派巡查們加強戒備了啦。」

我拉長脖子環視旁聽席，沒看見瑞金諾．墨斯格夫的人影。就在我四下張望時，對上了艾琳．艾德勒的視線。她那張蒼白的臉蛋，在旁聽席中看來特別醒目。她向我微微點了點頭。

「艾德勒小姐也來了。」

我對瑪麗低語，瑪麗只是浮現一抹寂寥的笑容。「是嗎。」

不久後，一個人穿越人海往我們走來。是聖席蒙男爵。他還是一身體面華美的打扮，但臉色十分難看，雙眼充血，感覺比起上次在法庭上見到他時老了許多。

「你就是華生醫師吧。」他笑著對我說，那笑容看起來像是將鐵板硬是掰彎做出來一樣不自然。我站起身，他便伸出手來要跟我握手。「我拜讀過倫敦版福爾摩斯譚了。」他說。

「深感榮幸，聖席蒙男爵。」

「我太佩服了，真是精采的作品！」

說完，聖席蒙男爵的手一個用力，將我往他身邊拉。我險些站不穩，聖席蒙男爵在我耳邊低語：

「你想做什麼？為什麼要寫那種東西？」他的語氣隱含著怒意。旁聽席十分嘈雜，瑪麗和雷斯垂德應該都沒聽到他說了什麼。我訝異地轉頭再度看向他的臉，聖席蒙男爵像是沒事似地微笑著。

「我想找個時間好好跟你聊一聊。」

聖席蒙男爵轉身離去，我茫然地坐回椅子上。

——史丹佛說的該不會是事實吧？

我陷入沉思時，瑪麗低聲問：

「你怎麼了，老公？你臉色好難看。」

「昨晚史丹佛跟我說了個討厭的傳聞。」我對瑪麗坦白：「他說神祕主義者相信倫敦就是靈界。」

瑪麗訝異地蹙起眉頭。「但是倫敦是你創造的世界啊。」她說：「那是偵探小說吧。跟靈界一點關係都沒有。」

「他說聖席蒙男爵家裡召開的降靈會上出現了莫里亞提教授的鬼魂，當時他說自己身在倫敦。」

「可是莫里亞提教授……」

瑪麗看了一下身邊，壓低了聲音：「他被困在『東之東之間』了啊。」

「但知道這件事的只有我們幾個人。總之，神祕主義者已經認定了倫敦就是靈界。」

「這麼說，現在在讀倫敦版福爾摩斯譚的人……」

「不是偵探小說讀者，而是那些神祕主義者。」

如果神祕主義者們把我的新作品當成「靈異小說」來讀，那麼聖席蒙男爵的言行就說得通了。出現倫敦這個異世界、神祕主義者陷入狂熱，都出乎聖席蒙男爵意料之外。他應該是因為無法掌控神祕主義者們的動向，對此感到焦慮不已。

現在想來，聚集在法院前的群眾的態度也很奇怪。他們用滿懷期待的真摯眼神看著我，看的並不是「偵探小說家約翰．華生」、而是「靈異小說家約翰．華生」嗎？

「這到底是怎麼回事？」瑪麗喃喃地說。

「我也不知道，」我說：「看來有怪事發生了。」

這時法警宣告開庭，律師們和陪審團進到法庭。雷契波羅夫人在兩名法警的護送下站上正面的被告席。這場官司剛開打時，她就像是個失了魂的軀殼似的，現在已然判若兩人、活力十足，讓我吃了一驚。她挺直了背脊、舉止沉穩。她轉過身，掃視旁聽席，那態度太過泰然自若，旁聽席上的人們都安靜了下來。

我打了個冷顫。因為雷契波羅夫人向我投來一抹微笑。

〇

「各位陪審員，」審判長面向右手邊的陪審團席說道：「各位花了許多時間，傾聽檢方與辯方的舉證，接下來要進入審議，在那之前，我想針對被告遭控的嫌疑再做一次重點整理。」

接著審判長將雷契波羅夫人被控訴的罪狀、以及檢方與辯方的主張簡明扼要地依序說明。陪審團和旁聽人全都嚴肅地聆聽。雷契波羅案的始末，我也只有在報上看過，審判長的說明簡潔而條理分明。就算對雷契波羅夫人有諸多不利之處，他也並未加以強調，以公平中立的態度帶過。

「要對被告做出什麼樣的判決，就交給各位判斷。對於檢方的舉證，若是有正當且合理的質疑，就請在審議過後做出無罪判定。絕對不能因不充分的證據或臆測做出有罪判決。再次提醒各位：本法庭只基於事實進行議論。如各位所知，被告在『招魂術』領域表現活躍，是洛中洛外的知名人物。但是無論所謂的『靈性世界』是否存在，都不是各位該討論的重點。被告是活在現世的人，跟我們一樣必須遵從現世的法律。請各位務必銘記在心，慎重審議。」

陪審員們為了進行審議離開法庭後，旁聽席立刻吵雜起來。不意外，旁聽人們再次分成招魂術陣營與反招魂術陣營。
「不用擔心。」雷斯垂德說：「雷契波羅夫人是沒有勝算的。陪審團判決時總不可能把她招魂術的成就列入考量吧。要真是這樣，我就辭掉京都警視廳的工作，明天開始轉行當靈媒。」
「我當然不認為雷契波羅夫人會無罪獲赦啦……」
雷斯垂德有些困惑地看著我。
「那你還在擔心什麼？」
「我也說不上來，就是有種不好的預感。」
我說著，望向旁聽席前方。聖席蒙男爵趾高氣揚、眼神凌厲地注視著被告席。他那白皙的側臉透露出不安與怒氣，一臉真是養老鼠咬布袋的表情。雷契波羅夫人倒是十分平靜，那傲然的背影像是勝券在握。
——她完全不在乎這場審判的結果。
思緒及此，我想起法院門前的群眾。在現在這個瞬間，他們也在寒風中、滿身雪花地彼此依偎吧。總覺得他們在等的也不是判決的結果，而是一些更重大的什麼的到來。
大約半小時後，陪審員們回到法庭上。
「請宣告判決。」
書記官開口，法庭安靜了下來。
陪審員長緊張地清了清喉嚨，宣布：
「經陪審團採多數決表決，依照檢方訴求，宣判被告有罪。」
旁聽席鼓譟起來。在書記官記錄判決的同時，鼓譟聲愈來愈大。突然，一聲響亮的「審判長」像是劃開鼓譟聲一般響起。雷契波羅夫人從椅子上站起身，轉向審判長。

「我可以發言嗎？」

「我不同意。」

「我要告訴大家這場審判是沒有意義的。」

「被告！」審判長斥責道：「我沒有允許妳發言！」

但雷契波羅夫人無視審判長說的話。奇怪的是，律師也就算了，就連站在她兩側的法警也沒有要制止她的意思。就像是被她的氣勢震懾得動彈不得一般。

「世界的終結將近了。」雷契波羅夫人說：「現世如夢，不久後通往彼岸的大門就將開啟，而我們將回歸真正的世界、回歸倫敦。這個世界只不過是倫敦的影子。」

雷契波羅夫人轉過頭，直勾勾地盯著我看。

「我說的沒錯吧，華生醫師。」

我感覺到整個法庭的視線都集中在我身上。

「法警！」審判長嚴厲地說，示意法警制止雷契波羅夫人。

但法警們只是怯懦地環視四周。因為就在這個時候，昏暗午後的法庭中有一股異樣的氛圍逐漸高漲。就像站在風雨欲來的荒野中，全身毛髮直豎的感覺。旁聽席漫開一陣不安的騷動，庭上的審判長也面露怯色，瑟縮起身子。聖席蒙男爵和艾琳・艾德勒鐵青著臉四下環顧。瑪麗一語不發，緊緊握著我的手。

隨著像是巨人嘆息的聲音響起，一道刺眼的光籠罩整個法庭。

那一刻，我想起在墨斯格夫家「東之東之間」的體驗，那道神祕大階梯頂端浮現的巨大滿月。當時籠罩著法庭的光，跟那時候將「東之東之間」照耀得宛如白晝的月光是一樣的。尖叫聲此起彼落。

視線終於適應光芒後，我聽到有人喊著：「有人在那邊！」我站起身，往法庭中央看去，那裡站著一個人。那身打扮與法庭格格不入。那人一頭黑色亂髮，穿著睡衣、外頭草草罩著灰色睡袍。

那是夏洛克．福爾摩斯。他的手插在睡袍口袋裡，用惡狠狠的目光瞪視虛空。他的表情就像是正與此生宿敵對峙。

「如果你有什麼話要說，我可以給你五分鐘的時間，莫里亞提教授。」

下一個瞬間，法庭被驚呼和尖叫聲包圍。福爾摩斯的身影猛然扭曲，就像融化的蠟燭般詭譎。那身影很快地變成另一個人。是莫里亞提教授。黑色斗篷包裹著他的身軀，蒼白的臉龐如蛇般晃動。

「你必須住手，福爾摩斯。否則你將會被摧毀。」

在場所有人全都親眼目擊了出現在法庭上的福爾摩斯與莫里亞提教授。

突如其來出現在法庭上的幻影，也同樣突然地消失無蹤。

法庭陷入一陣大混亂。有人對神祕的異象感到恐懼，想要逃離現場、有人想要接近幻影出現之處、也有人搞不清楚狀況，大呼小叫。在場沒有任何人能控制眼前的亂象。審判長在庭上幾乎昏厥過去、律師和法警也嚇到腿軟，聖席蒙男爵臉色蒼白，動彈不得。

恐懼與亢奮席捲了整個法庭，唯有雷契波羅夫人帶著淺淺的微笑站在原地，彷彿早就預料到這一切的發生。

艾琳．艾德勒的吶喊聲傳入我的耳中。

「華生醫師！瑪麗！我們離開這裡！」

她在人潮推擠下，指向法庭的出口。

我大大點頭，牽著瑪麗的手朝門口前進。

○

我和瑪麗好不容易擠出法庭，往法院大門跑去。

門廳已經擠進一堆身上沾滿雪花的神祕主義者。聽逃出法庭的人說裡面發生了「靈異現象」，他們推開制止他們的巡警們，試圖要前往雷契波羅夫人身邊。「華生醫師！」有人向我伸出手，像是要抓住我一般，一面叫喚著：「發生了什麼事？」

「沒事，什麼事也沒有！各位請冷靜下來！」

我大聲叫喊著，還是無法安撫激動的人群。

若是史丹佛和雷契波羅夫人所說的沒錯，他們把倫敦版福爾摩斯譚當成「靈異小說」在讀，深信倫敦就是靈界。他們用盈滿仰賴的眼神看著我。我毛骨悚然。曾幾何時，我已經被拱上他們心目中「招魂術的傳教士」的地位。

正當我們在門廳與神祕主義者們僵持不下時，終於離開法庭的艾琳．艾德勒追了上來。

「華生醫師，瑪麗！」她大喊：「閉上眼睛！」

我們一頭霧水地照著她的話做，耳邊響起像是煙火爆發的聲響，擠在門廳的群眾發出陣陣尖叫。我睜眼一看，身邊的人全都抱頭蹲在地上。艾琳．艾德勒推著我們的背，說：「我只是嚇嚇他們，不用擔心。」看來她是用了閃光彈一類的道具吧。

趁著群眾害怕失神的空檔，我們跑出了法院大門。外頭雪還在下著，維多利亞女王的森林看起來一片白茫茫。

王立司法院離福爾摩斯的住處並不算遠。

我們沿著丸太町通往東行，在寺町通轉往南方。雪花紛飛的寺町通路上人煙稀少。馬車道上覆著一層雪，道路兩旁的磚瓦與灰泥建築中也都靜悄悄的。實在是太過安靜，彷彿走進了詭譎的夢境中。

我們按響221B的門鈴，哈德遜夫人打開門，看見我們一身是雪，睜大了雙眼。「天啊，你們是怎麼了？」

艾琳．艾德勒一邊拍落外套上的雪一邊問道：「哈德遜夫人，妳好，福爾摩斯先生在嗎？」

「不在，」哈德遜夫人搖頭，「福爾摩斯先生說他要去採買旅行用的東西，昨天中午過後出了門就沒回來了。」

「他啟程前往南方島嶼了嗎？」

「這是不可能的，他的旅行袋還放在原地啊。」

我們奔上樓梯，前往福爾摩斯的房間。窗簾是放下的，壁爐中的火也熄滅了。室內昏暗清冷。哈德遜夫人拉開窗廉，淡淡的光照亮了放在地上的旅行袋。行李中也有陳舊的小提琴盒。金魚華生之前就已經托哈德遜太太代為照料。

「這是怎麼回事？福爾摩斯先生怎麼了嗎？」

我們的臉色太過凝重，哈德遜夫人也擔心了起來。

我茫然地環顧空蕩蕩的房間。這裡看起來實在不像是我從前跟福爾摩斯一同生活過的房間。這個房間已然失去生命力。這一刻我十分肯定，夏洛克．福爾摩斯已經不在這個世界了。

「福爾摩斯進了『東之東之間』。」

我一說，艾琳．艾德勒緊咬著下唇看著我。

她應該也在想著同一件事吧。但她還是像在垂死掙扎似地，說：「又還不確定。就算福爾摩斯先生真的進了『東之東之間』好了，那為什麼會發生剛剛那樣的現象？在這之前從沒發生過吧。威廉．墨斯格夫和蕾秋小姐進去的時候……」

「可見發生了前所未有的事。」

「我們問問墨斯格夫家吧。」瑪麗說。

正當我們下樓時，門鈴響了。有人正拚命地拍著門。

先行下樓的哈德遜夫人打開門，滿頭滿身雪花的女孩便衝進門來。她的臉上血色盡失，像陶瓷一樣蒼白。

艾琳．艾德勒抱住了女孩。

「蕾秋小姐，妳怎麼來了？發生什麼事了？」

「請你們幫幫忙，赫爾史東大莊院出事了！」蕾秋．墨斯格夫喘著大氣，「出了可怕的事！」

○

我們抵達嵐山時，冬陽已幾乎下山。

籠罩著厚厚的灰色雲層的空中不斷飄著雪，秋天時熱鬧非凡的車站前的禮品店，如今空蕩蕩的。

「感覺就像是完全不同的城鎮呢。」瑪麗低聲說。

走出票口，立刻就看見眼前停靠著一輛廂型馬車，車身上有著墨斯格夫的家紋，車窗中流洩出燈火。馬車旁站著一名渾身是雪的男子，看見我們，便高舉提燈，快步踩著雪走來。墨斯格夫小姐喊著「威廉！」向他跑去。

竹林管理員威廉一臉憔悴。他對蕾秋・墨斯格夫淺淺一笑，然後轉向我們。「謝謝你們趕來。」他說：「我用這輛馬車送你們到赫爾史東大莊院。現在事態有些麻煩，瑞金諾分不開身。」

「福爾摩斯進了『東之東之間』吧。」我問威廉：「發生什麼事了？」

「詳情就由瑞金諾來解釋吧。來吧，快上車。」

威廉催促我們上車後，自己上了侍從的座位。

馬車立刻駛離嵐山站，行過架在桂川上的渡月橋。

廣闊的河面閃著淡淡銀光，靜靜落下的雪消失其上。染上暮色的天空彼端，覆上一層白雪的嵐山像頭浮在海面的巨大白鯨。四下一片寂靜，就像萬事萬物都屏氣凝神一般。總覺得是暴風雨前的寧靜。

我和瑪麗挨著彼此，坐在馬車的座椅上。對面坐著的是艾琳・艾德勒和墨斯格夫小姐。我閉口不語，望著窗外。馬車沿著古老的街道駛向赫爾史東大莊院。農家與旅舍的燈火在窗外流過。

沿路旁的房舍來到盡頭，緊接著一大片積了雪的牧草地在眼前拓展開來。這時，我看見一個佇立在雪原另一頭的人影。

——福爾摩斯！

那無庸置疑是福爾摩斯。跟我在法庭上見到的身影一模一樣，在沒有半點足跡的雪原中央，像一縷幽魂似地站在那兒。馬車經過的同時，那個身影轉變為莫里亞提教授，漸漸遠去。我不禁屏息。「您也看到了嗎，華生醫師？」對面的墨斯格夫小姐低聲道。她的臉色慘白。

妄想與現實的邊境似乎愈來愈模糊。

——這個世界只不過是倫敦的影子。

雷契波羅夫人令人不悅的嗓音在耳邊響起。

馬車駛進墨氏家族的領土，穿越黑暗的竹林。

進到赫爾史東大莊院的建地時，天空一下寬廣起來，四周籠罩在青白色的光中。隨風搖曳起陣陣波紋的草地覆上一層白雪，被雪掩埋的庭院搭起了營帳，火堆與提燈的光閃閃發亮。看來人們都到赫爾史東大莊院外頭避難了。

我立刻察覺赫爾史東大莊院到底出現了什麼樣的異象。每一扇窗戶都透著月光般的妖異亮光，裡面傳來許多人的嘈雜聲。那些詭異的人聲溶在一起，彷彿莊院本身在呻吟一般。

馬車停在營火旁，我們走下雪地。

在翩翩紛飛的雪中，瑞金諾・墨斯格夫背向營火站著。他的身影透著無所適從的絕望。墨斯格夫小姐跑向他，瑞金諾牽起妹妹的手，一臉苦惱地向我們頷首致意。

○

「福爾摩斯是昨天下午的時候來的。」

瑞金諾・墨斯格夫凝視著營火的火光說道。

「他突然來訪，我當然嚇了一跳，但也非常高興。今年初福爾摩斯宣布退休後，我就一直很擔心他。我請他留宿，晚餐後在書房的壁爐前談天。福爾摩斯看起來比去年來的時候精神好多了，精力充沛，實在看不出他已經退休了。」

福爾摩斯說起他準備到南方島嶼去的旅行計畫。

夜深後，福爾摩斯突然神情肅穆，說：「啟程前我還有個案子非得解決不可。」所有未解決的案件都交接給艾琳．艾德勒了，唯有一起案子還留在手邊。因為那正是「再高明的神探也無法解決」的案件。

不消說，那正是圍繞著墨斯格夫家「東之東之間」的謎案。

「那就像是會讓所有行經的船隻沉沒的暗礁。」福爾摩斯這麼說：「我不能將這起受到詛咒的案件交給艾德勒小姐。必須由我來做個了結。」

「你打算怎麼做？」

「我要進到『東之東之間』，」福爾摩斯向前探出身子：「然後帶回莫里亞提教授。」

瑞金諾．墨斯格夫大驚失色。

「太亂來了，你這一去不保證能平安回來啊！」

「我一直試著要視而不見，但實在是辦不到。這個謎團至今依然威脅著你們不是嗎？『東之東之間』的謎是無法從外界解決的，這也是我十二年前失敗的理由。這個謎只能由內部破解。」

墨斯格夫努力想說服他打消念頭，福爾摩斯卻不為所動。

福爾摩斯前往舊邸的「東之東之間」後，瑞金諾．墨斯格夫獨自留在書房的壁爐前。不安愈來愈強烈。時間一分一秒過去，夏洛克．福爾摩斯卻遲遲未歸。黎明將至，瑞金諾．墨斯格夫不知不覺間睡著了。猛然驚醒，四下一片寂靜。從窗簾的縫隙中透進白光。他走近窗邊，拉開窗簾，外頭是一整片的雪景。

墨斯格夫往壁爐中添上柴火，突然察覺身後有人。轉過頭去，夏洛克．福爾摩斯就站在書房中央，但樣子看起來不太對勁。他的頭髮凌亂，不知何時換了衣服。最讓墨斯格夫感到不安的，是他那彷彿正緊盯著此生宿敵、滿懷憎恨的眼神。「如果你有什麼話要說，我可以給你五分鐘的時間，莫里亞提教授。」福爾摩斯如是說。墨斯格夫正摸不著頭緒，福爾摩斯的身影幻化為莫里亞提教授，說：「你必須住手，福爾摩斯。否則你將會被摧毀。」

這一刻，墨斯格夫領悟到：「這是幻影。」

——發生了前所未有的異象。

墨斯格夫從書房奪門而出，看見從門廳、樓梯間，一路到舊邸的走廊上，站著一個又一個福爾摩斯和莫里亞提教授的幻影。從福爾摩斯幻化為莫里亞提教授、再從莫里亞提教授變成福爾摩斯，在身影不斷變換的同時，說著方才他在書房裡聽見的對白。

不斷迴盪的幻影之聲成為詭譎的回聲，傭人們的驚呼聲此起彼落。赫爾史東大莊院已然被幻影占據。

在墨斯格夫訴說著這古怪異象時，我們只是屏氣凝神地聽著。眼前情景實在太過不真實。漆黑的夜空不見一點星光，赫爾史東大莊院傳出陣陣呻吟，發出燈籠般詭異的光。從莊院中出來避難的傭人們在帳篷下緊挨著彼此，守望著墨斯格夫家的人們。

「華生醫師，」瑞金諾・墨斯格夫說：「福爾摩斯留了一封信，要我轉交給你。」

○

親愛的華生

為防萬一，我將這封信交給墨斯格夫。

首先，我對你隻字不提，為此我要向你道歉。

如此莽撞的冒險，我不能把你拖下水。請原諒我。

事已至此，我就老實說吧。把所有案件交接給艾德勒小姐、宣布退休，全都是為了對「東之東之間」的挑戰。若不像這樣將掛心之事處理完，我實在無法下定決心。

其實，一直到要進入「東之東之間」的前一刻，我都還放不下「忘了這一切到南方島嶼旅行」的念頭。話雖如此，我不能對莫里亞提教授見死不救，而且我也深受「東之東之間」之謎吸引。或許終究是場必敗之戰，但我還是想盡我所能。

若我沒能回來，寺町通221B就交給你處理。我沒留下什麼個人的資產，或許算不上什麼補償，那個馬口鐵櫃裡有我認識你前經手過的案件紀錄。你就拿去做為撰寫新作的題材吧。話說回來，無法讀到倫敦版福爾摩斯譚的後續實在遺憾。那真是傑作。

那麼，就此別過了。幫我問候瑪麗、艾德勒小姐和哈德遜夫人。

請別忘了，我的心永遠與你同在。

你忠實的友人　夏洛克・福爾摩斯

○

我讀完信，抬起頭來，身邊的人全都靜靜地望著我。墨斯格夫家的人們、艾琳・艾德勒，還有瑪麗。燃燒得劈啪作響的火燄，照亮他們黑暗中的身影。我仰望赫爾史東大莊院。籠罩在妖異光芒中的莊院，依然聽得見詭譎的低語。我已下定決心。

「我要去幫福爾摩斯。」

「這樣太亂來了，華生醫師！」艾琳・艾德勒說：「要是連你都回不來……」

「現在會發生這樣出乎意料的異象，都是福爾摩斯為了帶莫里亞提教授回來，正在努力奮戰。他需要搭檔。」

這時，我的內心有一股說不上來的篤定。

自古傳承的墨斯格夫家「東之東之間」之謎、前年秋天福爾摩斯陷入的低潮、莫里亞提教授所創造出名為「倫敦」的異世界、雷契波羅夫人引發的招魂術風波，其實全都環環相扣。

這一切並非各別的事件，而是一個「非偵探小說式的案件」，而我們此刻正要接近核心了。

艾琳・艾德勒輕撫瑪麗的手臂。

「妳覺得呢，瑪麗？說點什麼啊。」

瑪麗凝望著我。溼潤的眼眶中，映著爐火舞動的火光。

為什麼你非去不可呢？瑪麗的眼神這麼說。你只不過是福爾摩斯的記錄員，你已經為了他吃盡苦頭了吧。就算他踏上有去無回的冒險，憑什麼你也要跟著去送死？

但這些話，她並沒有說出口。

「你一定要回來。答應我。」

瑪麗說完，緊緊地抱住我。

「我答應妳，瑪麗。」我說：「我一定會回來。」

第五章　福爾摩斯的凱旋歸來

我猛地動了動身子。

——這裡是哪裡？

我緩緩起身，環顧四周。

眼前是宛如船艙形狀的閣樓房間。低斜的天花板、勾起軍醫時期回憶的便床、扶手椅和一張小桌，樸實簡易的壁爐……正前方的閣樓窗外照進一抹微光。話雖如此，髒兮兮的玻璃窗外實在沒什麼景觀。隔著鋪了石板地的中庭，對面是一整片磚砌住宅的陰鬱牆面。天空中滿是煤煙，一片灰濛濛。窗邊的桌上，厚厚一疊稿紙、墨水瓶和羽毛筆、吸墨紙和菸灰缸等散放在整個桌面。

看來我是在桌前寫作時，不知不覺睡著了。

我大大伸了個懶腰，重讀稿紙上最後一頁的內容。

瑪麗凝望著我。溼潤的眼眶中，映著爐火舞動的火光。

為什麼你非去不可呢？瑪麗的眼神這麼說。你只不過是福爾摩斯的記錄員，你已經為了他吃盡苦頭了吧。就算他踏上有去無回的冒險，憑什麼你也要跟著去送死？

但這些話，她並沒有說出口。

「你一定要回來。答應我。」

瑪麗說完，緊緊地抱住我。

「我答應妳，瑪麗。」我說：「我一定會回來。」

《福爾摩斯凱旋歸來》第四章就結束在這裡。

小說執筆卡關已經一個星期了。一是因為不知道接下來該如何發展，二是我總不禁想念瑪麗。每次重讀這個段落，就會想起瑪麗的體溫，心痛不已。

就在我凝視著手稿的時候，響起了敲門聲。

「華生醫師？」門外傳來房東溫柔的嗓音，「您在嗎？我是雷契波羅。」

我從椅子上起身，穿過房間，打開通往走廊的門。眼前是雷契波羅夫人的大白臉。

「打擾您了嗎？」

「不，不會打擾，雷契波羅夫人。」

「一直窩在房裡不動對身體不好啊，華生醫師。或許是我多管閒事了，但以前住在這間房間裡的學生就是因為一直伏案苦讀，最後整個人精神都錯亂了。偶爾還是得出來透透氣。」

「我正想出門散散心呢。」我說：「對了，您找我有什麼事嗎？」

雷契波羅夫人來找我，是想邀請我出席今晚舉行的降靈會。

這個分租屋的房東是招魂術的虔誠信徒。她時時在自己一樓的房間裡請來靈媒舉辦降靈會，也都會邀請房客出席。我聽她說過，她會接觸招魂術，是丈夫和妹妹相繼過世的關係。

撇開沉迷於招魂術，雷契波羅夫人是不可多得的好房東。舉止得宜，熱心助人，房租也不貴。邀請房客出席降靈會，也只是想與生活不順的房客分享魂靈的平安罷了吧。要推辭總覺得很麻煩，於是我回答：「那我就去露個臉吧。」

雷契波羅夫人燦然一笑。

「期待您的出席，今晚的降靈會一定會很順利的。」

說完，雷契波羅夫人開心地步下階梯。

我關上門，走回窗邊的桌子。全身關節痠痛，肚子也餓了。就算繼續坐回桌前，《福爾摩斯凱旋歸來》也不會再有進展。還是照雷契波羅夫人的建議出門散散心、轉換心情吧。

我換上外出服，下了樓，走出租屋處的大門。

鄰居的孩子們在中庭的石板地上踢著石子玩，笑鬧聲迴盪在黃色磚瓦牆間。遠處傳來街頭風琴聲。

○

沿著大英博物館旁延伸的道路一角，有一間小小的餐館。

我推開平開門走進店裡，午餐時間的喧囂已過，昏暗的店裡空蕩蕩的。角落的座位裡，一群看似商人的男人用充滿憂慮的聲音談論社會亂象。我在老位子坐下，點了羊肉派和咖啡。像這樣外出吃飯，也沒有任何人對我投以關注。

約翰·H·華生已經從世人眼前消失好長一段時間了。

曾風靡一時的《福爾摩斯辦案記》作者，神探夏洛克·福爾摩斯的搭檔兼傳記作者華生，住在布倫茲伯里[1]的閣樓裡，在廉價餐館的角落吃著油膩的羊肉派，這情景任誰想像得到呢？就連偶爾寒暄的店長，也相信我不過就是「窮困的受雇寫手」。

但老實說，現在的我連「寫手」這個稱呼都擔不起。

這半年來，我不停地寫著不可能發表的《福爾摩斯凱旋歸來》。這種荒唐無稽的小說，福爾摩斯譚的忠實讀者是不可能會接受的，出版社也不會想出版吧。更何況，這篇小說也完全寫不下去了。

維多利亞王朝京都的約翰．H．華生，為了拯救夏洛克．福爾摩斯，決定進入墨斯格夫家的「東之東之間」。「東之東之間」的真面目究竟為何？在那「另一頭」又有什麼樣的世界？我完全想不出來。我已經走投無路。事到如今，我甚至不明白自己為何如此沉迷地書寫這部小說。

用完餐後，我離開餐館，鑽進通往托登罕宮路的小巷。被髒兮兮的磚牆切割得狹窄的天空，一如往常是一片灰濛濛。一群流浪兒童眼巴巴地趴在甜點店的櫥窗前，我一走近，他們就一哄而散。

這條小巷要轉出托登罕宮路的街角有一間舊書店，每次經過店門口就會湧現一股懷念之情。我在店門前佇足，往塞滿了小說的木桶裡看。還在倫敦大學念醫學系時，要說有什麼娛樂，就只有從均一特價的木桶裡挑選有興趣的小說買來讀了。當時我什麼書都看，連午餐錢都拿來買書是家常便飯。身為神探福爾摩斯的「傳記作家」所需的知識或技術，說是全都從舊書店的木桶中撈出來的也不為過。

正當我看著舊書的時候，有人叫住了我。

「不好意思，請問您是華生醫師嗎？」

對方是一名身穿黑色長外衣、戴著禮帽、嘴上蓄鬍，面貌清秀的青年紳士。

「我們在哪裡見過嗎？」我問。

「在西敏的聖詹姆士音樂廳，」青年答道：「我在公開朗讀會上見過您。」

「啊、是這樣啊。謝謝您。」

我微微頷首致意，匆忙往牛津街的方向走去。

但青年似乎是沉浸在喜悅中，雙眼閃著光芒跟了上來。「能見到您真是太榮幸了。我們全家都是福爾摩斯譚的書迷，《河岸》雜誌上刊登的短篇全都拜讀過了，也買了《暗紅色研究》和《四簽名》。新作什麼時候會出版呢？」

「再也不會有新作了。我已經不是福爾摩斯的搭檔了。」

這樣潑他冷水實在過意不去，但我其實打從心底感到厭煩。跟福爾摩斯分道揚鑣後已經過了近一年，事到如今我實在不想又被拉回從前。我加快了腳步，但那青年似乎真的是死忠書迷，不死心地說著「可是、怎麼這樣」、「華生醫師」邊追了上來。「這麼說您也不知道昨天發生的爆炸案囉？」

「爆炸案？」我猛然回頭望向青年，「怎麼回事？」

青年沒有回答，只是指向牛津街的一角。報攤小販已經開張，正在搖鈴叫賣。攤位上貼著寫了「夏洛克．福爾摩斯遭受攻擊！」的紙張。我急忙買了一份報紙，在路邊打開。

昨日下午二時許，知名偵探夏洛克．福爾摩斯自家發生爆炸，午後的貝克街一時陷入恐慌。當時女性房東正好外出，逃過一劫。蘇格蘭警場的雷斯垂德探長對本報採訪記者表示，本案為針對夏洛克．福爾摩斯的暗殺未遂案。現場並未發現遺體，福爾摩斯依然下落不明，安危成謎，令人擔憂。

1　布倫茲伯里：位於英國倫敦康登區，鄰近貝克街所在的馬里波恩區。

我緊盯著報紙，青年在一旁難過地開口：

「您是真的不知道嗎，華生醫師？」

○

許久未曾踏上的貝克街，乍看與以往無異。

令人懷念的菸鋪和理髮廳、白色灰泥住宅，往道路北方望去，看得見盡頭攝政公園的綠意。表面上看來是如此和平。

然而一旦站到221B的門前，昨日爆炸案留下的傷痕便清晰可見。從前可以透過百葉窗看見福爾摩斯身影的窗戶碎裂，人行道的鋪石上，粉碎的玻璃碎片閃閃發光。按了門鈴，哈德遜夫人前來開門。

「嗨，哈德遜夫人。好久不見。」

「華生醫師！」

好一陣子，哈德遜夫人像是忘了呼吸似地盯著我看。

然後她的眼中泛起淚光。「瑪麗小姐的事真是太遺憾了。」她說：「你為什麼都不來讓我們看看你呢？福爾摩斯先生也很擔心你啊。」

「對不起，讓你們擔心了。」我牽起哈德遜夫人的手，「我看到報紙了，真是難為妳了。」

二樓福爾摩斯的房間悽慘無比。面貝克街的窗子全破，冷風灌進房中。壞掉的桌椅往牆邊傾倒，牆上掛的肖像畫與照片全被炸飛，化學實驗器材也成了一堆破爛。已經看不清我曾經與福爾摩斯一同生活、成為我們無數冒險起點的房間的原貌。

「我當時正好出門採買回來。」

哈德遜夫人買完東西，走回貝克街的時候，午後的街道上突然一聲轟然巨響，她看見濃煙從221B的窗邊竄出。人行道上往來的行人全都停下腳步，尖叫聲此起彼落。哈德遜夫人愣了好一陣，突然想起福爾摩斯，踉蹌地往前跑去。打開221B的大門，天花板上落下粉塵，樓梯上方滿是白色煙霧，什麼也看不見。她呼喚著：「福爾摩斯先生！」正準備往樓上跑，被聽到爆炸聲趕來的巡警攔住。

「福爾摩斯先生不在家，真是不幸中的大幸。」

我從燒得焦黑的地毯上，撿起福爾摩斯心愛的史特拉底瓦里小提琴。

貝克街221B爆炸案——福爾摩斯此時此刻置身的險境背後，有著與此前相較之下都來得更強大、充滿惡意的敵人存在。

「福爾摩斯似乎是惹到極度危險的對象了。」

「真是太可怕了。」

「他現在人在哪裡？」

「其實福爾摩斯先生已經好一陣子沒回來了。」哈德遜夫人不安地說：「希望他沒事。」

這間房間實在無法喝茶，於是我們回到一樓哈德遜夫人的起居室。

哈德遜夫人的起居室十分簡樸復古，透過窗邊的蕾絲窗簾，能看見貝克街上往來的人影。我在花朵圖案的躺椅上坐下，享用紅茶與司康。「在這種地方妳也沒辦法安心生活吧。」我說。我提議在福爾摩斯解決手邊案件之前，要不要離開貝克街一陣子，哈德遜夫人搖頭。她似乎認為在福爾摩斯平安歸來之前，守住貝克街221B是她的天命。

仔細想想，哈德遜夫人實在是與眾不同的房東。

沒有比夏洛克．福爾摩斯更麻煩的房客了。他的生活不規律、情緒起伏劇烈，還是個極度邋遢的人。訪客接連不斷，其中包括來路不明的無賴和孤兒。換作尋常的房東，早就解約把福爾摩斯踢出去了。若不是哈德遜夫人超脫常軌的堅毅性格，福爾摩斯的生活與職涯都無以為繼。我這麼一說，哈德遜夫人看來心情好了些，但臉色還是十分憂慮。

「福爾摩斯先生對這起『案件』著了魔。」

「案件？什麼樣的案件？」

「我也不知道，總之似乎是一起非常困難的案件。」

據她說，大約半年前起福爾摩斯就大幅減少新接的案子，近三個月來甚至沒見過任何委託人。即使如此，福爾摩斯的工作量卻不斷增加，忙得幾乎沒時間睡覺。不時狂抽菸陷入沉思，突然出了門就好幾天不回來。好不容易回到家，拖著身子爬上階梯，又把自己關在房中想事情。

就連哈德遜夫人也看得出，想必他手邊正在辦一件極端難解、必須投注全副精神的案件吧。

夏洛克．福爾摩斯這個男人，只要一著迷於他認為有趣的案件，就會投入到如字面上的廢寢忘食。他那驚人的專注力、對「解開謎團」超脫常人的執著，正是造就福爾摩斯成為一代神探的特質。即使如此，像這樣接連幾個月都持續處於這種緊繃狀態，就哈德遜夫人所知還是第一次。因為沒怎麼吃飯，福爾摩斯的雙頰日漸削瘦，一開始決定靜觀其變的哈德遜夫人也擔心了起來。

「那是距今兩星期前的事了。」

半夜，哈德遜夫人聽到有什麼聲響，拿著提燈走出臥房，就看到福爾摩斯倒在黑暗的樓梯上。看來是深夜回到家，想要回自己的房間去，樓梯爬到一半就筋疲力盡了。她走上樓梯，把福爾摩斯扶起來。提燈的光照亮福爾摩斯的臉龐時，哈德遜夫人驚愕不已。福爾摩斯凹陷憔悴的臉龐血色盡失，彷彿行將就木的老人。

哈德遜夫人連忙下了樓梯，倒了滿滿一杯水，草草裝了一盤麵包和午餐肉端來。福爾摩斯就坐在階梯上，咕嚕嚕地喝了水，餓壞了似地狼吞虎嚥。看著他這個樣子，哈德遜夫人實在於心不忍。眾人奉為神探的夏洛克·福爾摩斯，為什麼會把自己逼成這個德性呢？能有什麼案件讓他不惜做到這樣也要繼續調查？

「福爾摩斯先生，你不能再繼續過這種生活了。」哈德遜夫人苦口婆心地勸說：「你現在馬上放個假。」

「這是不可能的，哈德遜夫人。我沒有時間休息。」福爾摩斯的嗓音疲憊不堪：「就連現在敵人也在計畫下一步的行動，要是我晚了一天，至今的努力就全都白費了。聽好了，哈德遜夫人，我現在對抗的敵人是萬惡的根源，只要能打倒他，犧牲我這條命也在所不惜。」

哈德遜夫人好說歹說把福爾摩斯勸上了床，但隔天一早起床上了二樓，已經人去床空。之後福爾摩斯就沒再回來，哈德遜夫人益發擔憂。內心不祥的預感，在昨天的爆炸案中坐實了。

「我總覺得再也見不到福爾摩斯先生了。」

「不用擔心啦，哈德遜夫人，他之前收拾危險罪犯的經驗數都數不清了，一定能順利解決的。」

「我覺得這次跟之前都不一樣。」

哈德遜夫人似乎有什麼事瞞著我。

但她不再多說什麼，我也沒再追問。

我喝著快涼掉的紅茶，望向窗外的貝克街。街上是一如既往乏味無趣的光景。但福爾摩斯潛進了藏在這般光景深處的世界，進入化為迷宮的倫敦後台，試圖殲滅可怕的敵人。在我窩在閣樓裡、耽溺妄想中時，他也正獨自孤軍奮戰吧。

「你怎麼沒有早點來呢？」哈德遜夫人突然像是在責怪我似地說：「我不知道想過多少次，要是華生醫師在他身邊就好了。」

我低下頭，盯著杯底。

「沒用的，哈德遜夫人。對福爾摩斯來說，辦案就是他的全部。只要有謎團能解開就夠了。但我跟他是不一樣的。我有我的人生。我不想再被福爾摩斯拖下水了。」

「既然如此，你為什麼又跑了這一趟呢？」

哈德遜夫人這麼一問，我無言以對。既然不想被拖下水，別管福爾摩斯就成了。但在牛津街上讀到貝克街爆炸案的報導，我失魂落魄，立刻就趕到貝克街來。

「華生醫師，福爾摩斯先生需要你。」哈德遜夫人說：「沒有華生，就沒有福爾摩斯。」

○

「我不打算離開貝克街。」

臨別之際，我再次詢問哈德遜夫人，她只是微笑著搖頭。她說等福爾摩斯回來，家裡要是沒人迎接他就太可憐了。

「再見，華生醫師。」

「再見，哈德遜夫人。妳也多加小心。」

我走進貝克街雜沓的人群中，哈德遜夫人依然站在門口的台階上目送我離去。哈德遜夫人深信只要我們盡釋前嫌、再次一起生活，一切都會好轉。她此刻的心情，或許就像是守望因爭吵而鬧翻的兄弟一樣吧。

那天一直到日落，我都獨自在海德公園[2]散步。

公園草坪廣闊而青翠，一落落的栗樹和榆樹像是神奇的島嶼般點綴在草坪之海上。人們在此度過黃昏時光。

跟瑪麗結婚、在肯辛頓開了診所之後，每當接到福爾摩斯的電報趕往貝克街，我都會穿越這座公園。這些時候，我看起來或許特別氣宇軒昂吧。一想到要跟福爾摩斯一同展開冒險，總讓我興奮不已。我深信這就是我活著的意義。

哈德遜夫人或許並不曉得，福爾摩斯其實曾經問過我一次：「要不要回貝克街來？」

那是距今半年前的深秋，瑪麗的葬禮當天。

完成下葬，寥寥無幾的致意者回去之後，我和福爾摩斯在墓園中邊走邊交談。自從哈利街的專科醫師做出診斷之後，我就沒再造訪貝克街了，所以這也是跟他睽違半年的談話。那天非常冷。霧般的細雨讓眼前一片白茫茫，墓地遠方的枯木林就像煙霧中的剪影。

「我不是說馬上。」福爾摩斯先是這麼說，然後問我要不要回貝克街。

但自從瑪麗死去的那天起，我的世界就完全變了。世界的中心破了一個大洞，就算我回到貝克街，那個洞也不可能得到填補。就算有這個可能性，我也不允許自己去想。

因為就是在我以夏洛克．福爾摩斯的「傳記作者」自居、一天到晚往貝克街跑的時期，棲息在瑪麗

2　海德公園：位於貝克街所在的馬里波恩區西南方，緊鄰肯辛頓花園。

體內的病魔也正悄悄侵蝕她的健康。在此之前我如此深愛的事物——推理也好、冒險也好、偵探小說也好，福爾摩斯也好——全都成為令人憎恨的存在。

「我已經不是你的搭檔了，福爾摩斯。」

我將福爾摩斯留在墓園，轉身走回濛濛霧雨中的教堂。

「原諒我，華生。」

追上來的只有福爾摩斯的聲音。

「我不知道要怎麼樣才能救你。」

那天後，我再也沒見過福爾摩斯。

沒有華生就沒有福爾摩斯——這麼相信的恐怕只有哈德遜夫人了。聽說他接受政府的委託，渡洋前往歐洲大陸。失去「約翰・H・華生」這個搭檔，神探福爾摩斯的工作還是不受影響。現在他看來確實遇到了棘手的對手，但對他這樣的人來說，這種情況才是他的人生意義所在。

夏洛克・福爾摩斯總是在追求有成就感的案子：配得上身為神探的自己的案件、能與自己相抗衡的罪犯、完美到堪稱藝術的謎團……這樣的渴求太過強烈，福爾摩斯一直期待能有忠於自身信念的天才罪犯現身。這實在不是一介普通善良市民能接受的事，但夏洛克・福爾摩斯就是這樣的人。

「福爾摩斯一定能順利解決的吧。他才不需要我幫忙。」

我眺望著夕陽下的美麗公園，一面這麼告訴自己。

沿九曲湖繞一圈，回到牛津街時，西方的天色已被夕陽映得如同火燒。遼闊的草皮、新綠的樹叢、公園徑的高樓住宅區，都染上了浴血般的紅色。牛津街上滿是踏上歸程的行人與馬車。

我懷著晦暗的心情，走在牛津街的人潮中。

不知是否因為我陷入沉思，時不時會撞到他人。往北要過馬路時還差點被載客馬車撞上，車夫破口大罵。我踉蹌地在人行道上站定，茫然地望向對街，無意間看見了某人的身影。該人站在布拉德利菸鋪旁，直勾勾地看著我。夕陽將他的臉照映光影分明。那正是方才在舊書店前向我搭話的俊美青年。

這時正好有一輛公共馬車經過。馬車駛過後，青年已消失無蹤。

——怎麼回事？

我倒是不覺得見鬼了，但確實感到奇怪。

從牛津街轉近小巷，大馬路上的喧囂遠去。建築物夾道的巷弄間，已經沉入深藍的夜色中。

○

回到租屋處，門廳的煤氣燈明亮地燃燒著火光。

雷契波羅夫人的降靈會預定於晚間九點開始。我想先回閣樓房中休息，爬上昏暗的樓梯。爬到三樓時，聽到我的腳步聲，卡特萊打開了房門。「華生醫師，晚安。」他向我寒暄道。

「喔，還真早。你已經從漢普斯特德[3]回來了嗎？」

「今晚有降靈會嘛。」

說完，他的表情微微一沉。

卡特萊是年僅二十歲的年輕畫家。心懷在倫敦繪畫界掀起全新風潮的野心，繼承了父親教畫的工作

3　漢普斯特德：位於北倫敦，以藝術家集散地著稱。

賺錢糊口，週末便前去拜訪住在倫敦郊外的母親與妹妹。剛搬進這裡住時，在雷契波羅夫人介紹下，我很快與這名性格溫和的青年親近起來。大口喝著淡紅茶、聽他徹夜暢談繪畫理念，是我唯一能喘息的時光。

「今晚華生醫師也會參加吧？」

「不偶爾露個臉，對雷契波羅夫人也過意不去啊。我對招魂術一點興趣也沒有，也不像你一樣那麼有熱忱。」

卡特萊有些難為情地清了清喉嚨。

其實我很懷疑，卡特萊的目的究竟是不是真的是招魂術。剛認識的時候，他跟我一樣對招魂術都抱持懷疑的態度。但自從雷契波羅夫人找來一個名叫蕾秋的年輕靈媒，這名青年就態度大變，開始非常積極地參加降靈會。只要我稍微暗示這一點，卡特萊就會開始顧左右而言他。

「您要到我房裡來坐坐嗎？」

「是可以。」

「我正好畫完一幅肖像畫。」

卡特萊喜孜孜地說著，將我迎進房裡。

散放著簡樸的家具和畫具的房間裡，充斥著顏料的氣味。玻璃窗外透進的夕陽餘暉將室內染上一層淡藍色。卡特萊將擺在角落的肖像畫拿過來，放在房間正中央的畫架上。

「您覺得怎麼樣，華生醫師？」

畫布上畫著的是一名略為年邁的男子。

此人身穿黑色長外套，背在身後的手上拿著禮帽，像是瞪視著右前方，薄薄的雙唇刻薄地緊抿著。

他的肩膀及胸膛瘦削，且嚴重駝背，但那雙銳利的眼神讓他看來不顯虛弱。帶著彷彿隨時會往這邊撲來的野性氣息，蒼白飽滿的前額又透露出知性。

「這就是莫里亞提教授吧。」

「畫得很不錯吧？」

莫里亞提教授是時不時會來拜訪雷契波羅夫人的人。

我只聽說雷契波羅夫人的丈夫生前頗受他關照，其他詳情就不清楚了。他總習慣晃著那張蒼白如蛇的臉，像是隨時要向獵物撲咬上來，讓我怪不舒服的。雷契波羅夫人介紹我們認識時，莫里亞提教授像是要跟我說什麼大祕密似地湊到我的耳邊，說：「我是偵探小說的愛好者。」我寫的福爾摩斯譚，他說他一本不漏地全看了。但那令人不快的感受並未消失，我就是無法對他產生好感。

卡特萊望著肖像畫，得意洋洋地說：「他一定會喜歡的。莫里亞提教授人面很廣，各界都有人脈，說不定會是我出名的機會。我終於要走運了。」

「這麼說，你要推掉約克郡[4]的工作囉？」

那是卡特萊學生的父母幫忙介紹的，聘請他到住在約克郡的大地主家擔任繪畫家教，附食宿的工作。工作內容是教導地主的兩個女兒水彩畫，以及整理宅邸中收藏的美術品、製作目錄。不只提供宅邸的一間房間讓他居住，保障他的生活，薪水更是高得驚人。像卡特萊這樣的年輕人，能有這個機會接觸名家收藏，也是從中學習的大好機會才是。

「你應該要去的。」我一直這樣大力勸導，但卡特萊連推薦信都沒寄給對方，一直拖拖拉拉。

4　約克郡：位於英格蘭中部，倫敦北方約三百二十公里處。

「這確實是個好機會，但要是去了約克郡，就沒辦法仰賴莫里亞提教授的人脈了。」

「我實在不建議你這麼做，不需要靠莫里亞提教授，你也可以闖出一番名堂。為什麼你不相信自己的實力呢？」

「您是說您這一路走來只靠自己的實力嗎？」

「不，我也不敢這麼說……」

「看吧，您還不是一樣。」卡特萊大笑出聲，「為了出人頭地，能利用的就要利用啊。」

我懷著隱約的不安，再度望向肖像畫。

這人不知為何就是感覺有鬼，我心想。每次在這個租屋處見到他，都給我一種像是面對一個空洞虛假的人偶的印象。既然如此，在寫《福爾摩斯凱旋歸來》時，為什麼會讓莫里亞提教授成為「福爾摩斯的室友」這麼重要的角色？我自己也想不通。

「他確實非常神祕。他這麼有錢，在各領域都有暗中的影響力，這樣的人為什麼會離群索居呢？到他家拜訪時總是空蕩蕩的，幾乎沒人去找他。」

「看來應該是有什麼內幕吧。」

「一定是因為莫里亞提教授太了不起了。世間俗人去找他，對他來說形同兒戲。遠至外太空、深至人心，沒有莫里亞提教授的慧眼看不穿的。一切都在他的計算中。他說不定是倫敦最偉大的人，說他是現代亞里斯多德也不為過。」

卡特萊對他崇拜不已。

○

那晚九點，我離開閣樓房間下了樓，看到卡特萊和蕾秋站在門廳談話。在煤氣燈的照耀下，那張戴著巾帽的白皙臉蛋特別醒目。她怯怯地抬起視線望向我。

「晚安。」她小聲地說。

我跟這名靈媒少女見過幾次。

蕾秋是大奧蒙德街上經營一間店鋪的雜貨商老闆之女。其靈媒身分開始廣為人知是這半年的事，不過在那之前，她那神祕的能力在街坊鄰居間也蔚為話題。她父親是信心虔誠、性情保守的人，對這些傳聞並不樂見，但雜貨店的客人也有愈來愈多人成為她的支持者，對此似乎也只能睜隻眼閉隻眼。

她的支持者都是雷契波羅夫人這樣的市井小民。在他們的邀請下，蕾秋四處走訪，在居民家中舉行降靈會。她從不要求報酬。這也是她廣受信任的原因吧。

「晚安。我今晚也會參加。」

我向她問候，她有些困惑地垂下了臉。

「請您不要抱太高的期待。我也不確定會不會順利。」

她總是這樣沒有自信。身為經驗老道的靈媒，大可更泰然自若，但蕾秋似乎對自己的神祕力量一直感到不安。若是以小人之心度君子之腹，展現這樣的謙遜態度，或許也是她身為靈媒獲得他人信任的方式。

來到雷契波羅夫人的房前，她興高采烈地請我們進房。起居室的大桌上擺著燭台。雷契波羅夫人邊為我們斟茶邊開口：「對了，卡特萊先生，您接受家教工作了吧？」

「不，這個嘛，」卡特萊清了清喉嚨，「老實說，我還在考慮。」

「哎呀，您不就是為了商量這件事才去漢普斯特德的嗎？」雷契波羅夫人驚訝地瞪大了眼：「您要猶豫到什麼時候？可以住在上好的房子裡、跟身分高貴的人往來，還能學到畫家該有的知識……這不是好處多多嗎？這麼好的機會可不常有啊！」

「話是這麼說沒錯，但我現在的工作終於有點成果了，不管條件再怎麼好，我也不能丟下現在的學生不管。再說要是我去了約克郡，家母跟舍妹要怎麼辦？」

「令堂怎麼說？」

「她說照我的意思做就好。」

雷契波羅夫人和卡特萊為了要不要去約克郡的事你一言我一語的期間，蕾秋都緊閉雙唇低頭不語，有時會向卡特萊投以擔心的眼神。卡特萊似乎也察覺到了。沒發現兩個年輕人無聲的互動的，就只有雷契波羅夫人而已。

卡特萊挺直了背脊，清了清喉嚨。

「總之，我現在不想離開倫敦。」

此話一出，蕾秋像是悄悄鬆了口氣。

○

《福爾摩斯凱旋歸來》中登場的雷契波羅夫人，不只是神祕主義者、更是詐欺師，有著神祕卻詭譎的魅力。然而現實中的雷契波羅夫人除了有點雞婆之外，就是個心地善良的房東。

我之前聽說過，雷契波羅夫人會接觸招魂術，是因為丈夫和妹妹的死。當她備受打擊時，房客邀請她一起出門參加降靈會。在降靈會上與丈夫和妹妹的鬼魂談過之後，才終於找回了心靈的平靜。她會邀請我們出席降靈會，是因為她正是被招魂術給拯救了，雖然我不相信招魂術，但也並不否認這確實是許多人的心靈支柱。

雷契波羅夫人拉上窗簾，熄滅煤氣燈，起居室陷入一片昏暗。圓桌中央的燭光，照亮圍坐在桌邊的與會者們的臉龐。

依照雷契波羅夫人的指示，我們雙手放在桌上，與兩邊的人牽著手。我的左手邊是卡特萊，右手邊是雷契波羅夫人。

「那麼就開始吧。」雷契波羅夫人用嚴肅的語氣說道。

靈媒少女深深垂下頭，小聲祈禱。

之前參加降靈會的時候，出現過自稱是雷契波羅夫人的妹妹、卡特萊的伯公的鬼魂。鬼魂透過靈媒少女之口說出的，淨是些不管是誰都說得出的事，讓我實在無法相信招魂術。話雖如此，我也並不認為蕾秋的目的就是想騙人。這名少女自己或許比任何人都容易受到暗示吧。

不久後，蕾秋緩緩抬起頭。燭火搖曳。方才的不安神色從她臉上消失，取而代之的是一股妖豔的氣息。她依然緊閉雙眼，轉向坐在對面的我的方向。「華生醫師，」她用平靜的語氣說：「有鬼魂想要跟您說話。」

圍坐在桌邊的人的視線自然往我身上集中過來。

我沉默不語，雷契波羅夫人便開口發問：

「是什麼樣的鬼魂？」

「是一名年輕女性。」

「叫什麼名字？」

「瑪麗。她說她是華生的妻子。」

蕾秋說出妻子的名字時，我心頭湧現一股厭惡。

沒見過幾次面的女孩不可能得知我的過往。這麼說來，應該是雷契波羅夫人、再不然就是卡特萊，事前跟她說了些什麼吧。這是對死者的褻瀆，我不假思索地站起身。在這個瞬間，卡特萊伸出手，使出吃奶的力氣緊緊抓住我的左臂。

「請坐下吧，華生醫師。」雷契波羅夫人說：「自從您搬來之後，就一直非常痛苦。那是因為您不敢面對瑪麗小姐的鬼魂。」

靈媒少女隔著桌子向我開口。

「為什麼要怕我，約翰？聽我的聲音。」

我背脊一涼，毛骨悚然。

那嗓音跟方才完全不同，是另一個人的聲音。聽起來就像是從黑暗荒野的另一頭傳來的呼喚。房裡的空氣突然冷得像寒冬。雷契波羅夫人一臉肅穆地垂下頭，卡特萊也悄悄放開我的手。

我踉蹌著向後退，幾乎無法喘息。

「原諒我，瑪麗。我太傻了。」

「為什麼要說這種話？」

「我是妳丈夫，還是醫師，卻救不了妳。」

我想起從哈利街請來看診的專科醫師嚴峻的表情。他為瑪麗看診完，走出臥房說的第一句話，是：

「為什麼會拖到這個地步？」診斷結果是急性肺結核。一邊的肺已經完全失能，另一邊也出現了結核。他判斷最多只能撐三個月時，彷彿有一個無底洞在我腳下敞開，我深陷恐懼。

——老公，你可以減少跟福爾摩斯先生一起工作的頻率嗎？

我還記得在診斷出來不久前，瑪麗這麼對我說。
——你再這樣忙下去會累垮的。
那陣子，神探夏洛克．福爾摩斯的名聲正水漲船高。
不只英國境內，來自歐洲各地的有趣案件委託不斷湧進貝克街221B。《河岸》雜誌上連載的案件紀錄，也受到廣大讀者的支持。福爾摩斯正不斷展開他華麗的冒險，身為他傳記作者的華生怎麼能休息呢？我並未理會聽瑪麗的要求。只要一接到夏洛克．福爾摩斯拍來的電報，我就趕往貝克街，前往案發現場，直到深夜才返家已是家常便飯。開設在肯辛頓的診所也愈來愈常被我置之不理。
——這樣的生活總有一天會出事吧。
我並不否認這個念頭曾經閃過我的腦中。
只是我完全沒想到，讓一切破滅的，竟會是我妻子的病情。
在瑪麗死前的半年間，我完全沒靠近貝克街，專心照顧妻子。此前高潮迭起的生活戛然而止，轉為安穩平靜的生活。瑪麗從未責怪我。我們終於能過上兩人生活，有時甚至感到無比幸福。我咒罵自己之前怎麼如此愚昧，一切卻已經無可挽回——。
瑪麗的幽魂在桌子彼端對我說道：
「我並不恨你。跟福爾摩斯先生一起工作，是你生活的意義。我們也是多虧了福爾摩斯先生才會認識，我打從一開始就沒有將你從他身邊帶走的權利。」
我轉過身，逃出雷契波羅夫人的起居室。「華生醫師！」身後傳來卡特萊的呼喚聲，但我沒有停下腳步。我跑過點著煤氣燈的門廳，沿昏暗的樓梯往上跑。
終於回到閣樓房間，我用背抵著門，大口喘著氣。

○

出現在雷契波羅夫人降靈會上的瑪麗的鬼魂，喚醒了我之前深埋心中不願直視的回憶。在此之前我並不相信靈異現象，但透過蕾秋之口、從靈界傳來的瑪麗的聲音，讓我大受震撼。

我在黑暗中閉上眼，像是這樣就能撐過痛楚。

——叩叩。

不久，我聽到小小的聲響。

是有什麼在敲打玻璃窗的聲音。

我緩緩走近窗邊的桌子，擦亮火柴點燃提燈。那聲響似乎是從拉上窗簾的窗子外頭傳來的。我拉開窗簾，玻璃上映出我自己的臉。疊在那上頭的，是夏洛克．福爾摩斯的面孔。那一瞬間，我嚇得往後退了幾步，福爾摩斯又敲了敲窗，小聲地說：「快開窗。」看來這不是我的幻覺。

我連忙打開閣樓的窗戶，福爾摩斯鑽了進來。

「福爾摩斯，你來這裡做什麼？」

「我是來把你帶回現實的。」

福爾摩斯說著，爬下桌面，腳一著地就迅速穿過房間，將耳朵貼在門板上，傾聽走廊上的動靜。

「你在做什麼？」

「有人在追捕我，小心為上。」

福爾摩斯從外套口袋掏出菸，走近桌邊彎身湊向提燈點菸，呼出一口煙霧。

我在床上坐下，福爾摩斯則坐在木椅上。

福爾摩斯雙頰凹陷、憔悴不已，雙眸卻閃閃發亮。正如同哈德遜夫人擔心的，他耗費心神與「最大的勁敵」奮戰的日子還沒結束。

「你的臉色真難看，福爾摩斯。」

「我沒怎麼睡。睡著了也淨做些怪夢。」

他說他總是夢到像在瑞士還是哪裡的瀑布。水聲轟轟作響，激起的水花讓四周一片霧濛濛。福爾摩斯像著迷似地往斷崖絕壁走去。遙遙深谷下，瀑布傾洩而成的水池激起泡沫，像是整個世界不斷往那深淵崩落。就在此時，一個漆黑的身影從身後欺近，一把將福爾摩斯推進瀑池深處。

「老是做一樣的夢，我都快煩死了。」

「你壓力真的很大吧。」

「這也沒辦法，我追查了好幾年的案子就要到重頭戲了。」福爾摩斯說：「你如果想在這個閣樓房間度過餘生，我當然無權阻止你。尊重你的意願離你而去，或許才是一個友人應有的態度。但現在的狀況不容許我這麼做。」

「這是為什麼？」

我這麼一說，福爾摩斯探出身子問：

「你知道莫里亞提教授吧？」

「雷契波羅夫人的朋友吧？」我說：「他有時會到這裡拜訪。」

「我從沒對你提過，」福爾摩斯娓娓道來：「從好幾年前開始，我就察覺到在倫敦發生的多起罪案背後，有某種力量在暗中操控。有某種組織性的力量，幫助惡徒犯案、保護他們免於司法制裁。

「這神祕的力量太過細膩巧妙，完全不留證據。要將些許的跡象串連在一起、推敲出一個模糊的輪廓，就已經難上加難。所以我才沒告訴你。我也不只一次懷疑過這只是我的妄想，但我還是沒放棄。與其說是正義感，更接近知性的好奇心。這個奇異的犯罪組織是誰、又是怎麼建立的？我實在很想知道。

「但就連我的實力如此，要釐清這個犯罪組織的全貌也是困難至極。背後明明有某人的意志在操控，仔細追查下去，事實就顯示一切只不過是偶然的惡作劇。簡直就像是倫敦中心開了一個黑暗的孔洞。不管我怎麼追尋線索，所有線頭都被吸進那虛無的空洞中。就算我拚命凝視黑暗深處，也看不見潛藏其中的身影。一直到去年秋天，我才好不容易循線逼近了核心。那就是莫里亞提教授。」

「你是說莫里亞提教授是犯罪組織的首腦？」

「正是。」

「怎麼可能！他只不過是個退休的大學教授啊！」

「大家都是這麼想的。應該說，幾乎沒幾個人聽說過莫里亞提教授的名字。這就是最可怕的地方。在我把雷斯垂德拉進這個案子裡之前，整個蘇格蘭警場沒有人懷疑過莫里亞提教授。如果不是被我發現，往後也永遠不會有人懷疑到他頭上吧。只會留下幾十件無法破解的懸案，背後的謎團將永不見天日。

「就連我現在也不敢相信，在這個大城市裡發生的計畫性罪案，有一半都是這麼一個人策畫的。

「莫里亞提教授就像是端坐網中央的邪惡蜘蛛。他的絲線遍布整個倫敦。說是犯罪，他自己連根手指也不用動，只要坐在他位於帕摩爾街的自家書房裡擬定計畫，再來就只要操控他人去執行。當然了，他有數不清的手下。偷取文件、讓人消失，只要莫里亞提教授想要執行犯罪，他的手下就會幫他達成。但那些手下不過是一盤散沙的棄子。掌握全貌、操控全盤的，就只有莫里亞提教授一人。

「對莫里亞提教授而言，連人類本身都是能計算的。他像方程式一樣操縱各式各樣的人，所以他對他的組織瞭若指掌，徹底掌控，就像組織本身有生命一樣靈巧運作，執行所有犯罪。簡單說，那是實現他目的的完美機械。他僅憑自己建立了這樣的組織。連我都覺得害怕了。在此之前從未出現過像他這樣的罪犯，往後也絕對不會再有了吧。莫里亞提教授是不動的中心，將所有人玩弄於股掌之間。」

——福爾摩斯先生對這起「案件」著了魔。

我想起在貝克街聽哈德遜夫人說的這句話。

「我怎麼聽起來覺得你在稱讚莫里亞提教授。」

「我終於找到值得我全心全意對付的對手了。」福爾摩斯微笑：「他是犯罪界的拿破崙，我甚至想向他這樣的才華致敬呢。」

這半年來，福爾摩斯為了讓莫里亞提教授就逮，可以說是拚了死命。他請蘇格蘭警場協助，在教授身邊布下天羅地網。

「莫里亞提教授察覺危險逼近，正殺紅了眼在追查我的下落。你知道貝克街221B發生爆炸吧？」

「今天下午我才去了一趟，真是悽慘。」

「對哈德遜夫人真是過意不去。這兩個星期我一直潛伏在地下，莫里亞提教授怎麼也找不到我，都要氣壞了。我也想過在他被捕之前要不要先逃到歐洲大陸避避風頭，但我不能這麼做。」

「為什麼？」

「因為你，華生。」福爾摩斯說：「莫里亞提教授的魔爪接近你了。」

○

「你一直在他們的監視之下。」福爾摩斯說。

「這就是莫里亞提教授會來這裡的目的。雷契波羅夫人、卡特萊、靈媒蕾秋，他們都是莫里亞提教授的手下。你今晚不是受邀出席雷契波羅夫人舉行的降靈會了嗎？」

「你怎麼知道？」

「這點小事我當然料得到。」福爾摩斯說：「他們是招魂術詐騙集團，利用假降靈會的手法操控他人，以此效力於莫里亞提教授的組織。今晚的降靈會應該也是事前用心準備的。瑪麗的鬼魂出現了吧？」

「你是說那全都是騙我的嗎！」

「難道你真的相信那是瑪麗嗎？」

福爾摩斯抓住我的手臂用力搖晃。

「拜託你清醒點，華生。只要事前做好準備，任誰都有辦法扮演瑪麗的鬼魂。對瑪麗的愧疚一直折磨著你，他們抓住你的弱點，用假降靈會的手段來拉攏你。他們會對你做這種事，當然是因為你曾經是夏洛克．福爾摩斯的搭檔。我們為什麼會分道揚鑣，莫里亞提教授也早就看穿了。他利用你的悲傷和憤怒來控制你，想把你當成對付我的王牌。這就是教授的作風。」

福爾摩斯起身走向壁爐，將菸頭丟進爐火中，轉身將背靠在壁爐架上。他看起來筋疲力竭。

「我知道你很恨我。」

福爾摩斯語氣平靜地說。

「所以你才會寫《福爾摩斯凱旋歸來》吧。」

聽他這麼說，我望向窗邊的桌子。桌上放著厚厚一大疊的手稿。「你看了？」我問，福爾摩斯點頭。

「我之前好幾次偷溜進來時看的。」

福爾摩斯說著，撐起身子離開壁爐架。

「《福爾摩斯凱旋歸來》實在是十分奇妙的偵探小說。跟你以往在《河岸》雜誌上發表的案件紀錄完全不同。故事發生在叫做維多利亞王朝京都的異世界，但我跟你、哈德遜夫人、瑪麗、艾琳．艾德勒，甚至莫里亞提教授都登場了。你是為了什麼寫出這樣的小說，引發了我強烈的興趣。讀著讀著，我明白了一件事，那就是，這是偽裝成偵探小說形式的其他東西。你並不打算寫偵探小說。你的目的正好相反。」

福爾摩斯離開壁爐向我走來，坐回椅子上。

「你是為了奪走夏洛克．福爾摩斯擁有的神探力量，才創造出維多利亞王朝京都這個世界吧。福爾摩斯為何陷入低潮——這是這個世界的原理，也是沒有意義的問題。因為這就是作者的意圖，所以角色完全無能為力。因此，夏洛克．福爾摩斯的『凱旋歸來』是不可能達成的。只要福爾摩斯繼續深陷低潮，維多利亞王朝京都就能成為不滅的王國，而你也可以永遠跟瑪麗一起活在裡面。不是嗎？」

我傾聽福爾摩斯的話語，幾乎忘了呼吸。

福爾摩斯像這樣閱讀我寫的小說、熱切地訴說感想，這還是第一次。我就像被逼到絕境的罪犯一樣不甘心，同時又像是卸下肩頭重擔般鬆了口氣。感覺福爾摩斯終於第一次真正理解我了。

「但是事情卻不如你所願。」

福爾摩斯傾身向前，雙肘靠在膝上，直直地望著我。

「不管維多利亞王朝京都這個世界再怎麼真實，終究只不過是你的願望創造出的世界，只是逃避現實的手段罷了。一停筆環顧四周，你依然身處現代倫敦。無論你多麼努力賜給作品中的瑪麗生命，也無法讓現實中的瑪麗復活。沒有比這更讓人痛苦的事了吧。隨著你繼續寫下去，也愈來愈無法忍受這樣的自我欺騙。你愛著自己創造出的維多利亞王朝京都這個世界，同時卻也強烈地憎恨著它。這樣的憎恨造成了墨斯格夫家『東之東之間』這個不合理的龜裂出現，讓這個小說邁向毀滅。」

我失魂落魄地環顧閣樓。

已經慢慢產生感情的這個房間，此刻看起來竟全然不同。窗邊的寫字桌、陳舊的衣櫃、放著粗糙茶具的圓桌、滿是煤灰的壁爐……在燈火照耀下，一個個都像是被沖上沙灘的遇難船的貨物般失色。不只如此，我再次驚覺這個房間多麼讓人透不過氣。天花板低矮傾斜、窗戶也只有小小的一扇換氣窗。在此之前毫不在意，是因為在這個房間裡生活的這半年，我的心一直活在別的世界。將換氣窗外現實世界的倫敦隔絕開來、迷失在「後台迷宮」中的人正是我自己。

我起身走向桌邊，拿起《福爾摩斯凱旋歸來》。

厚厚書稿沉甸甸的重量，就是我在屋頂閣樓裡度過的半年時光的重量。在這疊紙張中，有維多利亞王朝京都、有寺町通221B、有美麗的鴨川流淌。回想起河畔的暮色，瑪麗漫步在河岸的身影就浮現眼前。妻子牽著我的手，染上夕陽餘暉的臉龐帶著笑容。我們就這樣持續併肩走著。

一股像是熱淚般溫暖的悲傷在我心頭滲開。結束了，我心想。我再也回不去那個京都了。

「回貝克街去吧，華生。」

夏洛克．福爾摩斯說。

「約翰．H．華生該凱旋歸來了。讓我們兩個重新開始吧。」

○

此時我才突然察覺，租屋處異樣地安靜。雷契波羅夫人和卡特萊在做什麼呢？簡直就像是整個屋子全都屏氣凝神、側耳聽著我們的對話。我望向福爾摩斯，他的臉上也顯露出緊張的神色。

「華生醫師？」
是雷契波羅夫人的聲音。
福爾摩斯站起身，豎起手指抵著嘴唇。
福爾摩斯近桌邊，吹熄燈火，輕巧地躍上桌面，悄悄推開換氣窗。這段期間雷契波羅夫人持續敲著門，嗓音中帶著一絲焦急與煩躁。
「華生醫師？您在吧？」她說：「請您開門，我有重要的事找您。」
福爾摩斯鑽出窗戶，向我伸出手。
「華生，你會跟我一起走吧？」
我爬上桌子，跟在福爾摩斯身後鑽出窗子。
窗外是平緩傾斜的瓦片屋頂，豎立著磚砌的煙囪。夜晚寒氣逼人，朦朧的月光照射下來。手扶著窗框回頭窺看閣樓，有一種來到整個世界之外的感覺。就在這時，雷契波羅夫人打開房門走了進來。她看到我人在窗外，大叫出聲：「您這是在做什麼！」
福爾摩斯手腳並用爬上了屋頂。
「別摔下去了，華生。」
我緊跟在他身後往屋頂上爬的同時，聽見閣樓裡傳來一陣喧嚷。慌亂的腳步聲、椅子被撞倒的聲響、「他去哪裡了？」、「在外面！」的緊張對話聲。卡特萊從窗口探出身子，大叫「華生醫師！」的聲音傳進我的耳中。
「請您快回來！莫里亞提教授在等您！」
我不予理會，跟上福爾摩斯的腳步，青年畫家憤然大叫：「可惡！」緊接著吹響了警笛。中庭裡提燈的火光晃動，迴盪著「在那裡！」的怒吼聲以及匆促的腳步聲。看來在租屋處四周，莫里亞提教授的手下們早就悄悄待命。

四下陷入宛如失火般的騷動。附近建築的窗口紛紛探出鄰居們的臉，好奇究竟發生了什麼事。

我和福爾摩斯在屋頂上奔跑，從這個屋頂跳到下一個屋頂。

「這下簡直就像我們才是罪犯了！」我大叫：「為什麼不趕快逮捕莫里亞提教授？」

「這也是沒辦法的事。」福爾摩斯淡淡說道：「就算逮捕莫里亞提教授，他的手下們也會像蜘蛛般四散逃竄，這樣就無法在法庭上舉證莫里亞提教授的罪行。一定得要活捉整個組織才行。」

「再這樣下去被活捉的就是我們了，福爾摩斯！」

倫敦密密麻麻的街區建築在腳下展開。流洩出燈火的小窗、像是船隻甲板的晒衣架、複雜交錯的屋頂與無數煙囪……在夜裡看來就像是精巧的剪影畫一般，彷彿隱藏了什麼神祕的謎團。

福爾摩斯伸出左手一指。「往這邊，華生！」

我們滑下傾斜的屋簷，跳向隔壁建築的屋頂。

微弱的月光照著晒衣架和煙囪。我們從屋頂一角的樓梯口鑽進屋中，輕手輕腳地走下台階。居民似乎正熟睡著。一樓是一間舊貨店，門口落塵處的空間堆滿灰塵遍布的破銅爛鐵，朝向道路的玻璃門外透進煤氣燈的光源，照亮布滿裂痕的三面鏡，與過時的陳舊櫥櫃和桌子。我們小心地縮著身子鑽過這些舊貨，福爾摩斯將靠在甲冑旁的一把生鏽的劍握在手中。

正好就在這個時候，一群追兵從玻璃門外跑過。

其中一人將額頭抵在玻璃門上，往店裡打量。福爾摩斯揣著劍，將身子壓在黑暗的地面上，而我躲在櫥櫃的陰影中。我們不動聲色，不久後，對方看似放棄準備離開。偏偏就在這個時候，店裡一道眩目的光往這邊照來。一名看似店長的老人高舉提燈，用沙啞的嗓音說道：「是誰在那裡？」

下一刻，四名男子踹破玻璃門衝了進來。

「呀啊！」老人扔下提燈往屋子裡逃。

福爾摩斯從地面跳起身，揮舞鏽劍，擊倒其中兩人。

我推倒櫥櫃，趁著敵人愣住的空檔用力撞了上去。對方不支倒地，被垮下的舊貨埋住。

失去同夥的最後一人連滾帶爬地逃出舊貨店，大喊：「在這裡！」巷弄另一頭傳來朝這邊接近的腳步聲。

我和福爾摩斯拚了命地跑過黑暗迷宮般的街區巷弄。

○

一直到抵達牛津街，我們才總算能喘口氣。鬧區街上煤氣燈與酒館燈火明亮，夜裡依然人潮擁擠。

福爾摩斯吹響口哨，攔下一輛載客馬車。

「到蘇格蘭警場！」

馬車立刻沿著牛津街往西奔馳。

像這樣跟福爾摩斯一起乘著馬車，過往與他一同經歷的冒險時光就像跑馬燈似地在腦海閃過。一八八一年，我半死不活地從阿富汗歸國，隻身來到倫敦的不安至今依然難以忘懷。冰冷的雨水濡溼的街道處處透著陰鬱氣息，在車站前錯身而過的人們各個看起來都疲憊不堪。受到槍傷、又染上斑疹傷寒，在前線成為累贅歸國的前軍醫，又有誰會在乎呢。在這煤煙瀰漫的大城市裡，往後該怎麼活下去？當時的我不知何去何從。

改變了這一切的，是與夏洛克．福爾摩斯的相遇。

認識福爾摩斯之前的倫敦，與住進貝克街221B生活後的倫敦，簡直是全然不同的兩個世界。前者是冰冷無情、難以融入的城市，後者則是充滿了各種冒險可能的驚奇之城。

泰晤士河岸髒兮兮的船塢及亂糟糟的卸貨場、街區裡迷宮般縱橫交錯的暗巷、點亮夜晚的青白色煤氣燈、劇院散場後擠滿男男女女的廣場，每一個情景都能打開通往令人雀躍的冒險的門扉。曾幾何時灰濛濛的倫敦，成了哈倫．拉希德[5]王微服探訪的巴格達一般迷人而神奇的城市。夏洛克．福爾摩斯對倫敦施了魔法。

馬車駛上查令十字路，向南奔馳。

「莫里亞提教授付出代價的時候到了。」福爾摩斯說：「我已經安排好，這個週末一結束，莫里亞提教授和組織幹部們就會全數被逮捕歸案。這會是本世界最大的刑事審判，幾十件未決懸案都將偵破，他們全都會被送上絞刑台。」

「恭喜你，這可是大功一件，福爾摩斯。」

「當然不到最後關頭還是不能鬆懈。莫里亞提教授打算送我上西天，實際上我也遭受了數不清的襲擊。不過既然決定要對付他，我也早就有這點心理準備了。就算我真的出事了也沒有什麼影響。調查資料我都已經交接給蘇格蘭警場的調查總部，詳情雷斯垂德也很清楚。」

這麼說來，我們跟雷斯垂德探長也已經是老交情了。第一次見面是在勞瑞斯頓園奇案、也就是我日後以《暗紅色研究》為題發表的案件。在那之後，我們跟雷斯垂德在無數案發現場碰過面。

每次說到雷斯垂德的推理能力，福爾摩斯總是百般嘲諷，但對於他身為警察的誠實與毅力評價極高。與莫里亞提教授的對決，會選擇與雷斯垂德聯手，可見他有多麼信任雷斯垂德。

「莫里亞提教授會想要你的命我還懂，」我邊思索著邊開口：「但他為什麼會找上我？就算把我拉攏到他的陣營，我應該也派不上什麼用場。老實說，雷契波羅夫人和卡特萊是莫里亞提手下這件事，我現在也還不敢相信。」

「這段時間，我一直試著揭穿莫里亞提教授的罪行。」

福爾摩斯一面看著馬車行進的前方一面說道：

「這種時候，我常常會用的手法你也很清楚，就是站在罪犯的立場去思考。我把自己當成莫里亞提，試著追溯他的思路。當然了，莫里亞提也是這麼做的。他也把自己當成夏洛克．福爾摩斯，試圖解讀我的想法。我能讀出莫里亞提的思維，莫里亞提也讀得出我的思維。對夏洛克．福爾摩斯而言，約翰．H．華生是多麼重要的存在，沒有人比莫里亞提還要清楚。」

聽到福爾摩斯這席話，我的胸口一緊。

「沒有華生就沒有福爾摩斯嗎。」

「哈德遜夫人說的一點也沒錯，沒有華生就沒有福爾摩斯。」

福爾摩斯明快地說，臉上帶著微笑。

「我總是太過傲慢，認定了如果這世界是偵探小說，我就是主角，而華生只不過是忠實的記錄員。如今我才明白，我犯了不可挽回的錯誤。你有你的人生，有你心愛的人，不該被迫為了我而犧牲。瑪麗

5 哈倫．拉希德（七六三—八〇九）：阿拔斯帝國第五代哈里發（統治者），《一千零一夜》中將其描述為會喬裝探訪城市了解人民疾苦的賢君。

的事我由衷感到抱歉。與莫里亞提教授纏鬥的這一年來，我真的非常孤單、非常痛苦。不知道想過多少次，要是有你在我身邊該有多讓人安心。只有在你身邊，我才能是我。光是能讓我體會到這一點，我就該好好感謝莫里亞提。」

涼爽的夜風輕拂我們的臉龐。在夜晚的街道上奔馳的馬車，穿越人車擁擠的特拉法加廣場，駛上諸多政府部門坐落的白廳[6]。海軍部與財政部就在我們的右手邊。隨著愈來愈靠近蘇格蘭警場，福爾摩斯的神色也益發緊繃。他一定正想著即將到來的盛大逮捕行動吧。

街燈的光芒將福爾摩斯的眼眸映得如少年般閃閃發亮。

○

在蘇格蘭警場門前下了馬車，泰晤士河的堤岸已被濃霧吞沒，河岸邊的煤氣燈光滲開成一連串的青白色圓球。夜晚潮溼的空氣包裹住我們的身軀。往西敏橋的方向望去，國會議事堂鐘塔的黑影高高聳立。我們加快腳步穿越大門，往正門門廳走去。磚砌的壯麗官廳亮著點點燈光。四下被霧氣籠罩，寂靜無聲。

福爾摩斯突然停下腳步。

「不對勁。」

「怎麼了？」

「你不覺得太安靜了嗎？感覺就像沒有任何人在。」

福爾摩斯說的沒錯。就算夜再怎麼深，蘇格蘭警場像這樣靜悄悄的都未免太異常了。走進門廳，大廳的櫃台不見人影，也沒看見值班員警。福爾摩斯走向櫃台，揚聲問：「有人在嗎？」唯一的回音只有他自己迴盪在挑高天花板之間的嗓音。

福爾摩斯蹙起眉頭，「叩叩叩」地敲著櫃台的桌面。

「總之先到調查總部看看吧。」

我們往大廳右手邊的走廊走去，步上二樓。

但二樓的走廊也一樣安靜得詭異。冰冷的灰泥牆面上，灰色的門板單調整齊地排列著。我望進其中一間犯罪調查部的房間，是個擺了陳舊的櫃子和桌子的狹窄空間、後方有一間掛著警探名牌的辦公室。裡頭燈火明亮，卻不見人影。簡直就像有什麼恐怖的東西襲來，大夥匆匆忙忙逃離似的。

走著走著，福爾摩斯在一扇門前停下。

「就是這裡。」

他說，打開了門。

我一走進房裡，就心下一驚、不禁停下腳步。

調查總部一片漆黑、幾乎什麼也沒有，就像走進了荒蕪的黑暗曠原。

空蕩蕩的房間中央，只擺著一張桌子，亮著一盞罩著綠色傘狀燈罩的燈。一名男子朝著這邊獨自坐在桌前，雙肘撐在桌上、兩手捂著臉，看起來就像走投無路似的。

泰晤士河的河霧在窗外如噩夢般蠢動。

「這是怎麼回事？」我不明所以地低喃。

6　白廳：自特拉法加廣場向南延伸至國會廣場的大道，為英國政府中樞所在地。

桌前的男子身軀猛地一震，抬起了臉。燈火照亮雷斯垂德的臉龐。他雙頰凹陷，滿臉鬍碴，臉色蒼白得像死人似的。他的臉上寫滿深沉的絕望。

「華生醫師，」他用幾乎要消散在空氣中的聲音說道：「你來有什麼事嗎？」

我快步來到雷斯垂德身邊。

「你在做什麼？調查總部呢？」

「解散了。」

「你說什麼？」

「我說解散了，上頭下令停止調查。」

雷斯垂德冷冷地說，站起身來。離開燈光的範圍，雷斯垂德的身軀成為一片暗影。我正要走近，他大手一揮向後退開，就像想要躲進房間的黑暗中一樣。

「那莫里亞提教授的罪行要怎麼辦？」

「莫里亞提教授的罪行？根本沒這回事。」雷斯垂德害怕地壓低聲音說：「警場總監、內政大臣，全都是莫里亞提教授的爪牙。那個人就等同英國政府。要怎麼逮捕這種人？調查被迫取消，證據也全都被湮滅了。」

「你太不對勁了，雷斯垂德。」

「不對勁的是這個世界。莫里亞提教授掌控了一切，到處都是他的爪牙。我隨時都受到監視，就連同事也沒一個能相信。就算我想找福爾摩斯，他人也不知道哪去了。我現在孤立無援。整個世界都與我為敵，要我還怎麼繼續奮戰下去？」

「你在說什麼，福爾摩斯就在這裡啊。」

我回過頭，驚愕不已。

我身後空無一人。

感覺就像被人一把推進深不見底的洞穴中。

「福爾摩斯？你在哪裡！」

「你是在作夢吧，華生醫師。福爾摩斯兩個星期前就消失得不見蹤影了。要不是逃亡到國外，就是沉在泰晤士河底了吧。」

「別亂講話！」

「當然了，你應該很難接受吧。不過你不覺得這樣太自私了嗎？福爾摩斯在賭命奮戰的時候，你跑到哪裡去了？現在才突然跟沒事人一樣跑來教訓我，少給我來這一套。」

我一陣惱火，不禁用力推了雷斯垂德一把，雷斯垂德踉蹌幾步、一屁股跌坐在地。他難過地低著頭，甚至沒有想要站起身，就像斷了線的傀儡坐在原地。

調查總部解散，就代表要逮捕莫里亞提教授一夥人是不可能的了。福爾摩斯的計畫化為泡影，情勢完全逆轉。我向後退，一面大喊：「福爾摩斯！」但沒有任何回音。

我留下雷斯垂德，跑出調查總部。走廊空蕩蕩的，到處不見福爾摩斯的身影。彷彿他打從一開始就不存在。

我一面喚著福爾摩斯，一面在蘇格蘭警場的廳舍中到處尋找。

回到空曠的門廳時，我這才明白我落入了敵人手中。眼前等著我的是眾多巡佐和穿著制服的員警。在他們中央站著一名身形纖瘦的紳士。

「晚安，華生醫師。」

青年摘下禮帽，向我點頭致意。

見到那張俊美的臉龐，我立刻察覺那就是今天下午在舊書店門口向我搭話，說參加過朗讀會的那名青年，同時也是黃昏時分在牛津街菸鋪門口看著我的青年。他恐怕也是受莫里亞提教授之命，一直在監視我吧。在青年的示意下，眾警官將我團團包圍。

正當我不知所措時，青年向我走來。

「莫里亞提教授要我轉交一封邀請函給您。」

說完，他遞給我一張卡片。那是一張厚實的紙卡，暗夜般的漆黑紙面上，用白字寫著「黑色慶典」。翻到背面，是一行「皮卡迪利圓環，標準劇院」。青年說，今晚莫里亞提教授組織裡的成員將要首度齊聚一堂。

「為什麼要邀請我？」

「您是夏洛克．福爾摩斯的記錄員吧？」青年微笑道：「您當然要來見證這一切的結局。」

〇

在神祕青年的示意下，我走出蘇格蘭警場的正門。

四下霧氣又更濃了，泰晤士河對岸看起就像是鬼魂盤踞的霧之國度。穿過警場廳舍的大門，一輛馬車在門前等著我。那是兩匹馬拉的豪華四輪箱型馬車，車窗內流洩出燈光。

「到標準劇院。」

青年對車夫說完，請我上車。

就在馬車穿過黑夜的街道、駛向皮卡迪利圓環的時候，大笨鐘的鐘聲響徹整座倫敦。明明是早已聽慣了的鐘聲，今晚聽起來卻完全不同。就像是從這個世界之外傳來似的，帶著一種詭譎而空洞的感覺。

——我是來把你帶回現實的。

出現在閣樓時，夏洛克．福爾摩斯這麼說。

不過此時此刻我所經歷的真的是「現實」嗎？蘇格蘭警場屈服於莫里亞提教授的淫威、夏洛克．福爾摩斯突然如煙般消失無蹤、而我搭上豪華馬車前往「黑色慶典」。簡直就像是從《福爾摩斯凱旋歸來》這場夢中醒來，卻反而迷失在更加怪異的噩夢深淵一般。

坐在我對面的青年脫下禮帽，撕下鬍鬚、摘下髮夾，一頭豐沛的金色長髮落下，我這才驚覺對方的真實身分。

「艾琳．艾德勒！」

「您還記得我啊。」

艾琳．艾德勒。我從未忘記過這個名字。

她是唯一讓福爾摩斯敗下陣來的女性，他也總是懷著敬意稱呼她「那位女士」。也是因為這樣，我在《福爾摩斯凱旋歸來》讓她以與福爾摩斯匹敵的偵探身分登場。但現實中我就只有在「波宮祕聞」一案見過她那麼一次，無法識破她的男裝也是無可厚非。

艾琳．艾德勒懶洋洋地向後倚在座位裡。

車廂內的燈光照亮她白皙美麗的臉蛋。但她的美讓人想起脆弱的人偶。若是緊抓住她的雙肩用力晃動，彷彿就會四分五裂。

「好久不見了呢，華生醫師。」

「我還以為妳渡海到歐洲大陸去過著幸福的生活了呢。」

「讓你們這麼想就是我的目的。」她微笑道：「很成功吧？明明什麼事都沒有解決，波希米亞國王和福爾摩斯先生都認為問題已經消失了。這個女人找到了『真愛』，獲得幸福，再也不會來找他們的麻煩了。哥弗雷這個人確實機靈，但並不是好伴侶，我們也並不相愛。我也沒有在追求這些。所謂愛情，不過是人們逃避自身脆弱的詭辯罷了。我想成為強大的人。我才不要順著他人的意思過活。」

「所以妳才跟莫里亞提教授聯手嗎？」

「對，沒錯。」

冷冷地說完，她望向窗外。

四輪馬車穿越特拉法加廣場，轉往攝政街。

道路兩旁的建築物，每一扇窗外都掛著漆黑的旗子。「那是慶祝莫里亞提教授得勝的旗子。」艾琳・艾德勒說。那瀰漫詭異氣息的旗幟隊伍無窮無盡地延伸，成為引導我們前往「黑色慶典」的路標。

「沒有人比莫里亞提教授更偉大了。」艾琳・艾德勒仰望著黑旗，語帶驕傲地說：「對那個人來說，一切都是能計算的，他能讓任何人照他的意思行動。夏洛克・福爾摩斯是唯一的例外。就只有他一個人試圖阻止教授偉大的計畫，持續做著無謂的抵抗。不過看來勝負已分。」

「還沒分出勝負。」

「事到如今，那個偵探還能做什麼？」

艾琳・艾德勒放聲大笑。

「夏洛克・福爾摩斯的冒險結束了。不過你自己不也一直希望事情演變至此嗎？你恨福爾摩斯吧。這半年來，我一直在監視你，你從未試著幫助福爾摩斯。這是很明智的選擇，華生醫師。神探福爾摩斯的時代早就結束，莫里亞提教授的時代來臨了。莫里亞提教授掌握了一切，現在他本身就等同英國政府。然而這也只不過是計畫的第一步罷了，今晚的最終演說，莫里亞提教授將會公布他偉大計畫的全貌吧。」

四輪馬車轉進了皮卡迪利圓環。

夜已深，遼闊的廣場上卻充斥著慶典般的喧囂。四面八方駛進的馬車擠得水洩不通，車夫的怒罵聲此起彼落，乘坐在馬車上的人們全都身著黑色晚宴服。

因為實在太過壅塞，我們的馬車在廣場周圍繞行了一圈，離標準劇院愈來愈遠，最終動彈不得。

「就在這裡下車吧，我們用走的過去。」

艾琳・艾德勒煩躁地說，吩咐車夫將馬車停下。

我們在消防局前走下馬車，穿越塞滿動彈不得的馬車的廣場，前往標準劇院。劇院的每扇窗都亮著燈，就像魔法城堡般閃閃發光。朝著那光芒前去的萬頭鑽動的黑影，讓人聯想到聚集在方糖邊的螞蟻。他們談笑著，像是被吸進去似地湧進兩側立著黑旗的門廳。

「歡迎來到『黑色慶典』。」

艾琳・艾德勒說，領我走進劇院。

○

大廳鋪滿紅色地毯，水晶燈灑下眩目的光芒。

右手邊是順著和緩弧型向上延伸的大階梯，通往樓上的舞台觀眾席。左手邊有一座天花板挑高的酒吧，許多穿著晚宴服的男男女女聚集在那裡。如霧一般濃的煙塵彼方，傳來熱鬧的笑談聲。他們似乎正一面享用美酒，一面等待莫里亞提教授的「最終演說」的開始。

我打量著大廳來來往往的人群。

「這些人全都是莫里亞提教授的手下嗎？」

「對，沒錯。看吧，雷契波羅夫人在那裡。」

我仰起臉，順著艾琳．艾德勒的指尖望去。

一名身穿黑色禮服、體格碩大的女性，與一名頭戴禮帽的男性一起往大階梯拾級而上。當她站上階梯頂端，便倚著扶手，俯瞰階梯下的大廳。那確實是雷契波羅夫人，但在她身上完全看不到我所認識的雷契波羅夫人，那個親切房東的影子。

她堂而皇之的姿態，散發著知名靈媒般的妖異氣息。她發現我就站在大廳裡，化著濃妝的大白臉上浮現一抹勝利的笑容。「哎呀，看吧，」那笑容像是在這麼說：「我早就料到事情會演變至此了，華生醫師。」

站在雷契波羅夫人身邊，與她親暱談話的，是一名削瘦高傲的男子。年紀應該跟福爾摩斯差不多吧。那高抬著頭傲氣十足的姿勢，散發著渾然天成的貴氣，跟雷契波羅夫人站在一起，實在太過不搭調。

那到底是什麼人呢？就在我這麼想的同時，背後傳來一個聲音。

「那是瑞金諾．墨斯格夫，」那聲音說：「薩塞克斯郡的赫爾史東大莊院當家，他可是英格蘭首屈一指的名門呢。」

我轉過頭，身後站著的是卡特萊和蕾秋。

「你們也來了嗎！」

「這是當然的啊。」卡特萊笑著說。

「今晚是值得紀念的一夜啊。」蕾秋也微笑道。

盛裝打扮、彼此依偎的兩人，美得就像是一對櫥窗裡的人偶。他們似乎沒有一絲愧疚。

「居然從閣樓爬到屋頂上去，您還真是大膽呢。」卡特萊嘴角一咧，「我當下還真不知如何是好，是我太大意，忘記您是退役軍醫。不過您也還真會惹麻煩呢，既然最後都要加入我們，就沒必要惹出那場騷動了嘛。」

「華生醫師也很混亂嘛。」蕾秋像是要安慰我似地說：「再怎麼說他也是福爾摩斯的前搭檔啊。」

「也是，」卡特萊點頭，「不管怎麼說，您加入我們是對的。福爾摩斯根本不懂莫里亞提教授有多偉大。聽說因為那傢伙的伎倆，害教授的『計畫』實現之日大幅推遲。就算您是他的前搭檔，也沒必要為那種蠢貨陪葬。」

「不准你侮辱福爾摩斯，卡特萊！」我憤怒地說：「我才不打算跟罪犯同流合污。」

「哎呀！都這個時候了您還說這種話。」卡特萊一臉不可置信：「犯罪是對舊有秩序的反抗。如今莫里亞提教授大獲全勝、舊有的秩序被新的秩序所取代，從前的犯罪就是值得讚揚的英雄行為。在場沒有任何人是『罪犯』。」

「只要聽了莫里亞提教授的『最終演說』，華生醫師也會認同的。」蕾秋說：「莫里亞提教授支配英國，英國支配世界。如數學般平衡的美麗世界即將達成。聚集在『黑色慶典』上的人們——也就是我們，當然也包括您——將會君臨這個世界的頂點。」

「沒錯。我們是天選之人。」

卡特萊說著，對蕾秋投以溫柔的微笑。

我懷著絕望的心情看著眼前的兩人。他們似乎是真心相信這個根本是誇大妄想的念頭。因為實在是太講不通了，我甚至開始懷疑在我眼前的是披著卡特萊和蕾秋外皮的冒牌貨。心懷對蕾秋的戀慕之情、掙扎著不知該不該前往約克郡的那個淳樸青年畫家消失到哪裡去了？不過就是幾個小時前的對話，現在想起來就像是久遠的往事。

「這麼說，你不去約克郡了嗎？」

我這麼一問，卡特萊先是愣住了，然後哈哈大笑出聲。

「啊，您是說家教的事嗎？事到如今我還有什麼必要窩在約克郡幫鄉下貴族顧小孩？接下來我可以過著隨心所欲的日子了啊。集結在這個劇院的我們是新時代的貴族。來吧，別說這些了，我介紹我們的同伴給您認識吧。大家都在等華生醫師大駕光臨呢。」

卡特萊親暱地拍拍我的肩，把我帶往酒吧。

這個時候我才察覺，艾琳．艾德勒已不見蹤影。我環顧大廳，到處都沒看到她。

「各位，約翰．華生醫師來了。」

卡特萊在劇院的酒吧門口高聲宣布。

在挑高空間中迴盪的人聲安靜下來，接著響起溫和的掌聲。我被卡特萊推著在各桌之間走動，不管望向哪裡，身穿黑色晚宴服的男男女女都向我報以微笑，也有人熱情地要求與我握手，更有人對我吹口哨，還有紳士狀似熟稔地拍著我的肩膀。潮水般的掌聲未曾停歇，甚至還有愈來愈熱烈的趨勢。這氣氛就像是回到令人懷念的夥伴之中。我困惑地在人潮中流轉，突然一個福態身材、看似商人的紅髮人物映入眼中。

那是「紅髮會」一案的委託人，傑貝茲．威爾森。

發現這一點的瞬間，我突然認出身邊歡笑著的人群中，有好多張似曾相識的面孔：一邊大笑著邊抽雪茄的是「銀斑駒」案的馬主羅斯上校；與他同桌的是「住院病人」案的崔佛林醫師；另一桌坐著的是「獨行女騎者探案」的范蕾特．史密斯，和「歪嘴的人」一案的聖克萊夫婦。再另一桌甚至還看見「第二血跡探案」的前首相貝林格爵士和霍浦閣下夫婦。

也難怪我會覺得像是回到懷念的人群中，因為從前福爾摩斯經手過的案件相關人士都齊聚於此。

「我聽說了，你大鬧了一場是吧？華生醫師！」

如此說著向我搭話的，是一名身著華服的男子。上等的晚宴服、雪白的背心、亮晶晶的琺瑯鞋。來人是聖席蒙男爵。我想起《福爾摩斯凱旋歸來》中的描寫：**一身華美的服裝讓他遠看像是年輕的青年，其實早已四十好幾。頭髮摻著幾絲灰白，仔細一看就能看出臉龐早已不似年輕人那般緊實……**

「哎呀，我也懂你的心情啦。」聖席蒙男爵氣定神閒地說：「夏洛克．福爾摩斯也是挺值得同情的。」

○

在我腦海中盤旋不去的，當然是夏洛克．福爾摩斯。

他為什麼會從蘇格蘭警場消失得無影無蹤？是得知調查總部解散，領悟到自己敗給莫里亞提教授，因此逃跑了嗎？

還是說他是暫時消聲匿跡，等待能逆轉情勢的時候伺機再起？

但若是如此，他應該會對我說些什麼才對。在打開調查總部的門的那一刻之前，完全沒有任何預兆。他的行為實在太難以理解，甚至讓我開始懷疑，當時見到的福爾摩斯只不過是因我的願望而生的幻影。

我失魂落魄地走向後方的吧台。一名男子獨自靠在吧台邊，撐著臉頰笑瞇瞇地盯著我看，一副跟我很熟的樣子。終於想起對方的名字，我不禁小聲地叫了出來：「史丹佛？」

「你終於想起來了，華生。」

醫學生時期的友人高興地舉起酒杯。

「不過人生際遇還真是不可思議，你剛從阿富汗回來的時候，我們重逢的地方就是這裡、標準劇院的酒吧。那時候你一定很寂寞吧，我拍了你的肩膀，你高興得不得了呢。在那之後，就是我帶你到聖巴托羅繆醫院，介紹你跟夏洛克．福爾摩斯認識的。後來你的人生可以說是一帆風順。也就是說，我是你的大恩人啊。結果呢，你在《暗紅色研究》之後就連一個字也沒提到過我了。」

我嘆了口氣，在史丹佛身邊坐下。

「沒想到連你也是莫里亞提教授的手下。」

「哎呀，這說來話長。」史丹佛說：「我賭博慘輸了一大筆，挪用公款被當時工作的醫院開除，是莫里亞提教授收留了我。在場的人也都一樣，那個紅髮威爾森是銷贓專家，羅斯上校主導賽馬作弊，范蕾特．史密斯是詐欺師。我們大家都一直為莫里亞提教授效命，夏洛克．福爾摩斯的活躍真是要整死我們了。不過今後就不用再擔心這個了。」

史丹佛靠向我，低語道：

「莫里亞提教授似乎很中意你呢。」

「別開玩笑了！」

「你說什麼呢，就是因為這樣你才會在這裡啊。」

史丹佛笑了。「真是的，沒有人比你更壞心眼了。你和夏洛克．福爾摩斯聯手，撈盡了好處，緊要關頭才又叛逃到莫里亞提教授的陣營。我不知道你是怎麼收服他的心的，簡直是天才。」

我將手肘撐在桌上，灌下悶酒。史丹佛說的每一個字都錯了，我卻完全沒有力氣反駁他。

「喂喂，你怎麼無精打采的？」

史丹佛大力拍了我的背，歡快地笑著：

「只不過是繞了一圈又回到原點罷了嘛。接下來再重新開始就好了。再來就是莫里亞提教授的時代了，那個人真的很厲害喔！我並不是神祕主義者，但莫里亞提教授擁有超越人類的力量。就像是位居世界中心，執掌一切的人。我就老實跟你說了吧，我甚至開始覺得那天會在標準酒吧遇見你、介紹夏洛克．福爾摩斯給你認識，會不會其實全都不是巧合，而是教授暗中牽線安排的呢。」

「難道你想說莫里亞提教授是神嗎？」

「我是不會說到這種地步啦。」史丹佛咧嘴一笑，「不過，如果真是這樣我也不驚訝就是了。」

我一口氣喝乾杯中物，轉身環顧穿著晚宴服的人群。

他們不知何時已不再注意我，回到各自的交談。卡特萊和蕾秋與紅髮的威爾森先生聊得很開心。在繚繞的紫煙另一頭，傳來香檳的開瓶聲。仔細聆聽四周的喧鬧聲，身處噩夢中的感覺又更加強烈。若是真如史丹佛所說，就連我們當初在標準酒吧的相遇也是莫里亞提教授安排的呢？沒有比這更駭人的想像了。如果這一切打從一開始，就注定要走向這令人心寒的結局——。

就在這時候，在歡笑人潮的彼方，我看見一張熟悉的面孔。那人身穿素雅的黑色裙裝，獨自坐在昏暗角落的桌邊。

我離開吧台往那人走去。

「喂，你要去哪裡？」史丹佛問。

但我沒有回頭。我直盯著對方，穿越桌間的人潮。興奮想跟我搭話的人們推擠上來、伸長了手想跟我握手，我板著臉甩開他們。我的行為引發了些許的騷動。這時我鎖定的對象抬起頭，像是下定決心似地看向我。那人正是貝克街２２１Ｂ的房東，哈德遜夫人。

○

我該如何用言語表達在「黑色慶典」看到她有多絕望呢。

貝克街221B這個地址，對我來說有非常具象徵性的意義。那是一切冒險的起點，也是所有冒險的終點。換句話說就是世界的中心。而在那裡，幾乎無時無刻都有哈德遜夫人的身影。夏洛克．福爾摩斯的生活與生計，若不是哈德遜夫人是不可能成立的。所以在我內心深處，一直相信唯有她不會背叛福爾摩斯。

「妳為什麼會在這種地方？」我質問哈德遜夫人：「妳不是說要在貝克街等福爾摩斯回來嗎？」

「再怎麼等也沒用。」哈德遜夫人的聲音透著無力：「福爾摩斯先生不會再回貝克街了。」

她面無表情，就像已經放棄了一切。

枉費我相信妳是唯一的夥伴——我差點脫口而出，連忙閉上嘴。我知道自己沒資格說這種話。福爾摩斯在對抗莫里亞提教授的時候，我什麼忙也沒幫上。我又憑什麼責怪哈德遜夫人呢？

我突然渾身無力，在她身邊坐下。

從這黑暗角落的座位看出去，酒吧裡歡聲談笑的人群盡收眼底。

史丹佛已經把我拋在一邊，跟身穿黑色禮服的范蕾特聊天，卡特萊等人也拿著酒杯跟別桌的人們乾杯。證券交易員派克羅夫特、銀行總裁何爾德、柯芬園的攤販布雷肯里吉、水力工程師海得利，全都是我曾經因福爾摩斯接下的案子見過的人。若是不知道他們全都是莫里亞提教授的手下，眼前景象看來不知道有多麼和樂融融。

哈德遜夫人並未加入這場狂歡，只是靜靜坐在桌邊，嬌小的身軀坐得挺直，如石像般紋風不動，眼中散發著深沉的絕望。我實在無法想像如此可敬的人竟會涉入犯罪。她到底參與了什麼樣的罪行？她對莫里亞提教授做出什麼樣的貢獻，讓她受邀出席這場「黑色慶典」？

「福爾摩斯先生總是掛念著華生醫師。」哈德遜夫人說：「他非常擔心你。」

「我知道，我也很對不起他。」

「但其實真正需要幫助的人是福爾摩斯先生。」

哈德遜夫人凝視著桌面，語氣充滿篤定：

「他自己並不承認，但我非常清楚。因為沒有華生就沒有福爾摩斯。所以我才苦口婆心勸他去找你，但福爾摩斯先生怎麼也辦不到。對福爾摩斯先生來說，瑪麗小姐過世，也帶給他很大的打擊。他總是苦惱地說『華生一定不會原諒我』、『我從未愛過人，不知道該怎麼做才能拯救華生』。」

聽哈德遜夫人訴說他的悲痛，讓我想起福爾摩斯站在細雨中的身影。

那天的事如今依然歷歷在目。瑪麗的葬禮——我想忘也忘不了。冰冷霧雨如煙的墓園、土塊落在棺木上的聲響、神父的禱詞、陰鬱鑽動的黑傘。

然而唯獨離別時的福爾摩斯的表情，我怎麼也想不起來。不管我怎麼追溯記憶，腦海中浮現的永遠只有在那冰冷雨幕的後方，寂寥佇立著的遙遠身影。當時的我根本就沒有想看他的表情，我對福爾摩斯就是這麼不能原諒。他在我的人生中帶來的一切，都像是落在墓碑旁的落葉般，早以失色且令人生厭。

但事到如今我才明白我大錯特錯。我真正不能原諒的人是我自己。是無法救回瑪麗的自己。然而我卻將自己的罪過推卸到福爾摩斯身上，狠狠甩開他伸向我、試圖拉我一把的手。

「福爾摩斯來找過我，哈德遜夫人。」

我一說，她突然抽了一口氣，往我看過來。

「他剛剛都還跟我在一起。是福爾摩斯帶我離開那個閣樓房間的。他說了我們兩個人要再重新開始。我錯得離譜，妳說的沒錯，我應該更早回貝克街去的。」

「你見到福爾摩斯先生了啊。」

哈德遜夫人嘆了口氣。

「那真是太好了。」

「但才說完這些話，福爾摩斯卻突然消失了。」我說：「我也不知道發生了什麼事，他為什麼會丟下我呢？」

周遭的鼓譟聲愈來愈高昂。馬賽克圖樣的挑高天花板下回響的人聲模糊地交融，暈染成一片異國音樂似的聲響，完全聽不清任何有意義的詞句。香檳的開瓶聲響起，又是一陣轟然的笑聲。

如此令人心煩的喧鬧聲就像棉花似地包覆著我。聚集在此狂歡的人們，全都由衷歡慶莫里亞提教授的勝利。福爾摩斯真的是孤身一人啊，我心想。在理應長伴左右的華生將他獨自留在墓園中的那一刻起，福爾摩斯就隻身與整個世界為敵，孤軍奮戰。

哈德遜夫人輕碰我的手臂。

「華生醫師，」她像是再次強調似地低語：「無論何時，你都不會背棄福爾摩斯先生呢。」

我驚愕地望向哈德遜夫人。她一掃方才空洞的神情，用堅定的眼神注視著我。我突然像是離開了標準劇院的酒吧，回到貝克街２２１Ｂ。

我向她點頭，哈德遜夫人便娓娓道來。

○

「我只不過是個房東，不太清楚福爾摩斯先生的工作內容，但我看得出他做的工作並不尋常。畢竟連日來總有許多委託人找上門來，福爾摩斯先生的生活作息也亂七八糟。他的怪實驗會弄到必須叫消防馬車來、還會用手槍把牆壁打得滿牆是洞……所以福爾摩斯先生開始在深夜裡悄悄出門，我一開始並不覺得有什麼異狀，只覺得就是跟平常一樣的工作。

「開始覺得不太對勁，是發現他總是從後門離開的時候。晚上從床上坐起身、側耳細聽，就會聽到他的腳步聲慢慢走下樓，然後直接轉向後門。

「就這樣連續好幾個晚上，有一天，我又聽到一如往常的腳步聲，忍不住打開門出了走廊，正好看到一個黑色人影從後門溜出去。我追上去，走出後院，就看到一個老人站在月光下。」

「老人？」

「對，穿著漆黑外套的老人。」

哈德遜夫人打量了一下四周，將聲音壓得更低：

「我出聲叫住他，他轉過頭來，我從沒見過那麼可怕的臉！簡直就像惡魔一樣。他晃著那張毒蛇似的蒼白臉孔，直勾勾地盯著我。我實在太害怕，喘不過氣來，一個腿軟就坐倒在地上。那老人什麼也沒說，轉過身穿過後院，翻過圍牆離開了。

「他消失無蹤之後，我還是好一陣子動彈不得。他的神情在我腦海中盤旋不去。那個老人到底是誰？他進出這個房子有什麼目的？總之要先通知福爾摩斯先生才行，我這麼想著，急忙回到屋裡，上樓前往福爾摩斯先生的臥房。但床是空的，福爾摩斯先生不在房裡。」

我不禁屏息，覺得口乾舌燥。

隨著哈德遜夫人的敘述逐漸接近真相，沉醉在歡慶莫里亞提教授勝利的喧囂也漸漸遠去。

「那是什麼時候開始的？」

「應該是去年秋天，瑪麗小姐過世那陣子開始的。」

哈德遜夫人接著說：

「今年過完年，福爾摩斯先生說他要處理重大案件，就開始忙碌了起來。也愈來愈常在外頭過夜。即使如此，福爾摩斯先生睡在貝克街221B的時候，每到半夜也一定都會聽到腳步聲走下樓、悄悄從後門離開。床鋪也是空的。到了隔天早上，等我發現的時候，福爾摩斯先生就已經回到他房裡。對於這件事，福爾摩斯先生從沒說過什麼，我也一直不敢問。一想到在後院看到的那個惡魔似的老人，就覺得那是什麼絕對不能觸碰的可怕祕密。」

這樣不安的日子持續了一陣子，就發生了上次的爆炸案。

前來檢視爆炸案現場的雷斯垂德探長勸她暫時搬到其他地方住一陣子，但哈德遜夫人沒有逃走。她認為守住221B是她的使命。

但她心中不祥的預感依然揮之不去。夏洛克．福爾摩斯該不會再也不回來了吧？

「然後是今天，華生醫師回來過後的事。」

吃過晚餐，哈德遜夫人在起居室看書。

晚間七點過後，她猛然抬起臉。有人打開後門，進到貝克街221B。來人緩緩行過走廊，踩著吱呀作響的梯級上樓。這段時間，哈德遜夫人一動也不動，屏息等在昏暗中。

腳步聲進到福爾摩斯的房間，四下便安靜下來。凝神細聽了一陣子，但半點聲響也沒有。哈德遜夫人站起身，拿起提燈。起居室的牆上掛著的鏡子映出了自己的臉。那張臉面如死灰、血色盡失。

哈德遜夫人像是持著驅魔聖器般高舉提燈，走上二樓。

「福爾摩斯先生?」

哈德遜夫人揚聲喚道，卻沒有回音。

貝克街221B從未讓人覺得如此陌生。哈德遜夫人裹著披肩的雙肩微微發抖。福爾摩斯的房門敞開著。她害怕地僵在原地，就聽見裡頭傳來呼喚聲：「哈德遜夫人。」

是老人嘶啞的嗓音。

「過來這裡吧，沒什麼好怕的。」

「你是誰?」

「詹姆斯·莫里亞提教授。我是福爾摩斯的朋友。」

哈德遜夫人舉著燈，進到福爾摩斯房中。

就像是踏上狂風吹拂的荒野，玻璃窗被爆炸給震破，寒冷的夜風灌進房裡，幽微的月光照著家具的殘骸。往宛如廢墟的房中望去，一名老人倚著冷冰冰的壁爐。

「請原諒我擅自進來。我想來看看福爾摩斯之前生活的地方。」

「這裡什麼也沒有了，之前有人引爆了炸彈。」

「我知道。」

莫里亞提教授微笑：

「炸了這間房間的人就是我。」

哈德遜夫人深吸一口氣，看著他。

「就是你吧，福爾摩斯先生在對付的人。」

「曾經在對付的人，應該用過去式才對。」莫里亞提教授依然掛著微笑：「夏洛克·福爾摩斯的冒險結束了。他之前的表現非常精采，能欣賞他奮戰的樣子，也滿足了我心智上的樂趣。不過無論他怎麼費盡心力，這世上還是有著不能解開的謎團。」

莫里亞提從壁爐邊起身，拄著手杖走了過來。

當月光照亮他那裹著黑色斗篷的身軀，哈德遜夫人領悟到駭人的真相。好比被拋到月球背面般的絕望將她吞沒。

夏洛克．福爾摩斯就是莫里亞提教授，莫里亞提教授就是夏洛克．福爾摩斯。但福爾摩斯自身並未察覺。他從未發現持續拚命對抗的人就是他自己。

哈德遜夫人伸手抓住渾然忘我的莫里亞提教授。

「福爾摩斯先生！」

她拚命向他低語：

「你是福爾摩斯先生，拜託你快醒醒！」

但莫里亞提教授猶如被操控的木偶，完全聽不進她由衷的呼喚。與他對上眼時，那彷彿望進宇宙的空洞讓哈德遜夫人心生畏懼。在她眼前的似乎不是這個世界的人。

「我很感謝妳，哈德遜夫人。由衷感謝。」

莫里亞提教授的聲音，儼然從異世界傳來般虛無。

「這世上值得相信的，不是神、不是愛，也不是物質。唯一確定的，就是萬事萬物都將終結，一切終將回歸永劫的黑暗。這才是真理，也是這個世界的本質，是無須多言的美麗。我是為了終結這一切而來的。」

○

聽哈德遜夫人述說的這段時間，四周的喧嚷離我們愈來愈遠。

在那個當下，我們身處的不是華美的標準劇院，而是貝克街221B福爾摩斯的房間裡。遭受爆擊後殘破不堪的房間景象，鮮明地在我腦海中重現。照在家具殘骸上的月光、從破窗中吹進的夜風，以及被黑色斗篷包覆全身的莫里亞提教授。就像哈德遜夫人一樣，我也望進莫里亞提教授的雙眼。在那雙瞳眸中，是一如沒有半點星光的宇宙般的深淵。

「說完之後，那個人就離開了。」哈德遜夫人說：「他離開時把這個交給我。」

她將「黑色慶典」的邀請函放到桌上。

「是這麼回事嗎，」我低聲道：「這下我全都明白了。」

夏洛克．福爾摩斯是有史以來最厲害的神探。能跟他勢均力敵、彼此牽制的敵人，除了福爾摩斯自己別無他人。他這段時日以來與莫里亞提教授的纏鬥，也正是兩個人格為了爭奪同一個軀體的殊死戰。

不過我其實早在之前就隱約察覺這個真相了。

我在《福爾摩斯凱旋歸來》中讓莫里亞提教授登場，他是福爾摩斯的新室友、同樣深受低潮所苦，如影隨行地陪伴福爾摩斯。然後他們兩人同樣都被墨斯格夫家的「東之東之間」吞沒。難道不正是因為我下意識察覺到他們是同一個人的緣故嗎？

貝克街221B遭受爆擊，福爾摩斯失去了能讓他回歸自我的處所。然而哈德遜夫人誠摯的呼喚，喚醒了福爾摩斯的靈魂。

到那個閣樓房間來找我、將我帶走的福爾摩斯，一定是他使出渾身解數拚命達成的「最後的變身」。在蘇格蘭警場不得不面對敗給莫里亞提教授的事實，那一刻肉體的主導權也徹底被奪走了。

「再這樣下去就糟了。」哈德遜夫人說：「得要阻止福爾摩斯先生才行。」

看到我點頭，哈德遜夫人放心地閉上眼。

喧囂聲像雪崩似地再度湧現。身著晚宴服的人們紛紛從桌邊起身，興奮地一面耳語一面開始移動。

看來莫里亞提教授的「最終演說」要開始了。史丹佛遠遠朝著我揮手大叫：「喂！華生！」

換上黑色晚禮服的艾琳．艾德勒一溜煙地來到我身邊。「我帶您到您的座位上。」她說，挽起我的手臂。這動作與其說是要為我帶路，更像是絕不讓我逃走。

艾琳．艾德勒帶我前去的，是舞台正面的特等席。

舞台上空無一物，連講臺或椅子也沒有，就只是垂著黑天鵝絨布幕、滿布塵埃的空間，打著微微的燈光。總覺得這冷清的空間散發一種不舒服的氣息，但場內似乎完全沒人在意。

就連靠近天花板的座位都擠滿了「黑色慶典」的參加者。

他們像麻雀般嘰嘰喳喳地、用充滿期待的眼神望著空蕩蕩的舞台。

在此之前一直隱身於倫敦的黑暗深處的正宗支配者即將現身。參加者們的神情寫滿自負，深信自己是被莫里亞提教授選上的人。

卡特萊和蕾秋親暱地一起坐在二樓的座位區，我在舞台右手邊的包廂座位裡看到瑞金諾．墨斯格夫的身影。雷契波羅夫人堂而皇之地坐在他身邊，用觀劇望遠鏡看著樓下。她看見我，還狀似優雅地向我揮手。

艾琳．艾德勒在我身邊坐下。黑色晚禮服將她的膚色襯得更加蒼白，與劇院中熱烈的氣氛格格不入。

「您跟哈德遜夫人聊了些什麼？」

「沒什麼大不了的。」

「沒什麼大不了的事還聊了那麼久啊。」

艾琳．艾德勒看著舞台，一面說：

「如果您還在想著福爾摩斯，我勸您還是快放棄吧。他勝過莫里亞提教授的可能性是微乎其微。」

劇院的照明開始陸續關上。隨著如柔軟天鵝絨般的昏暗包圍觀眾席，原先彼此低語著的參加者也都閉上了嘴。在沉重的寂靜中，我聽見艾琳・艾德勒嚥下口水的聲音。

○

黑天鵝絨布幕上，打上一輪滿月般的圓形白光。

布幕掀起一陣漣漪般的波動，一名駝著背的老人走進光中。他頭戴黑色禮帽、身穿黑色斗篷，乍看之下就像是那張面無血色的肅穆臉龐浮在半空中。飽滿的前額、摻著白髮的稀疏髮絲、緊抿的冷酷雙唇。

聽眾屏息以待他們的「首領」開口。

「從這裡可以看見許多張臉孔。」

在吊足聽眾胃口後，莫里亞提教授開口。

「在座各位對我一無所知，但我對各位瞭若指掌。柯芬園的商人、達特穆爾的馬主、外交部官員、家教……你們在這個世界的各個角落，為實現我的『計畫』而效力。我衷心感謝各位的貢獻。如今整個倫敦、英國、甚至世界，都將落入我們手中。今晚邀請各位前來這個劇院，就是為了宣告我們的『計畫』已然實現。」

莫里亞提教授語音一落，場內便響起熱烈的鼓掌喝采。

「大家都想知道我的『計畫』的全貌，我是什麼人、想要成就什麼、又要帶領諸位前去何方。但要回答這些疑問，首先必須向一位偉大的人物致上哀悼之意。他是名聲顯赫的偵探，竭盡全力對抗我們，持續奮戰。破解謎團是那個男人的天命，他不能抗拒與我對抗的誘惑。」

是福爾摩斯，他說的是福爾摩斯。聽眾紛紛耳語。

「與福爾摩斯的鬥智對我而言充滿心智上的樂趣。」莫里亞提教授繼續說：「然而，無論福爾摩斯是多麼優秀的偵探，我們組織的強大都遠遠超乎他的想像。打從一開始——當他察覺到潛藏在黑暗中的我的存在那一刻起，福爾摩斯就沒有勝算。福爾摩斯走投無路，逃亡瑞士，無法承受敗北的屈辱，投身萊辛巴赫瀑布。今後他再也不會來找我們的麻煩了。夏洛克．福爾摩斯的冒險結束了。」

莫里亞提教授志得意滿地說，現場再度響起轟然掌聲。

我的腦海中浮現深夜的貝克街221B，福爾摩斯下了床，站到臥房的鏡子前。變裝完成後，鏡中映出莫里亞提教授的臉。他披上黑色斗篷，緩緩走下階梯，然後從貝克街221B的後門溜進倫敦夜色中，操控手下執行犯罪。

夏洛克．福爾摩斯對解謎著了魔。偵辦案件是他唯一的生存動力，也是存在的理由。沒有比平靜無趣的日子更讓福爾摩斯生厭的了。充滿挑戰性的謎團、縝密計畫的罪行、充滿刺激冒險的日子，才是福爾摩斯不斷追求的。莫里亞提教授是實現他這個心願的完美存在。莫里亞提教授是福爾摩斯自己創造、培養出的黑暗分身。

無論再怎麼解謎，福爾摩斯從未接近莫里亞提教授這個謎團的核心。因為那就是他自己，所以他才會對這個謎團如此著迷，非得追查到底不可。每當福爾摩斯接近莫里亞提的真身，莫里亞提就使出更魔高一丈的技倆脫逃。在他們這樣永無止盡的爭鬥的同時，催生出更多謎團的犯罪組織也變得更加複雜、更加巨大了吧。就這樣，這個犯罪組織掌控了蘇格蘭警場、掌控了英國政府，最終導致莫里亞提這個分身，將福爾摩斯推下妄想中的瀑布深淵。

「夏洛克・福爾摩斯沒有輸！」我站起身大喊：「你在說謊！」

艾琳・艾德勒一把抓住我的手臂，冷冷地瞪著我。滿場的掌聲逐漸稀落，轉變為充滿怒意的細語和咂舌聲。滿劇院的人們臉上，浮現了明顯的敵意。

「華生，」莫里亞提教授從台上喚我：「你這話是什麼意思？」

「夏洛克・福爾摩斯還活著。」我說：「因為你就是福爾摩斯。」

劇院的嘈雜聲平息下來，安靜無聲。

「快醒醒，福爾摩斯！『莫里亞提教授』根本不存在！」

我如此疾呼，台上的莫里亞提教授的表情依然紋風不動，儼如蠟像。凝視那雙空洞的眼眸，就像將石子扔進無底洞中。我說的話有傳到福爾摩斯心中嗎？

莫里亞提教授淺淺微笑，「你說完了嗎？」他說，那口吻充滿了像是對駑鈍學生的憐憫。「看來受妄想所困的人是你啊。」

語畢，劇院響起哄堂大笑。

在滿場的嘲笑當中，我轉頭環顧四周。

坐滿了觀眾席的人群，有男有女、有老有少，看起來全都是同一個表情，就像戴上了同樣的白色面具。無論他們對莫里亞提教授是崇拜、是畏懼，今晚聚集在這個劇院裡的人們，沒有一人察覺自己被捲入夏洛克・福爾摩斯盛大的自導自演當中。在滿堂放聲嘲笑的人群中，唯一沒有笑的是哈德遜夫人。她坐在二樓正面最前排的座位，像在祈禱般緊握雙手，直直地望著我。

突然，莫里亞提教授開口：

「諸位，沒什麼好笑的。」

聽了這句話，笑聲戛然而止。

「華生，」莫里亞提教授對我說：「你的心情我十分瞭解。你從前跟夏洛克・福爾摩斯一起住在貝克街221B，作為他忠實的記錄員，難以接受這個現實是很自然的事。不過你自己其實也暗中期望這樣的結果吧。你憎恨福爾摩斯，所以才會寫下這個東西吧？」

莫里亞提說著，掏出了《福爾摩斯凱旋歸來》。

「這半年來，我隨時隨地都在監視你。雖然你們因為夫人的死而分道揚鑣，你畢竟還是夏洛克・福爾摩斯的前搭檔。緊要關頭，你就會是重要的王牌。不過你絕不原諒福爾摩斯。在福爾摩斯拚命奮戰的期間，你一次也不曾向他伸出援手。對夏洛克・福爾摩斯的恨意將我們緊緊結合在一起。我們是共犯。」

「我從來不是你的共犯。」我說：

「我已經不恨福爾摩斯了。」

莫里亞提教授的臉突然痛楚難耐似地扭曲了一下。

不過那也僅僅是一瞬間。他立刻恢復冷酷的表情，揚掀起黑色斗篷大手一揮，將《福爾摩斯凱旋歸來》的手稿撒向觀眾席。眾人歡呼著伸長了手，抓取飛散在空中的稿紙，一張接一張撕碎。手稿變成數不清的紙屑，被無情地扔在劇院地板上。

我正準備向前躍出，艾琳・艾德勒拉住我的手臂。

「你要做什麼？」

「我要救福爾摩斯。」

「這麼做又能怎麼樣？」艾琳・艾德勒語帶嘲弄：「那個人的真面目，事到如今已經不重要了。對我們來說，唯一有意義的只有那個人的權力。既然他說福爾摩斯已死……」

艾琳．艾德勒突然閉上雙唇。

然後她詫異地蹙眉，低聲道：「怎麼回事？」

一陣詭異的地鳴震動了整座劇院。就像是遠方有些什麼巨大物體崩塌似地，是一種前所未有的感覺。劇院裡的騷動逐漸擴大。觀眾席的人們不安地面面相覷，緊抓扶手探出身子張望。

天花板啪啦啪啦地落下粉塵，黑天鵝絨布幕晃起陣陣波濤。四下滿是不安的氣息，台上的莫里亞提教授卻泰然自若，甚至浮現心滿意足的笑容。

「感謝各位。我衷心感謝諸位。」

莫里亞提教授向聽眾緩緩開口：

「因為諸位忠誠的行動，我達成了我被賦予的使命。我是為了終結這個世界而來的。在座諸位應該都相信自己是真正的人類、過著真正的人生吧。不過你們不過是作者創造出來的傀儡，在名為『夏洛克．福爾摩斯』的神探為主角的偵探小說裡，諸位不過是故事的配角。如今夏洛克．福爾摩斯的冒險已然結束，諸位也失去存在的理由了。追根究底，這個世界本身只不過是為了神探福爾摩斯而創造出來的虛假世界。」

——這個倫敦，只不過是真實倫敦的影子

莫里亞提教授這麼說。他的語氣溫柔得令人發毛。

○

在莫里亞提教授對聽眾訴說的同時，地鳴聲也愈來愈大。

劇院外頭傳來像是接連砲擊的聲響，彷彿敵國率軍攻進來、而倫敦正逐漸淪陷。尖叫聲此起彼落，也有人落荒而逃。但莫里亞提教授毫不在意，只是一臉欣喜地繼續說著。即使他的聲音幾乎被地鳴聲和慘叫給淹沒。

「這世上值得相信的，不是神、不是愛，也不是物質。唯一確定的，就是萬事萬物都將終結，一切終將回歸永劫的黑暗。這才是真理，也是這個世界的本質，是無須多言的美麗。我是為了終結這一切而來……」

艾琳．艾德勒死死地掐住我的手臂。

「那個人到底在說什麼？」

她低聲道，那張臉蛋因恐懼而扭曲。

就在這時候，一陣劇烈的搖晃襲向標準劇院。那宛如由下而上衝出的重擊，將四下的人們震得飛上天去。

接著整間劇院就像被人大力左右搖晃的娃娃屋，右手邊的觀眾席像雪崩似地塌落。有那麼一瞬間，我彷彿聽見雷契波羅夫人高亢的尖叫聲，但飛揚的粉塵如海嘯般湧上，我什麼也看不見了。眾人陷入恐慌，爭相越過座椅，擠向通道，試圖逃出劇院。再也沒有任何人在意舞台上的「首領」。

我甩開艾琳．艾德勒的手，往舞台跑去。

「福爾摩斯！」

我的呼喚聲被場內的慘叫給淹沒。

好不容易爬上舞台，我撲向莫里亞提教授。

在這樣的近距離下，就能看出那蒼白如蛇的臉色、如遲暮老人的深刻皺紋，全都是精湛化妝的成果。試圖掙脫我的頑強力氣，怎麼也不可能出自一個長年伏案研究的老人家。在一陣激烈的掙扎之後，我被他猛力推開，但在此同時我抓住了他的白髮。隨著假髮被揭下，露出了凌亂的黑髮。站在眼前的無庸置疑就是夏洛克．福爾摩斯。

但他看來並未恢復自我。

「我是作者的代理人。」

莫里亞提教授瞪著我，呢喃似地說道：

「隨著親手創造出的虛構神探獲得讀者前所未有的熱愛，作者開始憎恨福爾摩斯。無心插柳之下誕生的神探，害得他無法獲得正當的評價。世人只對夏洛克．福爾摩斯這個神探感興趣，把作者當成福爾摩斯忠實的記錄員……這是本末倒置，是不能容許的背叛。要斬斷跟福爾摩斯之間可恨的連結，讓自己從『偵探小說』這個枷鎖中解脫。我是為了達成這個目的，被作者派來這個世界的存在。」

「福爾摩斯，快醒醒！」我大喊：「你被妄想給迷惑了！」

「你說這是妄想？那你要怎麼解釋現在發生的現象？」

他張開雙手質問：「難道你要說我使用了超能力嗎？」

我試著站起身，卻一個踉蹌，感覺到腳下的地面開始傾斜。就像被巨人大力搖晃一般，整個劇院劇烈晃動。

人們無法逃脫，滿身粉塵、彼此推擠。眼前是一片恐懼造成的混亂。卡特萊、蕾秋、哈德遜夫人和艾琳．艾德勒都不知所蹤。他們全都被飛揚的粉塵與四下逃竄的人海給吞沒。

「福爾摩斯真是太傲慢了。」莫里亞提教授說：

「他認定這些五花八門的案件都是憑他一己之力解決，自視甚高。這個世界不過是『偵探小說』，這一切都是作者為他安排好的，而他對此一無所知。當他被創造出自己的作者憎恨，福爾摩斯的命運就注定終結了。」

說完他掀起斗篷，往舞台左手邊側台的黑暗中奔去。

○

我追著莫里亞提教授進到側台，鑽進厚重的黑色布幕後方，劇院中的悽聲慘叫顯得更加遙遠。四周是一片昏暗。

「福爾摩斯！你在哪裡？」

我摸索著往後台深處走去。

簡直是走在暴風雨中的船艙中，身邊物品彼此碰撞磨擦的聲響、以及有什麼東西崩塌垮下的聲音不絕於耳。畫在布景上的街景在黑暗中看起來彷佛浮出現實中。看來這裡是存放演戲用的大型道具的地方，扶手椅、桌子、壁爐、有百葉遮陽板的窗戶、門板、馬車座椅、紙糊的磚牆……每當劇院傾倒，這些東西就隨之滾動，就像是不斷變形的迷宮，阻擋我的去路。

——這個倫敦，只不過是真實倫敦的影子

莫里亞提教授所言超脫常理。

這個世界本身是偵探小說、我們都是小說裡登場的角色，這種事要人怎麼相信？若說夏洛克·福爾摩斯被名為「莫里亞提教授」的妄想迷惑，那麼唯一說得通的就是，莫里亞提教授被更加詭異的妄想給迷惑了。

但若這一切只不過是他一個人的妄想，這像是呼應「黑色慶典」般襲來的毀滅預兆又是什麼？若這整個世界是為了夏洛克．福爾摩斯所創造出的偵探小說，那我又是為了什麼在這裡呢？我的整個人生都是虛假的幻象嗎？跟福爾摩斯經歷的那些心驚膽跳的歷險、以及跟瑪麗悲傷的離別……

終於鑽出後台，灰泥牆夾道的狹窄通道出現在眼前。牆壁與天花板都布滿裂痕，粉塵不斷剝落。電燈像是隨時要熄滅似地閃爍著。順著眼前的通道走了一段，左手邊是往上的樓梯口。樓梯口前方掉著像是灰色花朵的東西，我將之拾起，發現是揉成一團的稿紙。

在閃爍的電燈下，我攤開紙張掃視上頭的文字。

寒冷的晴空是一片異國器皿般的琉璃色，河畔的風景也像是沉在水底般泛著藍色。左手邊長長的堤坊上是入冬後枯黃的草坪，右手邊暗沉的河面對岸，下鴨街區的燈火閃耀著。四下寂靜無人。我好久沒有覺得這世界看起來是如此美麗。我吹著口哨，悠哉地向北走去。

不久後，身後傳來一聲呼喚。

「約翰．華生！」

回過頭，瑪麗就站在身後。

「哎呀！妳在那裡多久了？」

「我從剛剛就一——直跟在你後面啊。」

瑪麗開心地笑著，雀躍地踩著小跳步追上來。

是《福爾摩斯凱旋歸來》當中的段落。

賀茂川的暮色風景浮現眼前。還能感受到瑪麗挽著我時傳來的體溫。那是再真實不過的回憶。又是一陣激烈的搖晃，震動了整座劇院，電燈像是擠出最後一聲嘆息似地熄滅了，眼前陷入一片漆黑。

但我並未感到一絲恐懼，因為我的手中握著《福爾摩斯凱旋歸來》的手稿。即使那只是破碎的紙片也無所謂，那片賀茂川的暮色，就像是黑夜中綻放的煙火，深深印在我的眼簾。內心深處有些什麼在蠢動著。就像是拚命想要記起那些怎麼也想不起來的回憶。

我扶著牆，踏上逐漸傾毀的劇院階梯。

○

階梯的盡頭通往劇院中央的機房屋頂。

我推開門，踉蹌地步向屋外。

腳下就像是行駛在驚濤駭浪中的帆船甲板，狂風不斷吹拂。我站不住腳，拚命抓緊女兒牆時，下方的街道映入眼中。從棉絮般的霧氣縫隙中看見的，是異樣的光景。

倫敦的街道就像被蟲啃蝕殆盡的枯葉，原先街區所在之處紛紛陷落，留下深不見底的大洞；由於失去遮蔽視線的建築，一眼就能望見特拉法加廣場；聖詹姆斯公園周邊也全數塌陷，白廳的各政廳就像是被孤立在斷崖絕壁。

就在我茫然失措地看著這一切的同時，儼然整個世界都被擠壓的地鳴聲持續響著，大教堂的圓頂屋頂、蘇格蘭警場、聳立著鐘塔的國會議事堂，接連像積木般崩落。泰晤士河對岸已經什麼也不剩，放眼盡是與漆黑的天空難以辨別的深淵。

我緊抓著女兒牆，凝神望向那深淵的彼方。

——永劫的黑暗。

詭譎的風似乎就是從那深淵中吹來。

莫里亞提教授就站在女兒牆上，俯瞰眼前的皮卡迪利圓環。狂風吹在他的身上，將那身黑色斗篷吹得像展翅的烏鴉。「這下就連你也明白了吧，」他說：「我是為了終結這個世界而來的。」

「我們會怎麼樣？」

「為什麼要在意這種事呢？」

莫里亞提教授說：「你們原本就不存在。」

說完，他從女兒牆上一躍而下。毫不遲疑。

我拚命往前奔去，伸手卻只抓住虛空。從女兒牆邊探出身子，下方是已然面目全非的倫敦。曾經跟福爾摩斯同住的貝克街、跟瑪麗一起生活的肯辛頓、這段時間居住的租屋處所在的布魯姆斯伯里，全都消失得無影無蹤。如同漆黑深谷的裂縫將城市撕扯開來，街區成了四分五裂的碎片。駭人的龜裂延伸至眼前的皮卡迪利圓環，我得以直視位於正下方的深淵。

莫里亞提教授翻飛著斗篷不斷往下墜落。

——一切都完了。

正當腦中閃過這個念頭，我突然感覺有人抱住了我。

「你一定要回來。」瑪麗的聲音在耳邊響起：「答應我。」

像是呼應這個令人懷念的嗓音，營火照耀下的愛妻的臉龐浮現眼前。

我們所在之處是位於洛西的墨斯格夫家。瑞金諾・墨斯格夫和墨斯格夫千金無計可施地看著我們。

在他們身後，是所有窗戶都透著冷光、不斷響起呢喃聲的赫爾史東大莊院。而我跟瑪麗道別，為了帶回福爾摩斯和莫里亞提教授，前往「東之東之間」……

那一刻，我突然領悟了一切。

我為什麼會寫下《福爾摩斯凱旋歸來》？因為那才是真實、才是這個世界真正的樣貌。我們現在正被困在墨斯格夫家的「東之東之間」之中。這個名為倫敦的「現實」，是「東之東之間」創造出的噩夢世界。但夏洛克．福爾摩斯和莫里亞提教授都已忘了自己是怎麼來到這個世界的。

夏洛克．福爾摩斯帶我離開那個閣樓房間時，我心想「小說結束了」。不過事實並非如此。小說還沒結束。就是為了不要遺忘返回原本世界的路，我才會書寫《福爾摩斯凱旋歸來》。

我翻過女兒牆，跟著莫里亞提教授跳下深淵。

○

墜入皮卡迪利圓環的裂縫中後，眼前豁然開朗。

倫敦的碎片如雪花般不斷落入無底深淵，大大小小的城市殘骸中，不知為何街燈與窗邊燈火全都點亮著，就像是安裝了燈泡的城市模型一般閃亮。方才還不絕於耳的地鳴聲驟然停息，如今耳邊只聽見呼嘯的風聲。除此之外是一片彷彿時間也靜止般的靜寂。

我尋找莫里亞提教授的身影，像子彈般往虛空墜落。

不斷深入深淵的同時，無數城市碎片在我身邊經過。

它們就像漂浮在漆黑之海上的磚造群島。接近的時候，甚至還能看見上頭人們的神情。街角酒館中獨自爛醉的男人、從閣樓窗子裡凝望夜空的老婦、穿著破布在暗巷遊蕩的流浪兒童、將載客馬車停在路邊打盹的車夫……但他們沒有任何人看向我。甚至應該說，他們似乎根本就沒發現自己的世界正在毀滅。就在我看得入神的時候，這些倫敦的碎片已經逐漸往黑暗中遠去。

前方什麼也看不見，唯有深淵張開大口。

——是在我不注意的時候錯過他了嗎？

我開始擔心，但事到如今也無法回頭。

曾幾何時倫敦的碎片都已遠遠在我身後，像夜空中的星辰般閃著光芒。

突然出現了水沫般的霧氣，黑暗深處出現一道巨大的瀑布。是泰晤士河，飛濺著水沫注入虛空之中，宛若支撐著世界中心的擎柱般矗立著。河水落下之處不見瀑池，只有漆黑的深淵。整個世界彷彿將永遠往那道深淵中崩落而去。

就在幾乎要陷入絕望時，我終於看見莫里亞提教授的身影。

那翻飛著的黑色斗篷像是順著瀑布滑下般墜落。我拚命追上去、抓住斗篷一角的瞬間，我們一同失去平衡，像葉片在風中翻滾。漸行漸遠的倫敦燈火如同天體不斷旋轉。

但我還是沒有放開手中的斗篷。

我將他拉到身邊，護著他似地抱住他。

莫里亞提教授似乎昏了過去，閉著雙眼，雙唇微張。蒼白的臉色宛若死者。瀑布的水花不斷飛濺，將變裝用的妝容洗去，現出夏洛克．福爾摩斯的臉龐。福爾摩斯，我喚道。但他一點反應也沒有，我緊緊抱著他，不斷說著：「拜託你快醒醒。」

眼前愈來愈暗，最終連瀑布、連眼前的福爾摩斯都看不見了。

我所能確定的就只有，我們依然無計可施地不斷墜落、以及福爾摩斯就在我懷中。好想回去，我祈禱著。腦海中浮現令人懷念的情景。四条大橋上交錯的行人、染上夕陽餘暉的大文字山、被朝霧籠罩的下鴨森林。

「我們回京都去吧，福爾摩斯。讓我們兩個重新開始吧。」

突然我感覺到福爾摩斯在我懷中微微一動。

漆黑一片的深淵深處亮起一道微光。在劃出一道圓孔的黑暗彼方，照進一道光芒。隨著我們靠近，那道光也益發強烈、愈來愈大。

那道溫暖的光是從何而來，我當然心知肚明。

那道光的另一頭是京都，哈德遜夫人在那裡、雷斯垂德警部在那裡、艾琳·艾德勒在那裡。瑞金諾·墨斯格夫也在、蕾秋也在、卡特萊也在。最重要的是瑪麗就在那裡。

應該跟我們同在的人們，正在等我們回去。

——這是福爾摩斯的凱旋歸來。

我心想。

突然間，刺眼的朝陽將我們包圍。

○

「早啊，華生。」

夏洛克·福爾摩斯的聲音響起，

「這麼美好的早晨，你要睡到什麼時候？」

尾聲

「早啊，華生。」

夏洛克．福爾摩斯的聲音響起，

「這麼美好的早晨，你要睡到什麼時候？」

睜開雙眼，繪著《竹取物語》裝飾畫的格狀鑲板映入眼簾。

我用手肘撐地坐起身來。朝陽從幾扇小窗中照進來，在空蕩蕩的木板地上投下亮光。我四下張望，看到巨大的壁爐，和降靈會時用過的圓桌。我回到墨斯格夫家的「東之東之間」了。

福爾摩斯跪在我身邊，詫異地看著我。

「告訴我，華生，你是怎麼把我們帶回來的？」

「你不記得倫敦發生的事了嗎？」

「倫敦？」

福爾摩斯蹙起眉頭低聲說：

「不，我記得的就只有你一直在叫我。」

我在福爾摩斯的攙扶下站起身，全身關節都在作痛。

「東之東之間」冷得驚人，福爾摩斯呼出的氣息也凝成白煙。

莫里亞提教授倒在壁爐前的地板上，黑色斗篷裹著他瑟縮著的身軀。我跪下身搖了搖他的肩，教授的身子猛地一震。「莫里亞提教授。」福爾摩斯喚道，他倏地坐起身，驚訝地眨著眼。

「這不是福爾摩斯嗎？華生也在啊。」

「你感覺怎麼樣？」福爾摩斯問。

「嗯，還不壞。不過這間房間實在是冷死了！」

我們扶莫里亞提教授站起身後，環顧四周。

四下安靜無聲，從窗中照進的光裡飛舞著塵埃。

如果我沒能喚醒福爾摩斯，就這樣被黑暗的瀑布深淵吞沒的話會怎麼樣呢？一思及此，我想起倫敦的莫里亞提教授所說的「黑色慶典」的真相。他說那個世界本身就是「偵探小說」。他是為了終結這個世界，受「作者」派遣而來的。

——這個倫敦，只不過是真實倫敦的影子

在逐漸傾頹的倫敦的彼端，我看見一名「作者」的身影。那個人彎身伏案，正在書寫著為自身創作出的偵探小說系列拉下終幕的最後一篇故事，試圖葬送自己創造的名偵探、消除自己創造出的倫敦。那同時也像是受到詛咒的鏡中映出的、我自己的身影……

「你還記得發生了什麼事嗎？」我問。

「不，」莫里亞提教授搖頭說：

「但是我記得聽到你的聲音在呼喚我。」

「我們身在倫敦，莫里亞提教授。簡直就像一場噩夢。」

我們真的回來了嗎？就算回來了，我們又在「那邊」待了多久呢？從身邊的狀況看來，至少不像是過了幾百年。但「東之東之間」已然失去那股妖異的氣息。這裡就只是一間陳舊古老的空房間。

這時，走廊上傳來匆匆忙忙的腳步聲。

「看來有人來了。」

福爾摩斯的目光投向門扉。

下一秒，艾琳．艾德勒衝進了「東之東之間」。

後來我們才聽說，她們和墨斯格夫家的人們，在我進到「東之東之間」之後，在赫爾史東大莊院外頭守了一整晚。當夜晚過去、旭日照進領地內的竹林時，占據了莊院一整夜的福爾摩斯與莫里亞提教授的幻影消逝而去，莊院陷入一片沉寂。艾琳．艾德勒直覺地認為「他們回來了」，立刻就趕來「東之東之間」。

艾琳．艾德勒一看到我們，大叫出聲：「我就知道！」

「哎呀，這不是艾德勒小姐嗎。早安啊。」

福爾摩斯悠哉地打招呼，讓她愣了好一陣子，接著她猛地衝向前來，質問道：「為什麼要這麼亂來！」

「呃、可是……」福爾摩斯困惑地說：「我想說反正我人在低潮，也沒有什麼好損失的嘛。」

「沒什麼好損失的？你說你沒什麼好損失的？」

艾琳．艾德勒是真的怒不可遏：

「多虧了你，我們提心吊膽了一整晚！」

然而艾琳．艾德勒對福爾摩斯發火的怒罵聲，在瑪麗的身影出現在門口時，就完全傳不進我耳中了。度過了恐懼不安的一夜，瑪麗的臉色蒼白，但她依然踏著穩健的步伐走進房中。

走在窗口照進的陽光下，瑪麗的髮絲就像黎明的草原般閃閃發光。

「你真的回來了。」

「我當然要回來，我答應過妳了。」

說完，我擁抱瑪麗，這時我彷彿看見在那個「倫敦」的回憶如同旋轉木馬圍繞在我們身邊。在另一段人生中經歷的場面閃過眼前，然後在朝陽下褪去色彩。瑪麗的葬禮、與福爾摩斯的訣別、在閣樓裡度過的日子、莫里亞提教授的「黑色慶典」……宛如一場魔幻的謝幕。

到了這一刻，我才終於有自己回來了的真實感。

瑪麗對我微微一笑，接著轉向夏洛克．福爾摩斯。福爾摩斯有些尷尬地低著頭，瑪麗朝著他邁步走去，接著伸手擁抱他。在場眾人都吃了一驚，但最驚訝的人就是福爾摩斯。

福爾摩斯不知所措地僵住了身子，接著用生硬的動作輕輕將手覆在瑪麗背上。

「一直以來真是對不起妳，瑪麗。」

「沒關係，福爾摩斯先生。沒關係了。」

瑪麗用沉靜的語氣說道：「我原諒你。」

○

這就是圍繞著「東之東之間」發生的事件始末。

當然了，事情並未就此結束。

回到洛西之後，我們被捲入了「雷契波羅案」的餘波。

這真是史無前例的案件。由於神祕主義者的暴動，有多人在王立司法院遭到逮捕，雷契波羅夫人還趁亂逃跑。之後，有人說在四条大宮的停車場看見她、也有人說看到她在五条棧橋上了船，各式各樣的目擊情報湧入，但雷契波羅夫人如今依然下落不明。

——該不會是聖席蒙男爵幫夫人逃亡吧？

也傳出了這樣的傳言，但聖席蒙男爵堅決否認。

聽說在法庭上目擊的靈異現象讓他大受震撼，發生暴動的期間整個人暈死在旁聽席上。以自稱「招魂術支援者」的人來說未免太過丟臉，不過也算是大快人心。不管怎麼說，既然引發了這麼大的騷動，聖席蒙男爵也無法假裝事不關己。他正式表明「今後再也不碰招魂術」，迅速搬到鄉下躲起來。大概是因為京都警視廳查得緊了，感受到切身的危機了吧。

而我們也免除不了嫌疑。

出現在雷契波羅審判上的、疑似福爾摩斯與莫里亞提教授的幻影，有眾多人們目擊，引發暴動的神祕主義者們又是「倫敦版福爾摩斯譚」的狂熱讀者。再加上雷契波羅夫人臨逃走之前，還朝著我喊話。

「只能裝傻到底了。」

夏洛克．福爾摩斯這麼說。

我們被京都警視廳找去接受調查。不過無法查明要如何讓幻影出現在法庭上的機關，也不能因為神祕主義者正巧都喜歡「倫敦版福爾摩斯譚」就向作者問罪，又找不到我們協助雷契波羅夫人逃跑的確切證據。案情遲遲沒有進展，最後就不了了之。

京都警視廳的調查告一段落後，在艾琳．艾德勒、雷斯垂德警部以及墨斯格夫家的動員下，世間輿論的風向也逐漸改變。知名靈媒雷契波羅夫人消聲匿跡、又失去聖席蒙男爵這個強大靠山，導致此前席捲洛中洛外的「招魂術熱潮」迅速消退也是一大主因吧。隨著春日腳步漸近，原先瀰漫洛中洛外的不安氣氛也漸漸消散，待北野天滿宮的梅林開花的時分，雷契波羅審判的話題已經退燒了。

到了三月下旬，各大報的刊登出如下的廣告：

「退休宣言」撤回公告
你的問題由我來解決。來吧，洛中洛外迷惘的眾人啊。
私家偵探　夏洛克·福爾摩斯
寺町通221B

剛刊出的時候，這則小小的廣告引來世人的憐憫與嘲笑。距離「退休宣言」才不過兩個月左右，也難怪大家會不當一回事。

起初幾乎沒有委託人上門，偶爾找上門來的也都是微不足道的小事。但福爾摩斯依然全力以赴。腳踏實地重新累積商譽，他偵破的案件再次慢慢登上報紙版面。尤其是解決「貍谷山不動院哲學博士橫死案」，在眾人心中留下神探福爾摩斯復活的深刻印象。

這麼一來，世人當然就會產生如下的疑問。

——夏洛克·福爾摩斯是怎麼起死回生的呢？

然而不管報章雜誌記者怎麼問，福爾摩斯都絕口不提他脫離低潮的原委，只說「我每天都去參拜弁財天」、「我畫上達摩的單眼許願」含糊帶過。實際上，圍繞著墨氏家族「東之東之間」發生的一連串事件，沒有任何合邏輯的理論能說得通。相較之下，弁財天和達摩的庇佑來得合情合理多了。

夏洛克・福爾摩斯再也不曾提起「東之東之間」。

他的態度就像是謎團本身已然消失無蹤。這一點莫里亞提教授亦然。

某天，當我造訪寺町通221B時，莫里亞提教授在後院點起了火。他在低潮期間寫下的大量筆記，以及那座「模型城市」，都在火堆中燃燒。我站在教授身邊，看著「倫敦」漸漸化為灰燼。

「這樣好嗎？」

「當然好。我已經不需要它了。」

莫里亞提教授瞇著被煙燻得睜不開的雙眼說道。

○

那是一個新綠盎然的，五月上旬的早晨。

我悠哉地搭著馬車前往寺町通221B。

那天從一早開始就是美好得不真實的一天。如此完美無瑕的「野餐的好日子」，一生能遇到幾次呢？拂過臉龐的涼風帶著微微花香，邊走邊欣賞櫥窗的行人們也都換上輕巧的春裝。

抵達寺町通221B，哈德遜夫人正手忙腳亂地準備野餐。門廳堆著好幾個提籃。

「喂喂，哈德遜夫人，這些全都要帶去嗎？」

「要喝下午茶至少得要有這些才夠吧。參加的人很多啊，福爾摩斯先生、華生醫師、瑪麗小姐、艾德勒小姐、莫里亞提教授，還有雷斯垂德警部也會來。在我有生之年，絕對不容許寒酸的野餐。」

「但我們要帶著這些爬上大文字山耶？」

「每個人分著拿上去就好了啊。」哈德遜夫人歡快地說：「天氣這麼好真是太好了。」

上了二樓前往福爾摩斯的房間，明亮的光透過百葉窗照進來。

莫里亞提教授坐在壁爐前的躺椅上，邊桌上擺著金魚缸，臭著一張臉的「華生」在波光粼粼的水中悠游。熬過京都的嚴冬，牠看來又更加福態了。這隻頑強的金魚一定能長壽的吧。

莫里亞提教授一面餵金魚華生一面說：

「早啊，華生。今天真是適合野餐呢。」

「早安。」

「你看到那些提籃了嗎？哈德遜夫人真是來勁了呢。」

這麼說著的莫里亞提教授看起來也挺來勁的。他身穿看來十分涼爽的白色麻布上衣，小腿上纏著綁腿，膝上放著被陽光照得發亮的草帽。

莫里亞提教授依然住在這棟樓的三樓，但最近因為工作的關係，時常留宿墨斯格夫家。上一次這樣碰面已經是四月的授勳典禮了。他整個變了個人，臉頰豐潤、神情平和，皮膚也更有光澤。眼神中那逼人的棘刺已然消失，散發圓融的知性。

「福爾摩斯還在睡呢。」莫里亞提教授指向臥房的門：「應該是累壞了吧，他這陣子可是活躍得很呢。」

自福爾摩斯撤回「退休宣言」已過了一個月。

不能忘記的是，在福爾摩斯復出的同時，也有一個人悄悄復出了。莫里亞提教授如今在瑞金諾・墨斯格夫的委託下，進行上一代死後便凍結的「登月火箭計畫」的重啟準備。這陣子他時時留宿洛西的赫爾史東大莊院就是為了這樁。

我在扶手椅上坐下，問：「工作的狀況還好嗎？」

「現在才剛開始呢。我請卡特萊幫忙，正在重新檢視羅伯．墨斯格夫時代的成果。是做不到什麼大刀闊斧的改變，不過有想到幾個新的點子，日後也想重建更小規模的登月火箭基地。話說那個『東之東之間』，要改裝成『登月火箭計畫』的籌備室了。」

「這樣啊，」我吃了一驚，「還真是不簡單的決定。」

「是墨斯格夫小姐提議的。自我們生還以來，就沒人再看到過『東之東之間』出現異象，也沒有再感受到那種奇異的感覺了。我們到底是受到什麼吸引，如今連自己也搞不清楚了。無論那個房間曾經蘊藏什麼樣的魔力，如今已經完全消失了。與其畏懼烏雲，不如引進新的光明。」

「說得是。這麼做一定比較好吧。」

聽著莫里亞提教授那沉穩而充滿自信的嗓音，我對他此刻的幸福也感同身受。教授的愛徒卡特萊，之前對招魂術的熱忱也早已冷卻，現在全心投入研究。

「還能工作是好事。光是這樣就很幸福了。」

莫里亞提教授微笑著說：「瑞金諾．墨斯格夫先生和墨斯格夫小姐，對這個計畫都有滿腔熱忱。當然在我有生之年應該是無法落實月世界之旅了吧，這我很清楚。不過等到瑞金諾和墨斯格夫小姐年老的時候，到他們子孫的那一代，人類一定能登上月球的。

「好了，」莫里亞提教授往膝上一拍：「也該叫福爾摩斯起床了吧。」

他站起身，走到福爾摩斯臥房門口敲響了門。門內傳來一陣不悅的抱怨聲。莫里亞提教授毫不在意，一面繼續敲著門一面問我：「今天的野餐瑪麗小姐也會來吧？怎麼沒看到她跟你一起來？」

「她說她跟艾德勒小姐有事要討論。」

我走到窗邊，拉開百葉窗，「不知道她們講完了沒。」

寺町通對面，就是艾琳．艾德勒的事務所。二樓的窗邊，瑪麗正來回走著、一面開心地說著些什麼。

瑪麗發現我在看她，笑著朝我揮了揮手。

○

好不容易起床的夏洛克．福爾摩斯，心情差得彷彿貝肉化身的怪物。一頭亂髮，在法蘭絨睡衣外頭套著一件灰色罩袍。「喲，華生。」他一副在鬧彆扭似的表情說道，把自己丟進扶手椅中，翻了個大白眼。

「福爾摩斯，趕快準備準備，要去野餐了。」

「野餐？」福爾摩斯用死板的聲音說：「我就不去了，不用管我，你們自己去吧。」

「這可不行，之前就約好了吧。」莫里亞提教授責備地道：「這樣哈德遜夫人會傷心的。」

「我已經累到像是用爛的舊手帕了。」福爾摩斯說：「你們知道光這一個星期我破了多少案子嗎？每個人帶來的案子都那麼有趣，搞得我都沒時間睡！」

「誰叫你要什麼都接下來。」

「我不接的話就會被艾琳．艾德勒搶走啊！」

「那也是你活該吧。」我受不了地說：「再說你怨言也太多了，陷入低潮的時候光會說喪氣話，擺脫低潮又抱怨一堆。光是有辦法破案你就該謝天謝地了！」

「你當然說得輕鬆，真羨慕你啊。」

「你這話是什麼意思？」

「想到的時候就跑來，只有遇到有興趣的案件才幫忙。」

福爾摩斯站起身走向壁爐，從壁爐架上拿起他愛用的菸斗。明明說了要去野餐，他完全沒有要準備出門的意思。「還有，華生，」他邊往菸斗裡填上菸草邊說：「你什麼時候才要重啟《河岸》雜誌的連載？也差不多該回應讀者的期待了吧。」

「昨天我跟編輯部討論過了，預定下個月重啟連載。」

福爾摩斯冷哼了一聲，「那真是太好了。」

「你對我寫的東西明明就沒興趣。」

「才沒這回事，沒有華生就沒有福爾摩斯嘛。」

福爾摩斯露出惡作劇般的笑容抽著菸斗。

這時，樓下傳來門鈴聲。哈德遜夫人打開大門，接著是一陣熱絡的交談。不久，艾琳·艾德勒和瑪麗出現在房門口。她們都穿著爬山用的輕裝、穿著靴子，頭戴裝飾了花朵的草帽。看到福爾摩斯還穿著睡衣在抽菸，她們都瞪大了眼。

「你還沒準備好嗎？福爾摩斯先生！」

「不要催，我才剛起床啊。」

「那是你自己睡過頭的問題。」艾琳·艾德勒說。

「我累壞了啊，艾德勒小姐。」福爾摩斯垮下了臉，「我把話說清楚了，我當偵探有一年多的空窗期耶。復出是復出了，但也不可能一下就恢復原本的狀態。目前我還想先慢慢來，結果居然被頒了什麼勳章，害得我工作量大增。女王陛下也真會給我找麻煩。」

「你說這是什麼話，」艾琳．艾德勒皺眉，「能獲頒勳章是極大的榮耀啊。」

「我當偵探又不是為了勳章。」福爾摩斯傲然挺起胸膛，「案件本身對我來說就是報酬。」

看向窗邊的寫字桌，在支票簿和吸墨紙之間，女王頒授的勳章就隨手丟在那兒。瑪麗走到我身邊低語：

「福爾摩斯先生還是老樣子呢。」

「其實獲頒勳章他開心得很呢。」我對瑪麗耳語，指著桌上的勳章，「為了不要被人看出來，才像那樣隨便亂丟。既然開心怎麼不坦率一點呢。」

「就是說啊。」

「你們偷偷摸摸地在說什麼？」

福爾摩斯往我們瞪過來，我們擺出一臉無辜的表情。

不久後哈德遜夫人也出現在門口，怒氣沖沖。

「請你趕快換衣服，福爾摩斯先生。再拖下去太陽都要下山了！」

這場大文字山野餐會，是哈德遜夫人好幾個星期前就悉心策畫的。就算是揚名天下的神探，也不許搞砸。

福爾摩斯的菸斗被沒收，被趕回臥房去。在等他換衣服的同時，莫里亞提教授從附近的馬車行叫了兩輛四輪馬車，我們把堆積如山的提籃、毛毯、陽傘等行當裝上車。東西多到艾琳．艾德勒目瞪口呆，笑著說：「看來要在山上住一陣子都沒問題了！」

戴著費多拉帽的福爾摩斯終於臭著一張臉下樓。女士們上了第一輛馬車，男士則坐上第二輛馬車。

「等一下，福爾摩斯，雷斯垂德警部還沒到！」
「那還真是對不起他了。出發吧！到大文字山！」
福爾摩斯說著鑽上馬車。看來他是不打算等了。
正當我們搭的馬車開始前進，傳來一聲叫喊：「喂！等等我啊！」從窗口探出頭，雷斯垂德警部正拚命追趕。好不容易搭上馬車，雷斯垂德警部一邊拿出手帕擦汗，一面怨恨地說：「太過分了吧，怎麼能丟下我呢！」
「誰叫你要遲到。」福爾摩斯大笑。
馬車在丸太町通上往北，沿著宮殿長長的圍牆奔馳。
我望向窗外，涼爽的春風吹了進來。左手邊綿延不斷的圍牆裡，新綠的枝椏探出頭來。馬車經過近衛兵守著的大門前時，我似乎有那麼一瞬間，看見了佇立在青翠草坪上的維多利亞女王身影。

○

夏洛克．福爾摩斯撤回「退休宣言」不久後，維多利亞女王的使者來到寺町通。使者恭敬地宣讀詔書，表揚夏洛克．福爾摩斯、艾琳．艾德勒、莫里亞提教授三人的功績，宣布將授予三人勳章。據說是在女王的要求下匆促決定的，可說是特例中的特例。
授勳典禮在四月上旬舉行。
那正是櫻花盛開的季節，我想起我們盛裝前往宮殿時，白色的花瓣還飄進馬車裡。瑪麗和我都緊張得手足無措。領授勳章的明明就不是我們，但這畢竟是我們第一次進到宮殿裡。

在鋪了紅色地毯的謁見廳，夏洛克．福爾摩斯、艾琳．艾德勒、詹姆斯．莫里亞提教授三人接受維多利亞女王頒授勳章。大大的窗戶透進的陽光將謁見廳照得金碧輝煌，許多政要都列席，就連福爾摩斯都面露緊張神色。授勳典禮結束後安排了園遊會，雷斯垂德警部等京都警視廳相關人士、墨斯格夫家的人們，還有哈德遜夫人也受邀出席。

授勳典禮結束後，與會者陸續離場。我跟瑪麗也一同走出謁見廳，侍衛長快步走來。「華生醫師。」他叫住我。

「可以耽誤您一點時間嗎？」

「有什麼事嗎？」

「是非常重要的事。」侍衛長壓低了聲音：「請跟我來。」

他的口吻十分有禮，但帶著不容分說的威嚴。我和瑪麗忍不住面面相覷。這也太奇怪了。夏洛克．福爾摩斯這樣的偵探也就罷了，我不過是一介醫師兼記錄員，找我會有什麼事？但侍衛長沒再多說，就只是靜靜地等我的答覆。

瑪麗似乎是察覺了什麼，輕觸我的手臂，低聲說：「我先到園遊會上去。」我點頭，向侍衛長說：「請帶路。」

侍衛長領著我前往宮殿深處。

走在長長的走廊上，與會者的聲音也愈來愈遠。

一開始還有遇到侍衛跟女侍們，我們經過時他們都低頭行禮、快步離去。四處傳來門扉關上的聲響，不久後就完全不見人影。我無法分辨是真的沒有人在、或是大家都躲起來了。回過神來，四下籠罩在異樣的寂靜中，只有聽得到我們踩在地毯上的腳步聲。我實在耐不住沉默，開口問侍衛長：

「請問有什麼事嗎？」

「很抱歉，不該由我來告訴您。」

侍衛長淡然地說，連頭也不回。

我們走過掛滿肖像畫和風景畫的長廊、穿過圓頂天花板的大廳，再次走上另一道長廊。走廊盡頭出現一扇雙開門。侍衛長打開門，說：「請進。」看著我走進門，侍衛長從外頭將門關上。

我被領進的地方似乎是宮殿的圖書館。右手邊的牆和前方的牆上，有著直達天花板的書架，到處放著移動式的梯子。左手邊是一大面窗，窗外是有著青翠草坪的中庭，庭院中有一株櫻花盛放。

房間中央有一張長方型的大桌子。一名看起來約莫與我母親同齡的嬌小女士背向我坐在椅子上，似乎正專心地查閱些什麼，沒有發現我進來。「不好意思，打擾了。」我開口，她抬起頭轉向我。是維多利亞女王。我連忙站直了身子。

「女王陛下，我是約翰・華生。」

「你來了。」維多利亞女王微微頷首。

「到這裡來，我有個東西要讓你看看。」

我向女王一鞠躬，走到她身邊。桌上擺著幾疊像是手寫書稿的紙張，不過狀態非常糟，看得出被撕碎後重新黏貼的痕跡。女王拿起其中一張遞給我。

這些年來，我取得夏洛克・福爾摩斯先生的許可，將他參與的案件紀錄發表在《河岸》雜誌上。這些冒險譚點燃了洛中洛外偵探小說愛好者們的熱情，神探夏洛克・福爾摩斯揚名天下。

確實，夏洛克·福爾摩斯的破案過程非常天才。然而靠他自己是無法贏得這樣的名聲的。

我看著這段文字，像是被凍住似地動彈不得。

那是《福爾摩斯凱旋歸來》的手稿。是我躲在倫敦的閣樓裡寫下、在莫里亞提教授的「黑色慶典」上被撕碎的書稿。

「陛下怎麼會有這個稿子……」

我用嘶啞的聲音問道：

「那個倫敦不是幻影嗎？」

「對，那不是幻影。你們困在『東之東之間』裡的期間，倫敦確實是存在的。應該說這個世界才只不過是幻影。如果你們沒有平安歸來，這一切或許會如夢般消散吧。」

「您說消散？」

「『東之東之間』是不該存在於這個世上的東西。」

維多利亞女王淡然地繼續說：「不過憑我是無能為力的。我無論如何都必須借助你們的力量。福爾摩斯、莫里亞提教授，還有你，我對你們實在是過意不去。這算不上是賠罪，不過我至少能救回這些稿子。你願意收下吧。」

好一陣子，我只是茫然地望著女王陛下。

位於宮殿深處的圖書館，寂靜得彷彿時光靜止。

維多利亞女王緩緩從椅子上起身，走向朝中庭的窗戶，用孩子般的眼神注視著盛放的櫻花。她這樣的身影，比起剛剛在授勳典禮時看起來更嬌小、更蒼老。我也站到女王身邊，看著櫻花。

這時我才注意到，中庭的草坪上有一座石像。

那是朝著樹梢伸長了雙手的少女石像，就像正要起飛的美麗鳥兒。神奇的是，那張側臉看起來像是墨斯格夫小姐、又像艾琳．艾德勒，同時也有著瑪麗的影子。櫻樹枝椏隨風微微搖曳，白色花瓣紛飛。眼前情景散發著一股神祕的氛圍。總覺得好像曾經在夢中見過這樣的景象。

「如果我們沒能回來，會怎麼樣呢？」我問。

維多利亞女王沒有遲疑。「應該就跟你們一起迎接相同的命運吧。」她說。

「畢竟我能做的，也只有守望而已。」

○

我們從銀閣寺後方進到登山道，以大文字山頂為目標走去。

鬱鬱蒼蒼的森林裡空氣清冷，但走了一陣子之後就開始冒汗。

高齡的哈德遜夫人和莫里亞提教授走得最快。仔細一想，哈德遜夫人每天在那道樓梯爬上爬下忙碌工作，莫里亞提教授在低潮的時期每天晚上出門散步，腰腿都勇健得很。要出門時拖拖拉拉不甘不願的福爾摩斯，也一面跟艾琳．艾德勒不知在爭論什麼，一面快步往上爬。

雷斯垂德和我爬得氣喘吁吁，瑪麗擔心地轉過頭。

「約翰，還好嗎？要不要休息一下？」

「沒關係，妳先走吧。」我對瑪麗擺了擺手，「我們慢慢走就好。」

雷斯垂德將提籃放在腳邊，掏出手帕拭汗。哈德遜夫人準備的提籃雖是發給每個人分擔，但每一個都重得要命。

「你似乎挺忙的嘛，雷斯垂德。每天都能看到你的名字上報。」

「豈一個忙字了得。」

雷斯垂德誇張地唉聲嘆氣，臉上倒是神采飛揚。

「跟艾德勒小姐合作已經夠我忙了，福爾摩斯先生又復出。他們兩個不斷接連破案，罪犯多到在京都警視廳門前大排長龍了。老實說我還真沒空來大文字山悠哉爬山呢。」

「讓其他刑警分擔一些功勞怎麼樣?」

「那可不成。」雷斯垂德笑盈盈地說。

強風吹動新綠的森林，也吹來遠方像是瀑布聲響。

爬山爬得滿身大汗，來到大文字的火床[1]處時，還是湧現颯爽的成就感。「哎呀，真是太美了。」雷斯垂德感嘆道。涼爽的風吹過經整理的坡面，翠綠的草隨風搖擺。隨處可見石砌的火爐，每年御盆節[2]的時期，這些石爐就會點起火來，在夏夜空中描繪出「大」字。

從這面斜坡上看出去，被薄霧籠罩的城鎮盡收眼底。

大文字山的山腳，有著宛如中世紀要塞的大學街區。在那四周是閒適的田園地帶，有一小處一小處的森林。緩緩流淌而過的鴨川對面，能看到被豐盛綠意包圍的維多利亞女王的宮殿。再來就是一整片的石板或紅磚屋頂，填滿整個盆地。看起來就像是莫里亞提教授的「城市模型」。

「喂！華生，在這邊！」

福爾摩斯在斜坡的一角揮著手。

涼爽的天氣，加上哈德遜夫人的手藝，這場野餐再完美不過了。我們在鋪好的毛毯上坐下，吃著三明治和司康，喝著茶。

在心滿意足的哈德遜夫人身邊，夏洛克．福爾摩斯和艾琳．艾德勒依然爭論不休。日前福爾摩斯解決的金幣偽造案，兩人意見分歧，她對福爾摩斯的推論過程提出疑慮。福爾摩斯當然不可能退讓。他們的爭論愈辯愈烈，看起來是完全沒把這片美景看在眼裡。

福爾摩斯揮舞著咬了一口的三明治：

「妳說的確實有理，但我的想法……」

這時突然一道黑影從藍天竄下。啊！我正想著，那道黑影就從福爾摩斯手中搶走了三明治。從那飛遠的身影看來，是隻巨大的黑鳶。

「啊，可惡！」

夏洛克．福爾摩斯怒吼：「你這個強盜！」

「你讓犯人逃跑了呢，福爾摩斯先生。」

艾琳．艾德勒說，忍不住偷笑。

○

---

1 火床：篝火的升火地點。大文字山每年八月會點燃排成「大」字的篝火，因而得名。

2 御盆節：每年八月的傳統節日，為日本人掃墓祭祖的時期。接近華人文化的中元節及清明節。

我離開福爾摩斯等人，在大文字的斜坡上走著。

獨自在草地上坐下時，瑪麗走了過來。

「視野真好。」

「就是啊。」

瑪麗輕巧地在我身邊坐下。

「關於偵探小說的連載……」瑪麗說。

跟艾琳・艾德勒討論過後，這部小說決定在下個月號恢復連載了。《福爾摩斯辦案記》和《艾琳・艾德勒探案事件簿》，無限期停刊的兩部偵探小說，這下要同時重新連載了。編輯部一定樂歪了吧。

「沒有瑪麗就沒有艾德勒。」我說，瑪麗微笑。

然後瑪麗輕聲說：

「你回來真是太好了。」

「都是多虧了妳。」

——你一定要回來。答應我。

我深信是瑪麗的聲音救了我。

若非如此，我們一定早已被那無底深淵給吞沒。

「這陣子，我一直在想。」我說：「之前我們一直認為『東之東之間』裡蘊藏著某種『魔力』。但事實會不會正好相反？」

「正好相反，是什麼意思？」

「這個世界本身就是藉由『魔力』創造出來的。」

此話一出，我內心湧現了奇妙的篤定。「墨斯格夫家的『東之東之間』，是那個『魔力』所無法觸及之處。這麼想的話會怎麼樣呢？那是這個世界的破綻，一定要有人去修補才行。所以我們才……」

瑪麗溫暖的掌心覆上我的手。

「就別再想下去了吧。福爾摩斯先生之前不也說過嗎，這世上有些謎是不該試圖去解明的。」

想了一想，我點頭。

「嗯，妳說的對。」

「希望『魔法』再也不要解除了。」

瑪麗靠上我的肩，安心地閉上眼。

我側耳傾聽風的聲音。傳來福爾摩斯等人的喧嘩聲。

四月上旬的授勳典禮以來，我持續寫著女王託付給我的書稿。第一章到第四章是在倫敦租屋處的閣樓裡寫的，之後的部分則是寫於京都診所的書房。藉由「東之東之間」往來於兩個世界之間，《福爾摩斯凱旋歸來》才得以誕生。我暗自決定，完成之後要將它獻給維多利亞女王。

這時，我彷彿聽見女王的低語。

——畢竟我能做的，也只有守望而已。

不知不覺間，霧氣被風吹散，眼下的街景前所未有地鮮明。

接下來神探夏洛克．福爾摩斯還會繼續解開無數案件吧。然後，為他這些冒險寫下紀錄的人不是別人，非約翰．H．華生莫屬。

福爾摩斯的凱旋歸來，也就是約翰．H．華生的凱旋歸來。

作中登場的案件名稱及部分敘述，參照創元推理文庫出版「夏洛克・福爾摩斯系列」，深町真理子譯本。

中文版人物譯名、案件名稱及部分敘述，原則上參照臉譜出版《福爾摩斯探案全集》，王知一譯本。

本書以《小說BOC》第三期～第六期、第八期、第十期（二〇一六年一〇月～一八年七月）連載之〈福爾摩斯的凱旋歸來〉為本，為單行本化全面改稿完成。

本作純屬虛構，與真實存在之人物、團體、地名及作品名不一定完全一致。

國家圖書館出版品預行編目資料

福爾摩斯凱旋歸來／森見登美彥著；李冠潔譯. -- 初版. -- 臺北市：麥田出版：英屬蓋曼群島商家庭傳媒股份有限公司城邦分公司發行, 2025.4
面； 公分
譯自：シャーロック.ホームズの凱旋
ISBN 978-626-310-842-4（平裝）

861.57 114000721

城邦讀書花園
www.cite.com.tw

SBN 978-626-310-842-4
電子書 978-626-310-841-7 (EPUB)

日本暢銷小說 111

福爾摩斯凱旋歸來

作者｜森見登美彥
譯者｜李冠潔
封面設計｜馮議徹
責任編輯｜徐凡

國際版權｜吳玲緯　楊靜
行銷｜闕志勳　吳宇軒　余一霞
業務｜李再星　陳美燕　李振東
總經理｜巫維珍
編輯總監｜劉麗真
事業群總經理｜謝至平
發行人｜何飛鵬
出版｜麥田出版
台北市南港區昆陽街16號4樓
電話：886-2-25000888
傳真：886-2-2500-1951
發行｜英屬蓋曼群島商家庭傳媒股份有限公司城邦分公司
台北市南港區昆陽街16號8樓
客服專線：02-25007718；25007719
24小時傳真專線：02-25001990；25001991
服務時間：週一至週五上午09:30-12:00；下午13:30-17:00
劃撥帳號：19863813　戶名：書虫股份有限公司
讀者服務信箱：service@readingclub.com.tw
城邦網址：http://www.cite.com.tw
香港發行所｜城邦（香港）出版集團有限公司
香港九龍土瓜灣土瓜灣道86號順聯工業大廈6樓A室
電話：852-25086231
傳真：852-25789337
電子信箱：hkcite@biznetvigator.com
馬新發行所｜城邦（馬新）出版集團
Cite（M）Sdn. Bhd.（458372U）
41, Jalan Radin Anum, Bandar Baru Seri Petaling,
57000 Kuala Lumpur, Malaysia.
電話：+6(03)-90563833
傳真：+6(03)-90576622
電子信箱：services@cite.my

印刷｜前進彩藝有限公司
初版｜2025年4月
定價｜460元